I0555620

INTERNATIONAL

SCRITTO E CREATO DA
MICHAEL ANDERLE

LA COSTRUZIONE

LO STRATAGEMMA KURTHERIANO™ 8

NEWSLETTER

Benvenuti in un viaggio emozionante con LMBPN® International! Iscriviti alla nostra newsletter per accedere ad aggiornamenti esclusivi e contenuti gratuiti. Come nostro stimato abbo-
nato, godrai di un'esperienza ricca piena di sorprese. Immergiti
in nuovi mondi, intuizioni uniche e storie emozionanti che ti
aspettano. Unisciti ora, diventa parte dell'avventura internazionale LMBPN® e diventa davvero parte della storia!
https://lmbpninternational.com/it/newsletter/

DEDICA

**Alla mia famiglia, ai miei amici
e a tutti gli amanti della lettura,
con l'augurio di poter godere della
vita che siamo stati chiamati a vivere**

IMPRINT

La Costruzione (questo libro) è un'opera di finzione.

Tutti i personaggi, le organizzazioni e gli eventi rappresentati in questo romanzo sono prodotti dell'immaginazione dell'autore o sono stati usati in modo fittizio. A volte entrambe le cose.

Versione inglese: Copyright © 2016 LMBPN® Publishing
Versione italiana: Copyright © 2022 LMBPN® International FZC
Copertina di Andrew Dobell
Copyright della copertina © LMBPN® Publishing

LMBPN® International FZC sostiene il diritto alla libera espressione e il valore del copyright. Lo scopo del copyright è quello di incoraggiare gli scrittori e gli artisti a produrre le opere creative che arricchiscono la nostra cultura. La distribuzione di questo libro senza permesso è un furto della proprietà intellettuale dell'autore. Se vuoi il permesso di usare materiale tratto da questo libro (tranne che a scopo di recensione), scrivi all'indirizzo italian@lmbpn.com. Grazie per aver scelto di sostenere i diritti dell'autore.

LMBPN® International FZC
Business Center, Sharjah,
Publishing City Free Zone,
Sharjah, Emirati Arabi Uniti

Prima edizione USA, 2016
Versione 2.53 Dicembre 2020
Lo Stratagemma Kurtheriano (eventi/ personaggi / situazioni / mondi) è di proprietà (c) 2015 di Michael Anderle e LMPBN Publishing.

IT22-0006-00014 – Versione 1.01

Versione brossurata: 978-1-68500-727-0
Versione Ebook: 978-1-68500-805-5

PROLOGO

La RDS Principessa Alexandria in viaggio tra le stelle (futuro remoto)

L a videoreporter Z'tereth mise il tablet sul tavolo e toccò il simbolo di registrazione. Con attenzione, si assicurò che i suoi capelli azzurri fossero ben pettinati e che le pareti grigio canna di fucile della piccola stanza fossero un ottimo sfondo per il suo viso.

Non voleva lasciare nulla al caso.

Qualunque cosa avesse diffuso di quell'intervista sarebbe stata mostrata in tutti i sistemi raggiungibili dal suo newsgroup. E poi avrebbero dato in licenza la registrazione per la visualizzazione in luoghi dove non avevano uffici.

Sorrise per qualche secondo per aiutare il processo di editing, poi iniziò la sua presentazione. «Salve, il mio nome è Franath D'Tzaa. Sono a bordo della RDS *Principessa Alexandria*, una nave da guerra dell'impero, attualmente la nave ammiraglia. La Regina Bethany Anne è a bordo, di ritorno con la sua squadra dal Mondo di Nodrizen.

«È proprio lì che lei e le sue squadre hanno decimato le risorse e le persone del Clan Phraim-'Eh dopo che hanno condiviso un video in cui un gruppo di guerrieri disonorava i suoi Guardiani.

«Ho saputo che ha emesso un editto secondo cui ogni guerra con quel clan è ormai da considerarsi *fino alla morte*. La gente della Regina ha ricevuto l'ordine di attaccare proattivamente coloro che fanno parte di questo clan, o ne risponderanno personalmente a lei.

«Ho avuto l'opportunità di sedermi e intervistare la Regina questa sera. Mentre sto raccogliendo i miei appunti, vorrei offrire

5

questa visione della donna più enigmatica del nostro Universo, che di rado si mostra in pubblico.

«Ciò che si crede – e lei stessa me lo ha confermato prima – è che sia nata sul pianeta Terra nella galassia di Pan, secoli fa. Un'epoca in cui il suo pianeta ancora non aveva delle vere e proprie navi spaziali.

«La maggior parte degli umani non vive oltre i centosettantacinque Cicli Standard. Le ho chiesto: *Cosa ti è passato per la testa quando hai capito di avere la capacità di vivere tanti cicli oltre la normale aspettativa di vita del tuo popolo?*

«Dal suo alloggio a bordo della *Principessa Alexandria* mi ha risposto: *A quei tempi sul mio pianeta si diceva "la fine si avvicina", ma che succede quando la fine è così lontana che non si riesce neanche a immaginare come sarà la vita? Quello era il mio pensiero principale nel ventunesimo secolo del mio popolo.*

«Ribattendo alla sua risposta, le ho domandato: «*E ora cosa pensi?*

«Quella donna dall'aspetto così giovane si è portata un dito sulle labbra. Ha fissato la vastità dello spazio o della storia, poi si è voltata verso di me e ha risposto... *quando finirà?*»

CAPITOLO 1

Base della RDS, CO, USA

Bethany Anne?
Sì, TOM?
Credo che io e ADAM dovremmo confessarti qualcosa.

La vampira interruppe il suo allenamento e prese un piccolo asciugamano per tamponarsi il sudore. Lei e John erano tornati alla base principale poche ore prima, e Bethany Anne aveva avvertito il bisogno di sfogare il desiderio di andare a Dallas, trovare i tre vermi che avevano attaccato il cugino di John e scagliarli nell'eterico.

Okay, spara.

Ricordi qualche settimana fa, quando eri con Michael e facevi la civetta con lui?

Bethany Anne ripensò a quando aveva portato Gabrielle e Ashur in Argentina ed era finita a uccidere David insieme a Michael.

Scelse di ignorare il commento di TOM sul fatto che avesse flirtato con Michael.

Sì, perché?

Ricordi la nostra conversazione sull'interazione con i cinesi?

Sììììì... ahhh... no! Direi di no.

Si sedette sul pavimento. L'intera sala, circa cento metri quadrati, era stata realizzata nella montagna alcuni anni prima e ora era una sala di allenamento per lei e la sua squadra. Al momento, probabilmente John stava aiutando sua cugina Cheryl Lynn e i suoi figli, Tina e Todd, a trovare un posto dove stare all'interno della base. Il resto del team era... in realtà non lo sapeva. Avrebbe potuto scoprirlo chiedendo ad ADAM, ma ora come ora non aveva comunque bisogno di loro.

Ashur era seduto sul pavimento con la lingua penzoloni. Non era esattamente priva di protezioni.

Aveva dovuto insistere un po', ma anche Gabrielle era stata finalmente d'accordo che, se qualcuno fosse stato in grado di attaccare la montagna, Bethany Anne avrebbe avuto il tempo di scivolare nell'eterico e di fuggire. Il che significava che non aveva bisogno di avere un'ombra mentre era lì dentro.

Come se fosse verosimile l'ipotesi di una sua fuga. Eppure, se il capo della squadra dei vampiri voleva crederci, allora andava bene così. Qualsiasi cosa per far felice il capitano dei Figli della Regina.

Magari avrebbe dovuto chiamarla *Capitana delle Puttanelle* e vedere come avrebbe reagito la vampira. Nah, troppo facile. Aveva bisogno di qualcosa che fosse più di impatto.

Be', ti avevamo detto che stavamo lavorando sulle nostre comunicazioni con i cinesi e tu hai risposto...

Già! Ora ricordo. Stavo pensando che stavi giocando con le mie emozioni, e ti ho detto di non far scoppiare la Terza Guerra Mondiale. Aspetta... non avete fatto scoppiare una guerra, vero?

Uhhh... no?

Perché mi pare di sentire un po' di esitazione in quest'ultima risposta?

Perché sono sicuro che non abbiamo fatto scoppiare una guerra, ma non so se potenzialmente ne abbiamo fermata un'altra.

ADAM!

>>Sì?<<

Perché TOM parla per entrambi?

Oh, merda.

TOM, sta' zitto.

>>PERCHÉ HA DETTO CHE SAREBBE STATO MEGLIO SE AVESSE PARLATO SOLTANTO UNO DI NOI. CHE AVREBBE RIDOTTO LA POSSIBILITÀ DI FRAINTENDIMENTI.<<

Fraintendimenti a proposito di cosa?

Posso parlare?

Diamine, no!

>>DELLA STORIA.<<

Quale storia?

>>CHE NON ABBIAMO FATTO SCOPPIARE LA TERZA GUERRA MONDIALE.<<

E questa risposta è vera?

Sì!

TOM, dannazione, chiudi il becco!

>>SI AVVICINA ALL'UNITÀ.<<

Quanto vicino all'unità?

>>98.7%<<

Bethany Anne si sdraiò di nuovo sul tappeto, si coprì gli occhi con le braccia e parlò ad alta voce. «Per farla breve, la mia squadra formata da un alieno e un'intelligenza artificiale ha provocato un incidente con i cinesi che potrebbe aver causato la Terza Guerra Mondiale?» La voce era calma, quasi monocorde.

Oh, merda... di nuovo.

>>NON RIESCO A VEDERE IL PROBLEMA. LA POSSIBILITÀ CHE SCOPPIASSE UNA GUERRA ERA INSIGNIFICANTE.<<

La vampira si astenne dal prendere a calci i muri. Si sarebbe rotta il piede prima di lasciare un segno sulla dura roccia.

«ADAM, hai calcolato le conseguenze negative di quell'1,3% di possibilità?»

>>VUOI SAPERE SE HO CALCOLATO I POTENZIALI EFFETTI NEGATIVI NEL CASO IN CUI L'1,3% DOVESSE VERIFICARSI?<<

«Sì.»

>>NO.<<

«Fallo, qualche volta. Più vite possono essere colpite negativamente, minori sono le possibilità che dobbiamo concederci prima di implementare qualcosa. Torna da me quando avrai calcolato i risultati.»

>>LO FARÒ.<<

Okay, so che non avevate in mente di far bruciare il pianeta. Lo stesso pianeta, potrei aggiungere, per cui mi sto facendo il culo.

Già, incasinerebbe la mia missione originale.

Bethany Anne sbuffò. *Per non parlare del fatto che anche il tuo culo alieno finirebbe sulla graticola.*

Già, c'è anche questo aspetto da considerare.

Allora, cosa stavate facendo in realtà?

Bene, ADAM ha scoperto che la Cina stava tentando di violare i computer utilizzati da alcune delle vostre compagnie. Da lì, è stato in grado di procedere a ritroso e prendere il controllo dei loro computer intermedi. Questo ha gravemente ridotto la loro attività. Infine è stato capace di entrare nei sistemi di origine e recapitare un messaggio. Ha detto loro di cessare i preparativi per la guerra cibernetica.

Bethany Anne ci pensò su un attimo. *Vuoi dire che stavano gettando le basi per dare il via a un attacco debilitante contro i computer americani? E che nello specifico stavano prendendo di mira alcune delle compagnie di Michael?*

Be', ora sono le tue compagnie.

Dubito che per loro faccia qualche differenza. Devono essere a caccia di qualcosa. ADAM, hai una lista delle compagnie che sono state prese di mira?

>>Sì.<<

Allora contattate Lance e fategli sapere quali sono le società bersaglio. Cercate di capire se c'è qualche correlazione.

>>C'È.<<

Scusa, per un attimo ho dimenticato con chi stavo parlando. Quale sarebbe la correlazione?

>>TECNOLOGIA, RICERCA E SVILUPPO, E FINANZE.<<

Be', tecnologia e ricerca e sviluppo per la Cina hanno senso, ma le finanze? Sembrerebbe quasi una questione personale e non molto governativa.

Magari si tratta di un'operazione parastatale? Oppure qualcuno sta usando risorse statali per raggiungere un obiettivo?

Per quanto ne so a proposito della Cina, è meglio essere in alto nella struttura politica per fare una bravata del genere. Usare risorse militari per realizzare obiettivi personali quando non si hanno protezioni è un buon sistema per perdere la vita.

>>POSSO FORNIRE QUESTE STATISTICHE ORA, SE VUOI.<<

Non ora, ma grazie per avermelo chiesto. Dobbiamo scoprire cosa stanno cercando e quanto denaro c'è in queste compagnie.

A cosa stai pensando?

Sto pensando che qualcuno ha in mente di fare la stessa cosa che sto facendo io proprio ora: usare la ricchezza accumulata da Michael e il suo potere imprenditoriale per mettersi in proprio. Se prendono i suoi soldi, li usano per realizzare quanto studiato dai team di ricerca e sviluppo. ADAM, assicurati che tutti i computer della compagnia siano protetti da eventuali intrusioni, e vedi se riesci a scovare spyware o virus. Fammi sapere cosa trovi.

>>IN QUALCHE CASO DOVRÒ VIOLARE LE PROTEZIONI DELLA VOSTRA SOCIETÀ DI SICUREZZA.<<

Eh?

Sta parlando dei servizi forniti dalla compagnia di Nathan.

Oh. Me ne ero quasi dimenticata. Puoi farcela senza che quelli della sicurezza scoprano la tua presenza?

In base ai risultati ottenuti finora, c'è una probabilità di successo superiore al sessantacinque percento. Un calcolo più accurato richiederà altre ricerche rispetto a quelle fatte finora. Ogni volta che ho incontrato una compagnia con un'installazione Guardian, non ho fatto uno sforzo prolungato per aggirarne la protezione.

Vacci piano, ma vedi se riesci a passare. Scegli una compagnia che abbia l'installazione del Guardian ma che non sia un obiettivo dei cinesi. Non fare nulla con compagnie militari o di ricerca e sviluppo. Dio solo sa cosa succederebbe se lasciassi un percorso attraverso la rete di sicurezza. Magari qualcuno potrebbe approfittarne.

>>NON LASCERÒ NESSUN PERCORSO E NESSUNO POTRÀ APPROFITTARNE.<<

Davvero? C'è una possibilità che tu lo faccia alla perfezione? Che raggiunga l'unità?

Ci fu una pausa.

>>**No.**<<

Non ho altro da aggiungere.

Gruppo di ricerca sull'attività terroristica, Washington, DC, USA

Barbara "Barb" Nickers entrò nell'ufficio del suo capo. C'erano due sedie di fronte alla scrivania, ma lei si sarebbe seduta soltanto su una. L'altra, lo sapeva, era più che scomoda.

Lo sapeva perché proveniva dal *suo* ufficio. Il capo, che tutti chiamavano "Il Don", stava aspettando una sostituzione per la sedia che Barb aveva preso qualche mese prima. Era un po' seccato che le sue richieste continuassero a perdersi. In ufficio avevano scommesso – dandolo tre a uno – che lui stesso avrebbe rotto e comprato una sedia prima che ai piani alti la sostituissero. Barb stava aspettando che raggiungesse la quota di cinque a uno prima di permettere alla richiesta del Don di arrivare sulla scrivania giusta.

Se solo fosse riuscito a resistere un'altra settimana o due, Barb avrebbe fatto una strage.

Si accomodò sulla sedia più comoda. «Mi hai chiamato?»

Don alzò lo sguardo dal promemoria che aveva in mano ed esitò, raccogliendo i suoi pensieri. «Sì. Qui ho una richiesta in cui ti si chiede di approfondire personalmente alcune ricerche che hai fatto qualche mese fa.»

«Si riferisce a qualche mese in particolare?»

Lui tenne la pagina stampata sulla scrivania. Barb la prese e iniziò a leggere mentre Don continuava. «Sì, aveva a che fare con il rapporto che includeva il colonnello Nickelson e il suo colpo di pistola al ginocchio, qui in città.»

Barb cominciò a rileggere la richiesta. «Qui dice che dovrei abbandonare la mia ricerca attuale. Chi ha impartito quest'ordine?»

A giudicare dalla sua espressione, Don aveva appena assaggiato del latte acido. «Non lo so. È arrivato sotto il livello di sicurezza della parola chiave, perciò farei meglio a non scavare troppo a fondo. Non sono affatto contento. I tuoi sforzi per seguire le due cellule a Los Angeles sono importanti. E poi Yasef è l'unico altro analista che potrei usare, e al momento è impegnato. Assegnarti questo compito significa che avrò bisogno di altre risorse, e non ho il budget necessario.» Don rimase in attesa, gli sarebbe piaciuto non trovarsi in quella situazione.

Barb alzò lo sguardo dal giornale. «Vuoi che faccia gli straordinari?»

Don si strinse nelle spalle. «Ora come ora non ho altre soluzioni. Non mi fido di nessun altro per l'indagine sulla cellula di Los Angeles. Questa nuova stronzata potrebbe essere un vicolo cieco, o magari dietro c'è qualche ragione politica. Non so perché vogliano quelle informazioni o perché abbiano scelto noi. Se ci lavori durante l'orario d'ufficio rischieremo il culo tutti e due. Ma non possiamo essere inchiodati per ciò che fai nel tempo libero.»

Lei fece una smorfia. «Avrò bisogno di un budget per Zombie Coffee and Donuts e la consegna della pizza.»

Don girò leggermente la testa e la guardò con le palpebre socchiuse. «Non vuoi altre sedie?»

Barb si alzò con un sorriso. «Non ancora. Ma se la cosa si protrae per più di una o due settimane dovremo trattare, signor Roberts.»

Lui annuì. Se doveva comprare una sedia da trecento dollari più il cibo perché Barb facesse dalle trenta alle sessanta ore di straordinario, andava benissimo.

Era praticamente un regalo.

Barb lo salutò con la mano, uscì dall'ufficio e tornò nella sua stanza.

A bordo della RDS Polarus, Mar Mediterraneo

Frank alzò lo sguardo dal tavolo delle conferenze nella sala riunioni principale della nave. Sentì dei passi, ma era un grande pastore tedesco bianco che arrivava da dietro l'angolo.

Ashur si guardò intorno come se stesse controllando gli angoli prima di andare a sdraiarsi dietro la sedia a capotavola.

Un momento dopo, Eric intervenne e ripeté il controllo. Frank si divertì a guardare i due Figli della Regina, Eric e Ashur, che proteggevano la persona che aveva meno bisogno di protezione al mondo. Be', almeno lì sulla nave. Qualcuno avrebbe potuto contestare la sua opinione – considerare Ashur uno dei Figli della Regina – ma chiunque avesse osservato davvero il cane si sarebbe convinto della stessa cosa.

Se Bethany Anne era consapevole di come la trattava Ashur, non lo dava a vedere.

Un altro vampiro la seguì nella sala conferenze. Frank rimase in piedi mentre Bethany Anne si avvicinava e lo abbracciava. Lui ricambiò l'abbraccio e le sorrise. «Bella come sempre, Bethany Anne.»

Lei gli strizzò l'occhio. «Immagino tu stia testando la tua parlantina su di me in previsione di una futura conquista, Frank.» Bethany Anne fece un cenno verso l'uomo che Frank non conosceva. «Frank, ti presento Barnabas.»

Frank tese la mano. «Piacere di conoscerti. È da decenni che sono interessato a te.»

Barnabas gli strinse la mano, ma aveva un'espressione perplessa. Lanciò un'occhiata a Bethany Anne e lei gli sorrise di rimando.

Il vampiro trattenne la mano di Frank e studiò il suo sorriso cordiale. Si chinò e annusò l'aria con discrezione. «Non hai l'odore di un vampiro né di un Wechselbalg. Eppure sei interessato a me da decenni?»

Frank annuì, il volto animato. «Già, almeno sei.»

Barnabas inclinò la testa da un lato. «Ma sembri essere sulla trentina. Gli umani hanno sviluppato un modo per rallentare il processo d'invecchiamento?»

«No, ma i Kurtheriani sì, e io ho avuto un'infusione del meglio che hanno a disposizione.» Chinò leggermente la testa in direzione di Bethany Anne.

Barnabas si girò verso di lei. «È stato il tuo sangue a fargli questo?»

Lei annuì e andò a sedersi a capotavola. Quelle continue domande mettevano a dura prova la sua pazienza.

Il vampiro fece un respiro profondo. Era stato avvertito sia da Stephen sia da Gabrielle che Bethany Anne poteva essere permalosa e che aveva tolleranza zero per il cazzeggio quando c'era qualcosa da fare.

Barnabas era curioso per natura, e i secoli gli avevano generalmente offerto l'opportunità di soddisfare la sua curiosità. Di solito, chiunque gli parlasse – a parte Michael e i suoi fratelli – era paziente.

Non era abituato a trattare con qualcuno che aveva delle informazioni che desiderava quando non aveva alcuna leva per ottenere le informazioni in questione. Era... fastidioso.

Frank prese spunto da Bethany Anne e si sedette. Il visitatore rimase in piedi per un secondo prima di prendere una sedia.

Bethany Anne iniziò a parlare senza altri indugi. «Okay, Barnabas, abbiamo confermato che sei sicuro che ci sono altre due persone oltre a me che camminano nell'eterico. Frank è la nostra persona numero uno per tutte le conoscenze relative al Mondo Ignoto. Ha l'abitudine di assecondare la sua curiosità, perciò voi due dovreste andare d'accordo.»

Barnabas si voltò di nuovo verso l'altro uomo. «Davvero?»

Frank annuì. «Non pensare di scendere da questa nave senza che io ti riempia di domande.»

Il vampiro scoccò un'occhiata in direzione di Bethany Anne prima di inarcare interrogativamente il sopracciglio destro.

Il ricercatore annuì leggermente. «Magari possiamo educarci a vicenda.»

Barnabas sorrise. «Mi piacerebbe.» Si voltò di nuovo verso Bethany Anne. «Cosa speri che Frank capisca con il mio aiuto?»

«Ho bisogno che voi due lavoriate con TOM...»

«L'alieno?» la interruppe il vampiro. La sua faccia divenne, semmai, più simile a quella di un bambino a Natale. Bethany Anne si chiese se non soffrisse di un lieve disturbo mentale dovuto all'invecchiamento. In tal caso, si sarebbe sentita seriamente in colpa per tutti i nomignoli che gli aveva affibbiato nella sua mente.

«Sì, l'alieno, TOM.» Si rivolse a Frank. «Abbiamo bisogno di un modo per rilevare e localizzare chiunque entri o esca dall'eterico. Barnabas può farlo da mezzo mondo di distanza.»

«Non posso localizzarlo, solo discernere la direzione generale e la distanza, a meno che non sia vicino.»

«Quanto vicino?» domandò Frank.

Barnabas serrò le labbra. «Forse dieci leghe.»

Frank borbottò: «Quindi circa trenta miglia.»

«Già, trenta miglia. Più è lontano, più sono vago sulla distanza. Per parecchio tempo ho pensato che i viaggi di Bethany Anne fossero molto più vicini a me a causa della forza delle increspature. Non ho mai sentito niente di tanto potente, per quello ho pensato che fosse più vicina. Ho perso un bel po' di tempo prima di capire l'errore.»

Frank guardò Bethany Anne. «Hai pensato che se lui può percepirle, le increspature possono essere misurate? E se possono essere misurate, possono essere monitorate.»

Bethany Anne si avvicinò ad Ashur e lo grattò dietro le orecchie. «Non solo monitorate, ma triangolate.»

Il sorriso di Frank si allargò. «Vuoi i satelliti, non è vero?»

La scrollata di spalle di Bethany Anne parlava chiaro. «Puoi anche darmi delle scatole di ciliegie ricoperte di cioccolato, se funzionassero. Ma, sai, se i satelliti sono la soluzione giusta...»

Frank si sfregò le mani. Era appena stato informato che avrebbe dovuto realizzare un nuovo metodo di acquisizione dati mai tentato prima. «Immagino che per la triangolazione sia proprio così.» Si voltò di nuovo verso Barnabas. «Oltre a Bethany Anne, hai un'idea di dove siano le altre increspature?»

«Asia, e forse Australia.»

Bethany Anne tolse la mano dalle orecchie di Ashur, che si alzò e si diresse verso la porta.

«Avete capito di cosa ho bisogno?» Entrambi gli uomini annuirono. «Allora grazie per aver accettato questa sfida. Barnabas, grazie per il tuo tempo e il tuo sostegno. Frank?»

Lui la guardò. «Sì?»

Bethany Anne sorrise. «Voglio tutto tra un mese.»

Il sorriso si incrinò, ma il luccichio nei suoi occhi rimase. «Okay.»

Detto questo, Bethany Anne si alzò e seguì Ashur. «Allora lascio la questione a voi due. Ta-ta!»

Entrambi agitarono distrattamente una mano mentre iniziavano a parlare.

CAPITOLO 2

A bordo della RDS Polarus, Mar Mediterraneo

Barnabas bevve un piccolo sorso di vino e posò il bicchiere sul tavolino. Lui e Frank avevano deciso di uscire e distendersi sulle sedie a sdraio. La loro discussione era molto più piacevole mentre si godevano l'aria e i suoni della sera.

«Devo ammetterlo», commentò il vampiro, «non mi ero reso conto che il governo degli Stati Uniti avesse ancora gente che operava contro i Rinnegati, dopo tutti questi decenni.»

L'altro fece roteare il vino nel bicchiere e ne bevve un sorso anche lui. «Be', ormai non se ne occupano più. Da quando Bethany Anne mi ha reclutato, la posizione è praticamente scomparsa.»

«Perciò non c'è nessuno all'interno del governo che sia a conoscenza del Mondo Ignoto?»

Frank ci pensò su. «Non ne sono sicuro. Nel corso degli anni sono stato aiutato da parecchi gruppi clandestini. Immagino che alcuni membri di questi gruppi abbiano la memoria lunga, e fascicoli con suggerimenti e ipotesi. E poi, tutti quelli che sono stati aiutati da Michael nel corso degli anni ricorderanno cos'è successo... almeno quelli che non hanno subito il lavaggio del cervello.» Ci rifletté per un momento. «Non che gli servirà a molto. Nessuno crederà a queste storie, tranne quelli che ci sono passati in prima persona.»

«Ma tu hai paura del vostro governo.»

Frank valutò come rispondere. «Non ho paura della gente, ma delle abitudini istituzionali. Tendono ad afferrare ciò che non capiscono e a ficcarlo in qualche buco per studiarlo. E quello che finisce in quel buco...» Guardò il bicchiere e finì i pochi sorsi rimanenti prima di svuotarlo. «... non ne esce più.»

Barnabas annuì. «È sempre quella la reazione generale quando si riuniscono gruppi di umani. È quasi una reazione di branco, credo.» Si avvicinò per recuperare la bottiglia di vino dal secchiello del ghiaccio. «Ne vuoi ancora?» Frank tese il bicchiere. Il vampiro lo riempì per metà e poi fece lo stesso con il suo. «Allora, cos'è che fai ora che non stai cercando di rintracciare i Rinnegati? Gabrielle mi ha riferito che in America non sono più un problema.»

Frank sbuffò. «Se lo sono, io non ne so niente. Tutte le mie applicazioni di localizzazione sono ancora in funzione, per sicurezza. Se succedesse qualcosa, adesso sarebbero in una tale inferiorità numerica che non sarebbe nemmeno divertente.»

Il vampiro si sdraiò sulla chaise longue, godendosi l'opportunità di quella semplice chiacchierata. «A causa di Bethany Anne?»

«No», rispose Frank. «Non ha più bisogno di occuparsene in prima persona. Può mandare i Guardiani...» Guardò Barnabas. «Sai chi sono?»

Il vampiro annuì. «Mi pare di aver capito che esiste un gruppo paramilitare composto da umani e Wechselbalg.»

Frank riprese a guardare le stelle. «Non è proprio così, ma ci sei andato abbastanza vicino. Il Guardiano principale è Pete... Peter Silvers. Può assumere la forma Pricolici. Hanno anche un contingente di marine. Tra i due gruppi, aumentano di qualche tacca la possibilità di seminare il caos. So che stanno lavorando per costruire nuove squadre di Guardiani. Ma immagino che Bethany Anne potrebbe sistemare qualsiasi Nosferatu semplicemente inviando una o due delle sue.»

«Delle sue cosa?»

«Puttanelle.» Frank sorrise. Amava essere vago, e l'espressione frustrata di Barnabas era esilarante.

«Oh, vuoi dire le sue Guardie?»

Dannazione, sapeva già tutto. «Già. John, Eric, Darryl e Scott. Gabrielle è il capo di questa squadra.»

«Ma perché li chiama suoi figli?» domandò Barnaba.

«La F deve essere maiuscola. Solo così ti rendi conto che è un titolo. È più politicamente corretto di sue Puttanelle.»

Il vampiro ci pensò su: «Credevo potessero arrabbiarsi a essere chiamati *puttanelle*.»

Frank scosse il capo. «No. Risale a un paio di anni fa, quando ho chiesto aiuto a Bethany Anne. Be', per dirla tutta, ero pronto a implorarla. Stavo perdendo gente a destra e a manca per un sacco di attacchi di Nosferatu in tutta l'America. Avevo perso tutti i miei contatti e il sostegno dei Nacht. Senza Carl, che all'epoca era il collegamento di Michael, nessun altro della famiglia avrebbe alzato un dito fino a quando lei non è entrata in scena.

«Si è unita a un'operazione in Florida, e da allora è stata una corsa selvaggia. I membri del suo team – lei e i quattro uomini di cui ti ho parlato – si sono uniti in un combattimento infernale nelle Everglades, in Florida. Hanno legato e da allora sono inseparabili. Quegli uomini le coprono le spalle e lei copre le loro. Poi è salita a bordo anche Gabrielle, e ha preso il comando grazie alle abilità e all'esperienza acquisite nel corso dei secoli. Hanno preso il nome di Guardie della Regina delle Stronze e si sono fatti fare anche una toppa.» Frank si voltò a guardare il vampiro dall'altra parte del piccolo tavolo rotondo. «Ne hai già vista una?»

«Un teschio con denti da vampiro, capelli lunghi e occhi rossi?»

Frank annuì. «Proprio così. Credimi, nessuno che conosca il significato di quella toppa si metterebbe a cazzeggiare con qualcuno di loro.»

«Ma non la portano spesso.»

«No, è riservata alle occasioni speciali. Se è visibile, allora vuol dire che è un momento operativo.»

Entrambi sorseggiarono il vino e si godettero la quiete per un momento. «Dunque ora ti occupi di progetti speciali?» domandò Barnabas.

«Come ho detto, tengo ancora d'occhio gli eventi in tutto il mondo, ma ora sto anche attento alle dicerie che potrebbero significare che qualcuno ci sta addosso. Questo include i familiari delle persone nelle squadre di Bethany Anne.»

Il vampiro aggrottò le sopracciglia. «Ti ha chiesto lei di badare alle famiglie della sua gente?»

«No», rispose Frank.

«E allora perché lo fai?»

«Perché se avesse dovuto chiedermelo, allora non sarei la persona giusta per questo ruolo. La conosco, lei si preoccupa molto di più di quanto lasci intendere. Non ti conviene contrariarla, e di sicuro non ti conviene minacciare qualcuno che ama.»

«Perché?»

Frank si girò verso il vampiro per capire se era davvero all'oscuro o se fosse una risposta data per mandare avanti la conversazione. Barnabas si voltò quando si accorse che l'altro lo stava fissando.

«Che c'è?» chiese.

«Dubito che non te ne sia accorto, ma diamo pure per buono che tu non sappia niente, anche se sono sicuro che tu conosca la risposta. Bethany Anne ha un grande spirito di giustizia e tende ad avere la meglio se sente che qualcuno sta minacciando delle persone indifese o se queste persone sono utilizzate come pedine su una scacchiera. Era furiosa quando l'hanno rimossa da una squadra di casi irrisolti perché sentiva che i morti non avrebbero avuto giustizia. Immagina cosa succederebbe se pensasse che qualcuno sta minacciando direttamente la *sua* gente.» Si voltò a guardare le acque notturne. «Allora potremmo essere testimoni di cosa succede quando la giustizia scatena una Furia.»

Barnabas sorseggiò il vino. Conosceva molto bene i racconti a proposito delle Furie e riusciva a immaginare cosa potesse fare una Furia mitologica nella società odierna.

Le acque sarebbero diventate rosse di sangue come nelle battaglie del passato, pensò mentre assaporava il vino.

Base della RDS, CO, USA

Jeffrey Diamantz trovava ancora un po' surreale l'idea di lavorare sotto una montagna dopo il suo periodo come CEO a Las Vegas. Stava andando in quello che la sua squadra chiamava *la Fossa*, cioè un piccolo auditorium a quattro livelli. Aveva un grosso tavolo con schermi incorporati per le riunioni. Erano tutti dotati di touch screen, a complemento dei grandi schermi ad alta definizione dall'altra parte del muro nella parte anteriore.

Fondamentalmente era la versione più aggiornata di un centro di comando spaziale che si potesse desiderare.

C'erano tre aree di lavoro su ogni lato del corridoio principale che portava verso il basso. Il livello superiore era per i servizi, le bevande e il cibo, come se si aspettassero dei lunghi periodi di tempo in cui nessuno sarebbe uscito.

Tom Billings ancora non aveva cablato le diciotto postazioni dei computer. Se ne sarebbe occupato nel pomeriggio.

Eppure il tavolo era a posto e permetteva loro di visualizzare i dati che stavano ricevendo dai loro satelliti. C'erano altri canali per visualizzare gli input ricevuti dai dispositivi che avevano impostato perché guardassero la Terra.

Come Moon-Droid One.

Jeffrey posò il caffè sul tavolo e aprì i fascicoli per rivedere le ultime informazioni.

Tirò fuori il rapporto su Moon-Droid One e passò in rassegna ciò che aveva fatto nelle ultime dodici ore. Il dispositivo era in realtà un rover da ventiquattro volt di dimensioni adulte, con l'aggiunta di un'ampia attrezzatura. Spedito sul primo container utilizzando una delle unità di potenza della Squadra BMW, lo avevano fatto viaggiare per tutto il lato oscuro della luna. Non che fosse davvero buio, ma era il lato non visibile dalla Terra.

Per fortuna la squadra era stata in grado di trovare e neutralizzare le unità di rilevamento che gli Stati Uniti avevano installato sul lato della luna rivolto verso lo spazio.

Non erano in tanti a sapere che alcuni dei primi razzi dotati di testate nucleari erano stati progettati per andare nello spazio.

Non potevano colpire ciò che non conoscevano, così gli Stati Uniti avevano piazzato anche dei satelliti di rilevamento.

Era un po' difficile costruire una base lunare se si era sotto lo sguardo vigile dello zio Sam.

Il rover si era fatto strada intorno a un paio di crateri più grandi e aveva iniziato a prelevare dei campioni. Jeffrey guardò le immagini dall'alto del satellite e poi il rapporto. Notò che Bobcat aveva controllato il rover per un'ora.

Be', questo spiegava le ciambelle che vedeva sulla superficie lunare.

Forse avrebbe dovuto dire al pilota di volare su Shelly per qualche ora per scaricare un po' di tensione.

Sentì altre persone in avvicinamento e poi la risata fragorosa di William. Il team BMW era arrivato.

Un secondo dopo i tre fecero il loro ingresso, con Marcus che protestava: «Non è ciò che ho detto!»

Bobcat replicò: «Stronzate! Hai detto che se fossi riuscito a fare una ciambella con la gravità della luna, avresti chiesto a Gabrielle di uscire.»

Jeffrey mise giù i rapporti. Anche se aveva in mano le migliori informazioni sulla superficie lunare conosciute dal genere umano, doveva assolutamente sentire cosa stava combinando quel giorno quella specie di reality show che avevano all'interno della base.

I tre si sparsero intorno al tavolo, prendendo i soliti posti: William alla sinistra di Jeffrey, Bobcat all'altra estremità del tavolo e Marcus alla destra.

«Stavo parlando di una vera ciambella, non di segni sulla regolite della luna. Sai, con il lievito?» brontolò lo scienziato.

Il pilota scosse la testa. «Andiamo, Doc. Non è giusto. Se non specifichi, posso scegliere di fare la ciambella come mi pare. Perciò vale anche una ciambella fatta sulla terra con le ruote.»

«Regolite», sbottò Marcus.

«Come vuoi. Allora, quanto è difficile chiedere di uscire a Gabrielle? Dai, amico, tira fuori le palle. Chissà quanti uomini ha già rifiutato in vita sua. Significherebbe solo che... che...» Bobcat si rivolse al meccanico. «Aiutami.»

William sorrise. «Diamine, no. Non ho intenzione di ammettere che potrei essere a conoscenza del fatto che magari ha più di duecento anni. Dato che alcune donne tendono a irritarsi se le si fa notare che hanno raggiunto i quaranta, sono dannatamente sicuro che non dirò che ne ha più di quattrocento. Perciò mi dispiace, dovrai cavartela da solo.»

Bobcat gli disse: «Fottiti, mio caro amico senza spina dorsale, e lo sto dicendo nel modo più carino possibile.»

L'amico annuì. «Scuse accettate.»

Il pilota si voltò di nuovo verso lo scienziato. «Ciò che voglio dire è che sono sicuro che Gabrielle abbia imparato a non fare a pezzi il superficiale e delicato ego maschile, perciò perché preoccuparsi?»

Marcus guardò i due compagni di squadra e squittì: «E se dicesse di sì?»

Bobcat sbatté la mano sul tavolo, provocando un forte *crack*. Usò la stessa mano per indicare il collega. «Perfetto! Allora tu... tu...» Guardò di nuovo il meccanico. «Merda, cosa diresti a una donna che ha fatto il giro dell'isolato centinaia di volte?»

William sorrise e mimò il gesto di chiudersi la bocca.

Il pilota gli scoccò un'occhiata disgustata e si voltò di nuovo verso Marcus. «Immagino non sia mai uscita con uno scienziato. Al diavolo, voi esistete solo dagli anni Quaranta, giusto?»

Lo scienziato iniziò a considerare ciò che Bobcat stava dicendo quando Jeffrey intervenne. «Signori, per quanto sia divertente, dobbiamo andare avanti con la riunione.» Tirò fuori il fascicolo del progetto e parlò alla stanza. «Solo una nota a piè di pagina per concludere la discussione... ragazzi?»

Tutti alzarono lo sguardo dai rispettivi fogli.

Il loro capo sorrise. «Dovreste ricordare che ha vissuto in Europa, e avrebbe potuto benissimo frequentare i primi scienziati tedeschi. Potrebbe aver passato una serata con Wernher von Braun.»

Ma Marcus non parve preoccupato, soltanto pensieroso.

Jeffrey fece spallucce. A volte non riusciva a capire le motivazioni degli altri, almeno al primo passaggio.

★ ★ ★

Robert McCarty entrò nell'Hangar 1, notando che era temporaneamente diviso in quattro aree di lavoro distinte con la sicurezza intorno al perimetro. Inarcò un sopracciglio quando vide Kevin in piedi, con le braccia incrociate. Incuriosito, si avvicinò al manager della base osservando l'attività circostante.

«Come mai i tavoli e tutto il resto, Kevin?»

Kevin McCoullagh lanciò un'occhiata a Robert, il membro più anziano del corpo degli ingegneri della base, e rispose: «La compagnia sta facendo un controllo di sicurezza di tutti quelli che sono saliti a bordo e che desiderano rimanere, dato che l'edificio principale è ormai completo e stiamo occupando le posizioni permanenti.»

L'ingegnere restò accanto al capo e rimase a guardare per un paio di minuti. «Li vedo entrare nei due uffici, ma rimangono lì dentro solo per un paio di minuti.» Si voltò verso l'altro, la fronte corrugata. «Hanno una specie di macchina della verità?»

Il responsabile della base tenne lo sguardo fisso sul pavimento e si costrinse a mentire. «Non saprei. Da quanto ho capito si tratta di una nuova tecnologia di una delle compagnie supervisionate dal Generale. Immagino se la sia portata dietro.»

«Non hai dovuto affrontare niente del genere quando sei stato assunto?» chiese Robert.

«In un certo senso. Il mio colloquio è stato molto più lungo e approfondito. Il mio accordo di riservatezza mi impedisce di rivelare qualsiasi cosa sulla mia esperienza, ma sono abbastanza sicuro che abbiano saputo da me tutto ciò che volevano.»

«E che succede se non passano?»

«Vengono licenziati con quattro mesi di stipendio, o gli viene data la possibilità di lavorare per un'altra compagnia, se è disponibile una posizione per cui sono qualificati. In questo caso, vengono coperte tutte le spese del trasloco per il dipendente e la sua famiglia. Finora soltanto sei candidati hanno preso quel pacchetto senza nemmeno passare dal controllo di sicurezza.»

Robert era curioso. «Avevano paura di sostenere il test?»

Kevin scoppiò a ridere. «No! Non ne potevano più del freddo, e hanno scoperto che la compagnia ha attività sia in California che in Florida.»

«Niente male. Mi si stringono le ossa anche solo a pensare al freddo che fa da queste parti.»

«Be', se preferisci dei climi più caldi, non ti trattengo. Ma devi aiutarmi a trovare uno o due candidati qualificati per sostituirti, se puoi.»

Robert guardò le persone che entravano negli uffici. «Dici che la compagnia pagherà le spese di trasloco?»

«Sì, per te e la tua famiglia. Anche se immagino che le tue prospettive siano più ampie.»

«Oh?»

«Sì. Stanno costruendo in altre zone, anche in Europa.»

«Non mi prendi per il culo?» domandò Robert.

«No», rispose Kevin con calma, l'espressione aperta e onesta.

L'ingegnere ci pensò su. «Tornerò tra un po'. Devo chiamare Tricia. Mi ha fatto una testa così con il fatto di vivere vicino al mare, e se non le dico di questa opzione di trasloco e dovesse venirlo a sapere...» Lasciò la frase in sospeso, le conseguenze erano abbastanza chiare.

Il comandante fece un cenno di intesa mentre l'ingegnere si dirigeva verso l'uscita, tirando fuori il cellulare.

Sperava che la moglie scegliesse il trasferimento, perché sarebbe stato davvero uno schifo dover licenziare quell'uomo per aver preso dei soldi per passare i segreti della base.

O doverlo seppellire, a seconda delle persone a cui aveva venduto quelle informazioni. Kevin sapeva che dietro la porta numero due c'era Michael. Cosa ancora più importante, stava solo passando il tempo con la maggior parte di quei semplici esami di coscienza, aspettando di scoprire se McCarty voleva provare a diventare una talpa all'interno dell'organizzazione.

Kevin McCoullagh non avrebbe permesso niente del genere. Tom Billings aveva trovato prove su tre computer diversi. Era stato installato un software per iniziare a passare informazioni nel giro di tre settimane. Il responsabile informatico aveva disattivato il software e aggiornato i firewall, bloccando tutte le informazioni in uscita senza autorizzazione con speciali protocolli di trasferimento dati in atto.

Sarebbe stato sufficiente finché ADAM non avesse portato online AGILITY. Quel programma era la versione raffinata dell'IA, in grado di funzionare sull'enorme numero di server che Tom aveva installato e fatto partire nelle ultime tre settimane.

Il che era un bene perché, quando Kevin aveva scoperto che Robert era colpevole di aver installato il software di spionaggio, avrebbe voluto farlo a pezzi. Aveva dovuto raccogliere tutto il suo sangue freddo per comportarsi come se niente fosse. Sapere che erano a pochi giorni dall'attivazione di AGILITY gli aveva impedito di reagire.

Per un pelo.

CAPITOLO 3

Base della RDS, CO, USA

iao, capo.»

Bethany Anne guardò a sinistra mentre camminava lungo il corridoio. «Ehi, Kevin. Com'è andata la revisione della sicurezza?»

Lui la raggiunse mentre si dirigeva verso l'ufficio di Lance. «Abbastanza bene. Quasi tutti i piantagrane se ne sono andati senza causarci problemi. Non posso dire di essere molto felice di lasciar andare Robert senza qualcosa a ricordargli quest'esperienza.»

Bethany Anne inarcò un sopracciglio. «Accidenti, qualcuno oggi è assetato di sangue, non è vero?»

Corrucciato, Kevin scrollò le spalle. «Mi fa incazzare che si sia venduto tanto facilmente. Non posso fare a meno di chiedermi se lo avrebbe fatto anche ai tempi in cui portava l'uniforme. In ogni caso, non gli ho detto niente.»

«Bene. La squadra ha un piano per monitorare il software che ha installato per vedere a cosa miravano e poi offrire delle informazioni false.» Arrivarono all'ufficio di suo padre e lei bussò un paio di volte, poi aprì la porta.

«Bethany Anne!» Patricia le sorrise da dietro la scrivania e si alzò. Lei e Lance avevano optato per un unico grande ufficio con le scrivanie ai due lati della stanza, una di fronte all'altra. Se qualcuno avesse piazzato uno specchio al centro, avrebbe visto la stessa cosa. Tranne, naturalmente, che lo specchio non avrebbe mostrato la faccia scontrosa di Lance dall'altra parte.

«Ciao, Patricia.» Bethany Anne accettò un abbraccio dalla donna. Non sembrava molto più vecchia di lei, ora. Quello risolveva il problema spinoso di chiamarla *mamma* quando sembrava più sua sorella.

Guardò la sedia vuota di suo padre. «Papà c'è?»

Patricia tornò a sedersi. «Sì. È andato a cercare un paio di merendine. A metà pomeriggio tende a diventare irritabile se non ha dormito abbastanza. Ho scoperto che lo zucchero e il cioccolato lo tirano su.»

Kevin lanciò un'occhiata alla scrivania di Lance e domandò: «Non si preoccupa per la sua salute?» Si voltò verso le due donne dall'aspetto giovanile, che si limitarono a fissarlo. «Scusate. Ho parlato senza pensare. Non si preoccupa delle calorie?»

Una voce parlò alle loro spalle. «Ehi, Kevin! Ehi, piccola!» Bethany Anne abbracciò suo padre e Kevin ricevette una pacca sulla schiena. «Pronti a parlare della base?»

L'uomo più giovane chiuse la porta. «Sì.»

Patricia prese il portatile, e Kevin girò una delle sedie di Patricia e la trascinò in modo che fossero tutti rivolti verso Lance.

«Possiamo parlare dei tre gruppi di ricerca e sviluppo più tardi.» Il generale si concentrò su Kevin. «Cosa abbiamo scoperto grazie a Michael?»

«Abbiamo già aperto un'indagine. A quanto pare il fatto che tu abbia un ruolo di spicco nella RDS Enterprises e che tu risieda qui, nella tua vecchia base, ha fatto supporre a tutti che ci sia una grossa operazione militare in corso. Questo era l'obiettivo principale di tre persone che Michael ha analizzato. Non abbiamo ancora licenziato nessuno. Stiamo aspettando l'arrivo di altre persone che possano ricoprire i loro ruoli prima di licenziarli.»

Bethany Anne domandò: «Di che tipo di persone avete bisogno?»

Kevin rispose: «Sicurezza, ingegneria, manutenzione e operazioni. Praticamente tutto.»

Patricia si inserì nella conversazione: «Sarà difficile trovare qui negli Stati Uniti qualcuno che sia competente e sicuro?»

«No, abbiamo già dimostrato che si può fare quando abbiamo selezionato l'equipaggio per le due navi», assicurò la vampira.

«Ma dobbiamo pensare a fondere diversi Paesi nel mix. Non voglio che ci fissiamo soltanto sugli Stati Uniti.»

«E per quanto riguarda il controllo? Quando hai composto l'equipaggio delle navi, Frank mi ha detto di essersene occupato per conto tuo.» Lance scartò un sigaro e lo morse.

Bethany Anne si stropicciò il naso. «Gah! Quelle cose non hanno più un buon odore, non come quando ero piccola.» Si contorse sulla sedia, cercando di mettersi più comoda. «Papà, sei irritato per ciò che ho detto sugli americani?»

«Tesoro», le disse Patricia, «tuo padre sa che non possiamo rimanere ancorati agli USA, ma lasciagli digerire la cosa.»

Kevin nascose un sorriso dietro la mano, ma smise di sorridere del tutto quando gli occhi di Lance si posarono su di lui.

«Tra Frank, Dan e ADAM, sono abbastanza sicuro che possiamo realizzare la stessa cosa che abbiamo fatto per la *Polarus* e la *Ad Aeternitatem*. E poi c'è anche Michael.»

«A proposito di Michael...» intervenne il comandante della base. «Dice che le navicelle di sicuro sono una bella soluzione, ma preferirebbe un'esperienza più personale e chiede una hostess per il prossimo volo.» Stavolta non nascose il suo sorriso quando Bethany Anne arrossì.

«Gliela do io la hostess...»

«Credo sia quella l'idea, tesoro», aggiunse Patricia sottovoce.

La vampira le si rivolse contro. «Ti ci metti anche tu?»

«In che senso? Sto semplicemente sottolineando l'ovvio. Non capisco cosa sia successo per farti arrabbiare così tanto con lui.»

Bethany Anne incrociò le braccia. «Non è successo niente. Proprio niente.»

Patricia si voltò verso Lance, che guardò sua figlia e annuì più volte. «Capisco. Be', se vuoi avere un rapporto adeguato con un sostenitore tanto potente, devi andare laggiù e discutere di questo "niente".»

Bethany Anne fissò suo padre, che sostenne il suo sguardo. Alla fine lei abbassò gli occhi. «Lo prenderò in considerazione.»

«No, lo farai e basta», ordinò il generale. Bethany Anne alzò di scatto la testa, ma lui continuò. «Non puoi ignorare un possibile malinteso tanto grande tra te e Michael. Se lo lasci irrisolto, qualcuno potrebbe usarlo contro di te. Qui si parla di una pessima leadership, e non solo perché state litigando su Dio solo sa cosa, signorina.»

Lei scosse la testa per fargli sapere che aveva recepito il messaggio.

Lance si voltò di nuovo verso Kevin. «Cosa ti preoccupa della sicurezza?»

L'uomo più giovane girò una pagina. «Stiamo implementando un gran numero di dispositivi di sorveglianza elettronica in tutta la proprietà. Il problema è sia la dimensione della base che la facilità con cui piccoli droni possono accedere al sito.»

«Stiamo parlando di quadcopter o cosa?» chiese la vampira.

Kevin girò un'altra pagina. «Quelli, più i minuscoli dispositivi come le cimici all'interno degli oggetti, i dispositivi laser a lungo raggio contro le finestre nell'area di ricerca e sviluppo, più le persone normali, i trasferimenti di dati, e altre amenità.»

Bethany Anne assunse la sua posizione preferita per riflettere. Puntellò il piede, mise il gomito sul ginocchio e appoggiò il mento sulla mano.

Guardò Lance, che si strinse nelle spalle. Con la coda dell'occhio, vide Patricia che alzava un dito.

«Abbiamo bisogno di vampiri», concesse infine il loro capo.

Patricia tossì e poi ridacchiò. Kevin si mosse per darle colpetti sulla schiena, ma lei se ne accorse e lo scacciò. «No! Non è niente. Semplicemente non mi aspettavo che dicesse che avevamo bisogno di *altri* vampiri!»

Bethany Anne stava sorridendo, e l'uomo più giovane notò che Lance sembrava essere altrove. Schiarendosi la gola, chiese: «A cosa stai pensando?»

Il generale si strinse nelle spalle di nuovo. «Se ne avessimo abbastanza per un equipaggio notturno, potrebbero facilmente gestire qualsiasi incursione. Dubito che il loro olfatto possa essere compromesso, e potremmo mandarne due in una navicella in qualsiasi punto della base molto in fretta. Se dovesse succedere qualcosa, nessuno ha maggiori possibilità di sopravvivere.»

«Oltre ai Wechselbalg», precisò suo padre.

«Vero.» Bethany Anne si alzò, fece qualche metro a sinistra e si voltò. «Ma la verità è che i vampiri e i mannari sono semplicemente due facce della stessa tecnologia. Posso risolvere il problema del sole, ma tutti i vampiri che reclutiamo dovrebbero essere fidati prima che io offra loro questa soluzione.»

«Perché non ti fidi dei vampiri?» domandò Kevin. Lance si voltò verso di lui e inarcò un sopracciglio. Ricordava che il Generale lo aveva rimproverato per aver fatto un controllo completo su un appuntamento al buio e gli disse: «Sono solo curioso.»

Bethany Anne rispose: «In realtà è una buona domanda. Da quando sono stata trasformata, ho conosciuto sia vampiri che mannari che si sono rivelati degli stronzi. La verità è che gli stronzi sono ovunque. Quando dai loro abilità superiori, puoi partire da uno stronzetto sopportabile e ritrovarti con uno stronzo significativo. Con Michael ho una buona possibilità di assicurarmi di avere persone decenti. Ora come ora, non ho abbastanza reputazione con i Wechselbalg per portarli qui alla base con noi. Se ne stanno occupando Nathan ed Ecaterina.»

«Sei sicura di avere l'aiuto di Michael?»

Bethany Anne si rivolse a suo padre. «Non c'è bisogno che torni a fare il padre autorevole, ho capito. Vado a trovarlo, okay?»

Lance unì le mani sulla scrivania e la guardò negli occhi. «Sì, penso che andrà bene.»

«Grazie.»

«Basta che tu lo faccia presto.»

Bethany Anne aprì le labbra per mostrargli che aveva la lingua tenuta saldamente dai denti. Il sorriso di risposta di suo padre la fece sorridere a sua volta. «Bene, papà. Andrò a trovarlo stasera, se Michael ha tempo.»

«Oh, piccola», disse Patricia alle sue spalle. «Certo che avrà tempo.»

Washington, DC, USA

Barb si avvicinò alla scatola dei dolci e prese una ciambella glassata dalle quattro che erano rimaste. Erano passate le otto di sera e tutti gli altri erano andati a casa.

Aveva iniziato il suo altro progetto all'ora di uscita, aveva impiegato tre ore per fare ricerche e poi era tornata a quell'enigma.

Non aveva potuto farne a meno. La verità era là fuori, a quanto pareva. Ma era dannatamente difficile da trovare.

Senza dubbio aveva una pista. Doveva scoprire cosa si nascondeva dietro la porta dell'armadio, anche se era qualcosa di spaventoso. Era come essere tornata bambina: anche se i suoi genitori le avevano garantito che non c'era niente sotto il letto, ogni notte continuava a tenere con sé la mazza da baseball di suo fratello.

Ora era una donna adulta, ma le sarebbe piaciuto avere ancora quella mazza da baseball. Se le fossero rimaste delle unghie da mordere, le avrebbe fatte sparire in un attimo.

Stavolta, se il vago puzzle che stava componendo era verosimile, alcuni mostri si erano scatenati per far fuori altri mostri e ora stavano prendendo di mira i terroristi.

Con qualche losco contatto governativo che doveva avere quasi cento anni. Le sembrava di essere in un episodio di *Ai Confini della Realtà*. Che diavolo stava succedendo?

Barb stava facendo del suo meglio per completare il suo precedente rapporto sui terroristi scomparsi e l'attacco a Washington DC. L'ex colonnello dell'esercito aveva avuto un infarto mentre era in prigione, due settimane prima, quindi non c'era verso di carpirgli ulteriori informazioni. Anche se era una bizzarra coincidenza, Barb dubitava che avesse qualcosa a che fare con la sua squadra di mostri.

Uh, pensò. *È un nome abbastanza buono.* Dato che sembravano colpire sempre di notte, quella designazione le piaceva, e la scrisse. Ecco, almeno avevano un nome.

Ciò che era stata in grado di capire era che l'informazione sul colonnello Nickelson, secondo cui prendeva soldi per insabbiare i suoi stessi uomini, era vera.

Alla fine aveva rintracciato i tabulati di un telefono usa e getta a buon mercato che corrispondeva alle chiamate ai militari tedeschi e poi a Nickelson. Una volta usato per chiamare il colonnello, era sparito dai radar. Chiunque lo avesse usato godeva di un'ottima sicurezza operativa.

Bastardo!

A Barb gli enigmi piacevano, ma a volte era impaziente da morire. Sarebbe stato meglio se la persona che aveva chiamato Nickelson fosse stata un po' meno astuta.

Setacciò i tabulati telefonici per capire se il contatto militare tedesco avesse ricevuto altre chiamate da cellulari usa e getta, ma negli ultimi mesi non era stato registrato nulla. Forse quella persona si era eclissata.

Oppure, pensò, magari la squadra di mostri era arrivata fino a lui o a lei?

Rabbrividì. Chiunque fossero i membri di quella squadra, erano dannatamente efficienti quando si trattava di portare fuori la spazzatura.

Il che la portò a chiedersi: chi aveva mosso i fili per farle trovare quel gruppo? Perché volevano così tanto che li rintracciasse al punto da spingere un'importante risorsa di ricerca, peraltro già concentrata su attacchi terroristici ad alta probabilità, a fare di tutto per trovarli? Stando a quanto aveva capito, la squadra di mostri non andava mai a caccia di obiettivi innocenti.

Si rese conto di aver finito la ciambella senza neanche sentirne il sapore. Accigliata, mandò giù un sorso di caffè. Cominciava a preoccuparsi del punto di arrivo della sua linea di pensiero.

La squadra di mostri era attenta a tenersi fuori dai radar, ma Barb aveva un contatto governativo fantasma che tirava i fili per trovarli. E c'era solo un punto di convergenza tra i due gruppi... lei.

Merda!

Sgranò gli occhi, allarmata. Era *lei la sagoma.*

Si piegò a sinistra e si pulì le mani sul cestino. Era ora di iniziare a raccogliere altre informazioni su chi stava dirigendo la ricerca.

Barb aveva bisogno di un'assicurazione e l'unico modo per ottenerla era avere informazioni.

Doveva capire chi voleva sapere della squadra di mostri e perché.

Base della RDS, CO, USA

Cheryl Lynn bussò alla porta e sentì una voce femminile rispondere: «Prego.» La aprì e vide una bella donna alla sua sinistra. La scrivania aveva una targhetta molto antiquata con la scritta Patricia. Si chiese se l'avesse ereditata da qualcuno che era alla base quando era gestita dall'esercito.

La donna si alzò mentre e Cheryl Lynn si fece avanti per stringerle la mano. «Salve, sono Cheryl Lynn. John Grimes mi ha detto di venire da te dopo aver fatto iscrivere i miei figli a scuola.»

Patricia sorrise. «Ciao, Cheryl Lynn. Sei la cugina di John, giusto?» Lei annuì. «Bene, siediti lì e risponderò ad alcune delle tue domande prima che torni Bethany Anne.»

Si sedettero entrambe, una per lato della scrivania. Cheryl Lynn parlò per prima, cercando di rompere il ghiaccio. «Ho notato che hai un magnifico portanome qui. Sembra anche molto vecchio. Tua madre o tua nonna erano nell'esercito?»

Patricia guardò la targhetta, non sapendo se essere infastidita o divertita. Poi sorrise. «È una storia interessante, ma per il momento posso dirti che me la sono portata dietro dal mio precedente incarico.»

«Anche tu eri nell'esercito?»

«Sì, tesoro, ero nell'esercito.» Cheryl Lynn trovò strano che una donna che di sicuro non poteva essere più vecchia di lei la chiamasse *tesoro*.

La porta si aprì dietro di lei, e un uomo dall'aspetto giovanile entrò nella stanza senza degnarle di un'occhiata. Era chiaramente infastidito da qualcosa. Il visitatore si voltò rapidamente a guardare Patricia, che sorrise a Cheryl Lynn e le strizzò l'occhio. L'uomo prese una cartellina con un blocco giallo pieno di appunti, poi aprì il cassetto in alto a sinistra della sua scrivania.

Bang! Lo chiuse e aprì il successivo. Il secondo cassetto si chiuse di botto e il nuovo arrivato aprì il terzo. Allungò la mano ed estrasse qualcosa che fece il suono del cellophane, e il terzo cassetto si chiuse con un tonfo ancora più forte.

Si alzò e tenne il pacchetto con i denti mentre si frugava nelle tasche, quindi aprì il cassetto delle matite. Rapidamente allungò la mano, recuperò un mazzo di chiavi e se le infilò in tasca.

Bang!

L'uomo prese un'altra pila di scartoffie nella mano destra e si diresse verso la porta, senza mai guardare nella loro direzione. Cheryl Lynn sentì un ovattato «Ti amo, piccola», poi lo sconosciuto aprì la porta e uscì, chiudendola dietro di sé senza sbatterla.

Cheryl Lynn si voltò a fissare Patricia con un'espressione perplessa.

«Quello, mia cara, è mio marito Lance. Era il generale qui quando questa era un'installazione dell'esercito, e devo dire che averlo qui alla base tende a far emergere gli aspetti peggiori della sua personalità militare.»

«Generale?» Patricia le fece un cenno con la testa. «Quanti anni ha?»

L'altra dischiuse la bocca per risponderle ma fu interrotta dalla porta che si apriva di nuovo. Stavolta sentì Bethany Anne dal corridoio. «Ashur, siediti qui. No! Qui, razza di tappeto ambulante che non sei altro. Papà ha avuto un attacco isterico quando hai fatto quel casino, l'ultima volta. No, non guardarmi in quel modo, miscredente! Sai benissimo che ti sei rotolato dietro la sua scrivania di proposito. Giuro su Dio che farò in modo che il gruppo dei reprobi e dei degenerati capisca come comunicare con il tuo culo in modo da poterti schiaffeggiare quando fai l'insolente.»

La porta si aprì del tutto e la donna entrò. Cheryl Lynn vide che dietro di lei c'era Scott. Questi la fece entrare nella stanza e le strizzò l'occhio, poi si voltò e rimase di guardia. John le aveva presentato prima Eric, poi Scott e infine Darryl, dopo che Scott e Darryl erano tornati da un breve viaggio in Texas. Erano lì per cercare, tra le altre cose, un UFO che si supponeva fosse stato avvistato.

Bethany Anne chiese: «Dov'è papà?»

Patricia rispose: «Se n'è appena andato. Ha preso il suo taccuino per una conferenza con le squadre della *Polarus*.

«Oh, okay.» Bethany Anne si voltò verso Cheryl Lynn. «Tina e Todd si stanno trovando bene a scuola?» La donna annuì, cercando di mettersi in pari con tutto ciò che aveva appena sentito. «Bene. John li ha portati nell'area di ricerca?»

Ripensò alla discussione tra sua figlia Tina e Marcus Cambridge quando si erano incontrati. L'uomo a quanto pareva ne sapeva abbastanza di scienze biologiche da addentrarsi in una conversazione approfondita sulla genetica, tra le altre cose. Prima che Cheryl Lynn avesse la possibilità di capire cosa stava succedendo, aveva sentito suo figlio Todd che urlava e si era voltata per vederlo parlare con due uomini in prossimità di un elicottero militare. Più tardi le aveva detto che si trattava di un Black Hawk di nome Shelly.

John aveva sorriso e aveva parlato a voce bassa: «Questo è il momento in cui i ragazzi hanno la possibilità di trovare la loro passione. Bobcat e William non gli permetteranno di farsi male, credimi.» Cheryl Lynn aveva annuito e aveva visto Tina seguire il dottor Cambridge in una stanza piena di attrezzature. Quando ne era uscita, stava parlando di buchi neri e parsec con lo studioso e si era accordata per andare a trovarlo il martedì e il giovedì pomeriggio, dopo la scuola.

Tutto ciò che la madre aveva potuto fare era colpire il suo cugino iper-testosteronico al braccio, con lui che sogghignava.

Rispose alla domanda di Bethany Anne. «Sì. Todd non riesce a smettere di parlare di Shelly, e ora Tina continua a blaterare di pianeti e spazio esterno. Ogni tanto parla anche di genetica, ma al momento si comporta come se far visita al dottor Cambridge fosse il miglior regalo che potessi farle.»

«Il dottor Cambridge?»

«Lo scienziato», chiarì lei.

«No, so bene chi è. Mi sorprende che tu lo abbia chiamato per cognome.»

Cheryl Lynn arrossì. «Be', un signore della sua età merita rispetto.»

Bethany Anne si voltò, pensierosa, e guardò l'altra donna. «Ti dispiacerebbe controllare?»

Patricia tornò alla sua scrivania e chiese da dietro la spalla: «Lo stesso tipo di "controllo" che mi ha fatto tuo padre?»

Bethany Anne sorrise. «Be', non sono sicura di voler sapere cosa ha fatto, ma che ne dici di confermare se è "con noi" da abbastanza tempo da giustificare un aumento di salute?»

«Ricevuto.» La donna prese il telefono e digitò un promemoria.

«Quell'uomo era davvero tuo padre?» domandò Cheryl Lynn.

Bethany Anne rispose semplicemente: «Sì.» Quindi studiò la reazione della donna.

Consapevole del suo stato di visitatrice, Cheryl Lynn considerò attentamente la domanda successiva. Si sentiva come se fosse stata misurata, per qualche motivo. Sebbene sapesse di essere entrata nella base perché era la cugina di John, non era sicura di cosa avrebbe dovuto fare. Tutto ciò che John aveva detto era che avrebbe lavorato per Bethany Anne, in qualche modo.

Pensò a quel che aveva visto fino a quel momento. Bethany Anne sapeva scherzare, ma le era sempre sembrato che fosse diretta, anche quando scherzava.

Cheryl Lynn azzardò: «Non sono più in Kansas, vero?»

Era più un'affermazione che una domanda. Patricia scoppiò a ridere. «Tesoro, hai lasciato il Kansas parecchio tempo fa.»

CAPITOLO 4

Buenos Aires, Argentina

Bethany Anne arrivò in Argentina in quella che la sua squadra aveva iniziato a chiamare la sua stanza di atterraggio. Lasciò il collo di Ashur e aprì le serrature che assicuravano che nessuno entrasse nella camera quando lei era via. La vampira aveva appena iniziato ad aprire la porta quando sentì Tabitha correre lungo il corridoio.

Fece un rapido passo indietro per permettere ad Ashur di saltare in avanti. Istintivamente trasalì al momento dell'impatto, Tabitha che urlava «Ashur!» e ridacchiava mentre il cane le leccava il viso.

I due cominciarono a far casino in mezzo al corridoio, con il cane che abbaiava e l'hacker che rideva. La giovane era tornata dal suo viaggio con Gabrielle notevolmente più felice, e con uno spirito più leggero. Bethany Anne aveva cercato di convincere l'altra vampira a darle qualche indizio su quanto era successo, ma Gabrielle si era cucita le labbra.

Sorridendo a quella scena, passò alla velocità vampirica e la usò per aggirare i due lottatori, poi tornò alla velocità normale quando entrò nel salotto principale. «Michael?» chiamò.

Lui rispose con «Sono quassù», così lei si girò per salire le scale fino al primo piano. Michael aveva preso una delle stanze preferite di Anton e l'aveva fatta ristrutturare per trasformarla in una biblioteca. Nel corso della sua lunga vita, il Patriarca era riuscito ad accumulare una notevole collezione di libri, molti dei quali erano prime edizioni rilegate in pelle. La nuova biblioteca, con i suoi profumi rilassanti di cuoio e cera per mobili, era il posto dove si recava quando voleva rilassarsi.

Lo trovò seduto su una poltrona. Una lampada Tiffany forniva un'illuminazione soffusa e condivideva lo spazio con un piccolo bicchiere di cognac sull'elegante tavolino accanto al vampiro. Bethany Anne si accomodò sulla sedia di fronte a lui. Tutte e quattro le pareti, eccetto la finestra, erano coperte da scaffali di legno scuro di buon gusto, pieni di quell'impressionante esposizione di libri.

Il sedile era ancora caldo, quindi Tabitha doveva essere stata lì sopra. Si domandò se Michael avesse detto alla donna che lei era arrivata o se l'hacker avesse installato dispositivi di ascolto nella stanza per avvisarla dell'arrivo di Bethany Anne.

«Vuoi qualcosa da bere?» domandò, un piccolo sorriso sul volto. Accidenti a quell'uomo! Era vestito in modo casual e aveva comunque un aspetto delizioso.

«Ah, no. Credo di aver bisogno di tutto il mio ingegno.»

«Oh? Stai per impegnarti in qualcosa che richiede la capacità di ragionare?» Usò il dito come segnalibro e chiuse il volume.

«Certo. Devo parlare con te.» Michael non disse nulla, si limitò ad alzare un sopracciglio e ad aspettare. Neanche provò a batterlo in quel campo: Michael aveva mille anni di vantaggio su di lei in quanto a pazienza. E, se doveva dar retta a suo padre, Bethany Anne era per costituzione incapace di essere paziente.

Non era vero. Considerava ben giocata la partita che aveva iniziato per attirare Michael tra le sue braccia.

Fino a quando il bastardo si era rifiutato di fare una mossa. Il suo ego era stato ferito dal fatto che Michael ci stesse mettendo troppo, così Bethany Anne se ne era andata. Anche se le era capitato di riparlare con lui, non aveva avuto lo stesso senso di urgenza e anticipazione di prima. Michael avrebbe dovuto innamorarsi di lei e perdere la ragione in un cosmico boom fisico.

Non c'era stato nessun boom cosmico. Chiunque avesse detto che una combustione lenta è la scelta migliore non doveva mai aver incontrato un Michael in vita sua. La situazione stava diventando fin troppo frustrante.

E lo era sempre.

Lo era anche ora, cazzo.

Lo guardò. Michael stava bevendo qualcosa al gusto di miele. Bethany Anne poteva sentirne l'odore e vedere i colori che turbinavano nel bicchiere grazie al riflesso della lampada. Si sporse in avanti, e non fu per dargli la possibilità di apprezzare la sua scollatura, quanto per allungare la mano per capire se avesse intenzione di condividere il drink. Michael fu felice di offrirle il bicchiere.

Bethany Anne bevve un sorso e lo fissò negli occhi. Nel vederla deglutire, Michael inarcò un sopracciglio.

Era buono. Bethany Anne mantenne il contatto visivo mentre mandava giù il resto, e mise da parte il bicchiere senza distogliere lo sguardo.

Chiese bruscamente: «Sai qual è il problema con gli uomini che hanno mille anni?»

Michael le rispose con un lampo di sfida negli occhi. «No, ma sono sicuro che me lo dirai.»

Bethany Anne si sporse in avanti per alzarsi, e nel processo, afferrò l'orlo della camicia. Quando si trovò di fronte a lui, la camicia ormai era tra le sue mani.

E Michael ebbe la conferma che Bethany Anne non indossava un reggiseno.

Con calma, come se parlasse del tempo, disse: «Gli uomini che hanno mille anni hanno troppi problemi quando si tratta di appuntamenti.»

Al piano di sotto, Tabitha accarezzò la testa di Ashur, che riposava sul suo grembo. Le orecchie del cane si drizzarono e la testa si sollevò per guardare in fondo al corridoio. Tabitha si voltò in quella direzione e sentì un piccolo *whoomp*, poi un leggero schianto e altri suoni ovattati.

Si voltò di nuovo verso Ashur, che le aveva rimesso la testa in grembo e gli disse: «Era ora. Ultimamente è stato più musone del solito.»

Tabitha alzò la testa di scatto e si infilò la mano in tasca. Il cane la guardò. Lei tirò fuori il cellulare.

«Scusa, Ashur. Ho quasi dimenticato di mandare un messaggio a Gabrielle. E quella, mio peloso amico, si chiamerebbe una *mossa capace di stroncarti la carriera*.» Sorrise e mise via il telefono, chiedendosi come avrebbe speso la vincita di quel montepremi.

«Forse», suggerì Michael, con le mani che giocavano con i capelli di Bethany Anne, «dovremmo spostarci in camera da letto ora?»

«Hmm?» A Bethany Anne piaceva che Michael stesse giocando con i suoi capelli. «Preferirei non muovermi.»

«Mmmm.» Michael si appoggiò all'indietro, e riuscì appena a raggiungere la porta per finire di chiudere l'ultimo centimetro. Era sicuro che Tabitha lo avrebbe rimproverato più tardi, ma francamente ora non poteva preoccuparsene. «Bethany Anne, a costo di mettere a repentaglio la meravigliosa sensazione che mi offre il contatto con il tuo corpo – quindi, per favore, non muoverti – c'era qualcosa di cui avevi bisogno oltre ad assicurarti che ci intendessimo bene?»

Bethany Anne rispose: «Se mi prometti che non smetterai di giocare con i miei capelli, io prometto che non ti graffierò più la schiena.»

Michael ci pensò su. «E quando ti avrei chiesto di non farlo?»

Bethany Anne sorrise. «Oh. Colpa mia, ho pensato che il sangue fosse un indizio abbastanza grande.»

«Un piccolo prezzo da pagare, te lo assicuro.»

Bethany Anne si girò leggermente in modo da poter riposare su un fianco, con la testa sull'addome di Michael. Quando aprì un occhio, notò che i pantaloni pendevano dallo scaffale più alto della libreria, a circa tre metri di altezza. «Non ricordo come sia successo.»

Michael seguì il suo sguardo. «Nemmeno io.»

Bethany Anne sorrise e chiuse gli occhi. «Okay, fammi quella domanda, ma non fermarti con i capelli, per favore.»

«Stavo solo cercando di capire se quando sei arrivata avevi qualcosa in mente, oltre ai rituali di accoppiamento del Ventunesimo Secolo.»

«Sì. Ho bisogno di vampiri», borbottò Bethany Anne.

Michael sollevò la testa per guardarla in faccia, che era serena. Aveva ancora gli occhi chiusi. «Vampiri?»

«Mmmhmmm. Ho bisogno di assumere vampiri per la sicurezza della base. Ho pensato che potresti conoscerne qualcuno, e che magari possiamo contattarli.»

Michael appoggiò di nuovo la testa. «Be', Gabrielle probabilmente ne sa più di me. In ogni caso, non c'è nessuno qui in Sud America che risponderebbe a una mia chiamata, figuriamoci se mi aiuterebbe.» Fece una pausa per un secondo, poi continuò: «Sai che anche la tua reputazione non è proprio il massimo, vero?»

«No. Perché?» ribatté lei, la voce un piacevole contralto.

«Be', considera tutto quello che hai fatto dopo la Florida. Hai fatto fuori Adrian e Clarita, poi Anton, e hai partecipato all'uccisione di David. E questo senza menzionare il fatto che hai sciolto il Consiglio del Branco Americano. Sono sicuro che il Consiglio del Branco Europeo sta aspettando che tu ti faccia viva.»

«Ancora non ne vedo il bisogno», mormorò Bethany Anne, felice di essere ancora sul petto di Michael. «E poi ci sta pensando Stephen. Se dovessero fare cazzate, se ne occuperà lui.»

Michael ridacchiò. «Almeno loro hanno un'idea di come lavorare con Stephen, ma capisco ciò che vuoi dire.»

«Allora, mi suggerisci di chiedere a Gabrielle di trovarmi qualcuno?»

«Questo è il mio consiglio, sì», confermò lui.

«Bene.» Bethany Anne alzò la testa, entrambe le palpebre si sollevarono, e lui poté vedere il rosso che cominciava a mostrarsi nelle pupille. «Perché ho di nuovo fame.»

Michael si chinò in avanti per baciarla. «Non questa volta, mia piccola coniglietta. Questa volta andrò *io* a caccia.»

Due ore dopo, il telefono di Tabitha squillò e lei lo tirò fuori. Si era trasferita in camera sua, e Ashur era sul suo letto. Il messaggio di Gabrielle diceva: **Ancora!?**

Lei rispose: **SÌ! Vado a dormire, non ho idea di quanto possano andare avanti, ma sono felice che finalmente si** siano spostati nella camera da letto di Michael. Magari è meglio mandare delle sacche di sangue, o qualche vicino potrebbe trasformarsi in uno spuntino notturno.

La risposta fu quasi istantanea. **Forse ti conviene avere a portata di mano dell'aglio ;-)**

Tabitha fece la linguaccia al telefono e distese un braccio su Ashur. «Buona notte, Ash.»

Lui sbuffò in risposta.

Base della RDS, CO, USA

Jeffrey entrò nel Sanctum dei Sanctum, come veniva comunemente chiamato il covo del Team BMW.

Be', almeno era ciò che diceva il cartellone realizzato con i pennarelli attaccato all'esterno della porta. Non era un brutto disegno. Presumeva che Todd, il figlio di Cheryl Lynn, avesse fatto del suo meglio, dato che Shelly spiccava in primo piano.

Si tolse la giacca e la appese all'attaccapanni. Un cartello accanto recitava: niente giacca e cravatta oltre questo punto.

La squadra prendeva sul serio il suo abbigliamento casual. Secondo Bobcat, un abito troppo formale *incasinava il groove*. E così aveva piazzato quel cartello vicino all'appendiabiti.

Diamine, proprio il giorno prima aveva scelto di non indossare la cravatta e aveva deciso che gli piaceva.

Si diresse verso il centro della sala tra un paio di grandi stampanti 3D che stavano realizzando... qualcosa. Gli pareva una specie di tutore o una staffa. Proseguì e vide il famigerato trio nella grande area di lavoro.

C'era una tavola rotante con scarabocchi matematici dappertutto. Vide la sigla KG un sacco di volte, perciò ovviamente Marcus stava lavorando al peso.

Si avvicinò abbastanza per ascoltare la conversazione. Era William a parlare.

«Dico solo che cercare di mettere l'acqua in queste figlie di troia sarà una rottura di palle, Marcus! Pensavo che la terza modifica del motore ci avrebbe dato protezione per il contenuto.»

Tutti e tre annuirono per salutare Jeffrey, ma continuarono a parlare.

Marcus si alzò dalla sedia e tornò alla lavagna per prendere un pennarello nero. «Guarda, i calcoli mostrano che se modifichiamo il terzo motore avremo una portanza più che sufficiente per tirare tutto quel peso d'acqua e portarlo sulla luna. Non solo l'acqua aiuterà a fornire una parte della schermatura dalle radiazioni, ma adesso abbiamo anche l'opportunità di avere acqua e ossigeno sulla luna. E ne avremo bisogno.»

William aprì la bocca, poi la richiuse. Si rivolse a Bobcat. «Non so di quali schermature abbiamo bisogno contro le radiazioni, ma di sicuro mi sentirei meglio sapendo che abbiamo parecchio ossigeno.»

Il pilota si appoggiò alla sedia e con una mano si stabilizzò contro il tavolo. «Allora, come facciamo a metterla nel container, innanzitutto?»

Il meccanico si avvicinò a Marcus, che gli porse il pennarello. «Il problema maggiore sarà intorno alle porte. Lì sarà necessaria una sorta di guarnizione. Costruirei dei pattini lungo il fondo, e dobbiamo avere delle casse di spedizione interne delle dimensioni giuste. Poi salderei dei sostegni sui tre lati rimanenti e in fondo, in modo da poter usare un muletto per spingere le casse all'interno e tenerle perlopiù al centro.»

Jeffrey chiese: «E come carichiamo l'acqua?»

William finì il piccolo disegno isometrico di un container e realizzò tre cerchi sulla parte superiore: «Questi rappresentano le nostre unità di gravità. Dobbiamo mettere un rubinetto con un rilascio di pressione in cima. Una volta che le casse saranno dentro e il contenitore sarà stato sigillato, lo riempiamo d'acqua.»

«Non dimenticare che il ghiaccio si espande», replicò Marcus.

Bobcat intervenne: «Pensavo che il ghiaccio occupasse meno volume.»

Jeffrey lo corresse. «No, prima si espande e poi si contrae. Ecco perché riesce a spaccare le rocce. La pioggia viene giù ed entra nelle crepe, si congela e apre le fessure, poi si ritira.»

William guardò l'immagine. «Be', il rilascio della pressione non aiuterebbe con il ghiaccio. Dobbiamo capire quanta acqua ci serve e misurarla. E poi le casse all'interno dovranno essere impermeabili.» Considerò come l'acqua sarebbe fluita nel container e intorno alle casse. Si rivolse a Marcus. «Quanto tempo ci vorrà perché l'acqua si congeli?»

Lo scienziato guardò il disegno. «Prima dovrei capire il valore di isolamento del rivestimento termico a firma ridotta che spruzziamo all'esterno, e poi dovremmo pensare a ruotare i container a causa del sole.»

«Al diavolo», Bobcat si strofinò il mento, «pensavo che fosse qualcosa che si potesse fare così su due piedi. Non è che ti stiamo chiedendo di progettare un'armatura ricorsiva né niente del genere.»

Marcus lo guardò, a bocca aperta.

William scosse la testa, disgustato. «Lo hai fatto di nuovo, brutto coglione.»

Jeffrey li guardò. «Cosa avrebbe fatto?»

Lo scienziato tese la mano e William gli restituì il pennarello, permettendogli di iniziare a prendere appunti sulla lavagna.

Bobcat si voltò verso Jeffrey. «Sto cercando di leggere quanta più fantascienza possibile, dato che molto di ciò di cui abbiamo bisogno è già stato ipotizzato in questi libri. Ho letto dell'armatura ricorsiva in un paio di libri, così ho pensato di usare quel termine. Ho solo fatto scattare un'idea nel cervello del nostro stimato scienziato e l'ho mandato su quella via, Dio solo sa dove lo condurrà.» Si voltò a sorridere al meccanico. «Un punto per me.»

William fece un cenno di assenso.

Jeffrey si trovò a pensare a come quello strano gruppo lavorasse così bene insieme. Ora si sarebbe aggiunto al mix.

«Okay, ragazzi, sono stato incaricato di aumentare le capacità. So che avete il volo, Bobcat...» Si rivolse a William. «... la produzione e l'assemblaggio...» E quindi si voltò verso Marcus, che continuò a lavorare ma annuì per far capire che era in ascolto. «... e questa roba da scienziati. Ma credo che in altre aree siamo troppo leggeri, e abbiamo una signora che si concentra sui sistemi di crescita rigenerativa delle piante, se vuole unirsi a noi.»

«Perché dovrebbe unirsi a noi o, meglio, perché non potrebbe?» domandò William.

«Be', lavorava alla NASA.» Jeffrey sentì Marcus che sbuffava, anche se continuò con i suoi calcoli. «Ma ha lasciato la NASA per questioni politiche e si è portata dietro tutto ciò che sapeva sulla coltivazione del cibo. Al momento si trova in Africa, quindi potrebbe essere interessata a lavorare alla coltivazione di cibo nello spazio. Penso che questo riassuma il tutto.» William annuì. «Avremo anche bisogno di persone che siano disposte a rischiare di viaggiare nello spazio. Ho parlato con Bethany Anne, ed è d'accordo con me: voi ragazzi non potete essere nel primo gruppo che partirà.»

Aveva pensato che avrebbe potuto ricevere un po' di critiche sull'argomento, ma fu Marcus che iniziò a far rotolare la palla. «È fottutamente assurdo!» Gettò il pennarello, si girò e indicò Jeffrey. «Cosa vuol dire che non possiamo essere nel primo gruppo che esce da qui? Ho lavorato tutta la vita – che va avanti da un bel po', potrei aggiungere – per essere lassù.» Indicò il soffitto. «Quanto tempo mi resta? Potrei morire domani, e poi dove andrei a finire?»

«Probabilmente due metri sotto terra», aggiunse Bobcat.

«Non ne sono sicuro», ribatté William. «Il terreno da queste parti è troppo roccioso. Io voto per infilarlo in una capsula e consegnare il suo culo al sole.»

Marcus guardò il meccanico. «Continua così e porterò il sole sul tuo misero culo. Non riuscirai a sederti per una settimana.»

William sussurrò a Bobcat: «Dannazione, questi scienziati sono sempre in cerca di fiamme e roba che brucia.»

«Non me ne parlare», concordò il pilota.

«E tu!» Marcus si rivolse all'altro collega. «Mi rifiuterò di effettuare quelle modifiche su Shelly. Quell'elicottero dovrà andare avanti alla sua velocità nominale come ogni Black Pigeon!»

«È un Black Hawk, e per l'amor di Dio, amico, prenditi un calmante. Faccio parte della *tua* squadra. Non c'è bisogno di tirarsi indietro sulla faccenda di Shelly. Sarebbe solo una cattiveria. Lei non ti ha fatto niente. Dimmi che non ti è piaciuta la corsa della settimana scorsa.»

«Be'», concesse a malincuore lo scienziato, «è stata bella, in effetti.» Bobcat pensò che il peggio fosse passato. «Ma non quanto sarebbe viaggiare nello spazio.»

Oh, merda, pensò il pilota. *Ci risiamo.*

Jeffrey chiese: «Siete già stati lassù?»

Marcus si voltò. «Su dove?» Jeffrey puntò un dito verso l'alto. Lo scienziato rispose: «Solo per una quantità di tempo minima, quando stavamo testando qualcosa. Abbiamo *sempre* dei limiti di tempo.»

Il loro capo alzò le spalle. «Allora andiamo. Magari è il momento di fare un po' di ricerca, giusto?»

Bobcat tirò indietro la sua sedia, e Marcus si piegò per togliere il pennarello dal pavimento mentre William spingeva la sedia sotto il tavolo.

«Non restare lì con le mani in mano, amico!» esclamò il pilota. «Stiamo per marinare la scuola.» Andò verso il frigorifero e tirò fuori una confezione da sei, si fermò un attimo, poi ne prese una seconda. Tornò verso i ragazzi, notò Jeffrey che guardava le birre e rispose alla domanda inespressa. «Queste servono per la ricerca.»

Jeffrey scoppiò a ridere. «Okay. E la seconda confezione da sei?»

Bobcat la sollevò e sorrise. «C'è sempre bisogno di un secondo giro di ricerca. Persino Marcus ti direbbe di non fidarti dei primi risultati.»

La voce del collega provenne dal suo ufficio. «È vero!»

Jeffrey scosse il capo. Quei ragazzi stavano cambiando lui più di quanto lui stesse cambiando loro.

L'altoparlante starnazzò: «Marcus?»

«Sì?»

«Sono Wayne. La signorina Tina è qui per vederla per una discussione di astronomia.»

Lo scienziato fece capolino dall'angolo della porta. «Oh, dannazione, me ne ero dimenticato. Cosa dovrei fare?»

Jeffrey era l'unico genitore del gruppo. «Chiedi a sua madre se puoi portarla in gita.»

«Nello spazio?»

«Se descrivi il motivo della gita come qualcosa di scientifico sarebbe la verità. Se poi lei non ti fa altre domande... be', è colpa sua, giusto?»

«Finisci spesso nei guai con tua moglie, vero?»

Il capo ridacchiò e rispose: «Mi succede di continuo, dannazione.»

★ ★ ★

Bethany Anne si stava allenando di nuovo. Aveva bisogno di riprendere il controllo. La notte passata con Michael era stata... intensa. Aveva ancora troppe cose da assimilare. Lasciare casa sua aveva richiesto un'enorme forza di volontà. A dire il vero, aveva fatto una richiesta a TOM, chiedendogli di smorzare le sue emozioni in modo da riuscirci. Eppure, aveva fatto in modo che quell'ultimo bacio durasse per sempre. Tabitha l'aveva abbracciata e le aveva sussurrato: «Almeno ora non sarà più così depresso.»

Lei era rimasta impassibile, ma aveva notato che Michael alzava gli occhi al cielo.

Bethany Anne?

Sì, TOM.

Abbiamo ricevuto una richiesta di poter pilotare tre capsule nello spazio.

Chi li porterà lassù?

Vedo che Jeffrey ha autorizzato la squadra BMW a effettuare delle ricerche nello spazio esterno, e una richiesta da parte di Marcus per una *gita*.

Aspetta un attimo? Che gita?

A quanto pare ha chiesto a Cheryl Lynn di portare anche Tina con loro.

Sul serio? Mi chiedo se rimarrà nel settore della genetica. Marcus le sta facendo pressioni continue per farla interessare allo spazio.

C'è una ragione per cui non può fare entrambe le cose?

Non mi interessa, finché studia tutto. Mi interessa che sia in grado di affrontare il carico di lavoro e mantenere ottimi voti. Fintanto che uno studente si impegna, sono pronta a rovesciare il cielo per aiutarlo.

Ti rendi conto che la stai mandando *oltre* il cielo, vero?

Bethany Anne interruppe l'allenamento. *In un certo senso, ma è il Team BMW che lo sta facendo accadere.*

Farai andare anche il fratello?

Tina perché ci va?

Per quanto ne so, deve incontrare Marcus dopo la scuola.

Allora no, non farò nulla del genere. Il mondo tende ad aiutare chi si impegna. Todd dovrà impararlo subito. Fargli trovare tutto su un piatto d'argento non servirà a nulla.

Sai, penso che saresti un buon genitore.

Bethany Anne sorrise. *Grazie, TOM. Significa molto detto da te.*

Perché sono un alieno?

No, idiota, perché sei il mio più caro amico.

Sai, anche a me non dispiacerebbe fare un salto là sopra.

Per la ricerca?

Certo, se vogliamo chiamarla così.

Mandò un messaggio a Gabrielle dicendo che avrebbe preso una navicella per passare un po' di tempo a riflettere.

Le arrivò subito una risposta. **Dove hai intenzione di atterrare?**

Bethany Anne sorrise. **Proprio qui, vampira ficcanaso!**

Gabrielle rispose: **Ehi, ti avevo detto di non fare nulla che io non farei, ma avrai bisogno di un paio di secoli anche solo per andarci vicina ;-)**

Sopra la Terra

Bethany Anne guardò attraverso il vetro della capsula dalla termosfera superiore. Lei e TOM avevano capito che, grazie ai nuovi sistemi radio collegati etericamente nelle navicelle, TOM e ADAM potevano instradare le loro comunicazioni attraverso l'astronave e poi di nuovo nella capsula. Era un po' strano per TOM sentirsi parlare, anche se la voce sembrava più elettronica che organica. Ma a volte preferiva parlare ad alta voce.

«È bellissimo.»

«Sono d'accordo», disse TOM.

Stavano circumnavigando il globo, e in quel momento Bethany Anne poteva vedere l'Australia e la Nuova Zelanda sotto di loro.

ADAM?

>>**Sì?**<<

Anche se l'IA poteva far passare la sua voce attraverso le stesse connessioni di TOM, normalmente non sceglieva quel processo, e Bethany Anne non aveva mai insistito.

Potete interfacciarvi con l'Heads-Up Display ed evidenziare i luoghi in cui si trovano i server che avete protetto?

Cominciarono ad apparire dei contorni che rappresentavano le terre emerse sotto di lei. ADAM mostrò solo le informazioni della loro vista attuale. C'erano alcuni punti in Nuova Zelanda e altri in Australia. L'IA mise un conteggio per evidenziare i server puliti di ciascun Paese.

Il numero continuò a crescere fino a fermarsi a un totale che superava le ottantaquattromila unità.

Bethany Anne mise il piede sulla staffa e il mento nella mano, appoggiando il gomito sul ginocchio. «Perché continuo a sentir parlare di milioni di macchine colpite se ne avete trovate solo ottantaquattromila?»

>>STO VISUALIZZANDO SOLO I PRINCIPALI SITI DI INFEZIONE. NON È UN CONTEGGIO DEI SERVER CHE HO PULITO O DELLE COPIE DORMIENTI CHE INFETTANO LE MACCHINE DESKTOP E I PORTATILI.<<

In percentuale, quanti credete di averne ripuliti?
>>Lo stai chiedendo per Paese, per questo gruppo, o nel suo insieme?<<
Nell'insieme.
>>Computo il numero di pulizia in qualche punto inferiore all'uno percento.<<
Porca di quella... ma davvero? Bethany Anne era scioccata.
>>Sì. Tutte le nazioni che ne hanno la capacità si aspettano che il primo colpo di una nuova guerra sia digitale. I cinesi sono stati semplicemente la prima grande potenza a riconoscere questa tattica, e sono diventati dei maestri. Sono in costante evoluzione e si aggiornano di continuo. E adesso lo stanno facendo anche le altre potenze.<<

Bethany Anne cercò nei suoi ricordi il nome di un virus o qualcosa che era stato nei notiziari parecchi anni prima. *E Stuxnet?*

>>Stuxnet è pensato per essere un worm congiunto israelo-americano utilizzato per distruggere le centrifughe iraniane utilizzate nel loro programma nucleare. Nel 2015, Kaspersky Labs ha trovato un'altra piattaforma di spionaggio altamente sofisticata creata da quello che hanno chiamato il gruppo Equation. La tempistica tra gli exploit e il loro uso nei programmi ha portato all'ipotesi che siano lo stesso gruppo o che stiano operando insieme. Attualmente l'aspettativa è che qualsiasi guerra significativa tra le nazioni inizierà con un colpo debilitante per sconvolgere tutti i servizi all'interno del Paese bersaglio. Per esempio la Cina rilascerebbe pacchetti di guerra digitali che ridurrebbero – e potrebbero neutralizzarli del tutto – i servizi come l'elettricità, l'acqua, il gas e il flusso di petrolio. I necessari pacchetti di comando che gestiscono gli impianti sono stati inseriti facilmente, e i loro componenti di comando e controllo possono

ESSERE COORDINATI A DISTANZA. UN PAESE STRANIERO CHE HA IL CONTROLLO SAREBBE IN GRADO DI FARE QUALCOSA DI POSITIVO COME SPEGNERE LA STRUTTURA O INTENSIFICARE L'EMISSIONE DI COMANDI CHE POTREBBERO ESSERE UTILIZZATI PER PROVOCARE DANNI SOSTANZIALI ALLE INFRASTRUTTURE. UN'AZIONE DEL GENERE INNESCHEREBBE CONSEGUENZE CATASTROFICHE ALL'INTERNO DEL PAESE E RICHIEDEREBBE SFORZI CONCENTRATI VERSO L'INTERNO. QUESTO RIDURREBBE AL MINIMO QUALSIASI ASSISTENZA CHE QUELLE COMPAGNIE AVREBBERO POTUTO PORTARE A SOSTEGNO DI UNO SFORZO BELLICO RIVOLTO ALL'ESTERNO. UNA VOLTA CHE LA POPOLAZIONE È CONCENTRATA SUI PROPRI PROBLEMI, L'ASPETTATIVA È CHE LO SFORZO BELLICO PERDA QUALSIASI SOSTEGNO. IL RISULTATO ATTESO È CHE IL GOVERNO SAREBBE CHIAMATO A CERCARE LA PACE A TUTTI I COSTI.<<

Quindi è qualcosa che stanno facendo tutte le grandi potenze? Quanto hai fatto per scoraggiare i cinesi l'ultima volta?

>>HO CALCOLATO CHE IL RISULTATO È MENO DEL SETTE PERCENTO DELLA LORO INFRASTRUTTURA ESISTENTE. LA MIA ASPETTATIVA È CHE ABBIANO GIÀ INFILTRATO UN ULTERIORE DUE PERCENTO FINO A OGGI.<<

Mostrami tutti i luoghi digitalmente compromessi, in ordine di gravità.

Il globo tridimensionale iniziò a riempirsi di punti. Dai rossi agli arancioni, ai gialli e infine ai blu. Bethany Anne passò una mano sul vetro, girando il globo tridimensionale e guardando quel mondo virtuale. Con l'eccezione dell'Antartide, non c'era un continente che non fosse ricoperto di segnali arancioni e rossi.

Oh. Mio. Dio.

CAPITOLO 5

ADAM, voglio essere sicura di aver capito ciò che mi stai mostrando. Tutti questi punti rappresentano dei computer la cui sicurezza è stata compromessa. Ho capito bene?»

>>SÌ.<<

«Va bene, spiegami cosa è successo in termini comprensibili.»

>>VISTO CHE ABBIAMO DISCUSSO DEI CINESI, È ACCETTABILE USARE LA CINA E GLI STATI UNITI COME ESEMPI?<<

Bethany Anne annuì e rispose: «Sì, può andare.»

>>MOLTO BENE. LA CINA SI STA PREPARANDO ALLA POSSIBILITÀ DI UNA GUERRA CON GLI STATI UNITI. CON I COMPUTER CHE CONTROLLANO TANTISSIME FUNZIONI VITALI, I SISTEMI INFORMATICI SONO DIVENTATI DEGLI OBIETTIVI STRATEGICI. COSÌ LE POTENZE STRANIERE – NEL NOSTRO ESEMPIO, LA CINA – SI INFILTRANO NEI SISTEMI INFORMATICI CHIAVE. I SISTEMI CHIAVE INCLUDONO I COMPUTER USATI DALLE COMPAGNIE ELETTRICHE PER CONTROLLARE LE RETI CHE FORNISCONO I RISPETTIVI CLIENTI. I CINESI POSSONO PRENDERE DI MIRA QUESTI, INFETTANDOLI CON UN WORM O UN VIRUS LATENTE. SE LA GUERRA TRA I DUE PAESI SEMBRERÀ INEVITABILE, INVIERANNO UN SEGNALE A QUEL PACCHETTO DI WORM PER FARLO DIVENTARE ATTIVO. IL RISULTATO PIÙ PROBABILE SAREBBE CHE LA RETE ELETTRICA DI QUELLA COMPAGNIA CESSEREBBE DI FUNZIONARE, IL CHE CAUSEREBBE UN BLACKOUT COMPLETO. E QUESTO È L'ESEMPIO DI UN SOLO ASPETTO DELLE INFRASTRUTTURE MODERNE. LE POTENZE MONDIALI PRENDONO DI MIRA I COMPUTER

DI OGNI SISTEMA INFRASTRUTTURALE IN CUI POSSONO IN-FILTRARSI. TI HO FORNITO UN ESEMPIO ADEGUATO?<<

«Sì, grazie. ADAM, hai idea di cosa succederebbe se quei pacchetti di worm venissero rilasciati tutti insieme?»

>>SIGNIFICATIVE INFRASTRUTTURE E DISORDINI SOCIALI. I CALCOLI PREVEDONO UNA RIDUZIONE DEL QUARANTADUE PERCENTO DELLA POPOLAZIONE ENTRO CINQUE ANNI, POICHÉ IL CIBO E IL CARBURANTE SCARSEGGEREBBERO E LE SOCIETÀ NON POTREBBERO GARANTIRNE LA COESIONE.<<

Per la frustrazione, Bethany Anne diede una manata sulla parete della capsula. «Figli di puttana! Quei bastardi stanno giocando con la vita come la conosciamo. Quei coglioni mordi-cuscini stanno mettendo in scena qualcosa che potrebbe far finire il mondo nel cesso!» Più pensava a ciò che le aveva appena detto ADAM e più si faceva furente. «ADAM, quale sarebbe il miglior metodo tattico per neutralizzare quei payload?»

>>A PATTO CHE IL SOFTWARE NON FUNZIONI SU UN SISTEMA DI COMUNICAZIONE IN CUI RILASCIA IL PAYLOAD UTILE SE NON RICEVE UNA COMUNICAZIONE, ALLORA IL BLOCCO DELLE COMUNICAZIONI SAREBBE SUFFICIENTE. TUTTAVIA, SE I PAYLOAD RICHIEDONO LA CAPACITÀ DI COMUNICARE, E SENZA COMUNICAZIONE SI AVVIA IL PAYLOAD, ALLORA BISOGNERÀ TROVARE E PULIRE SISTEMATICAMENTE I SISTEMI INFORMATICI. POTENZIALMENTE, DOVREBBE ESSERE UN ATTACCO CHIRURGICO A TUTTI I PROGRAMMI DI CONTROLLO ALL'INTERNO DELLA COMPAGNIA PRESA DI MIRA. SE LA COMPAGNIA PRESA DI MIRA HA UN PROGRAMMA DI CONTROLLO CHE RISIEDE SU UN COMPUTER PORTATILE CHE OPERA A DISTANZA, O IL DIPENDENTE ARRIVA SUL POSTO DI LAVORO E SI COLLEGA, SAREBBE UNO SFORZO SPRECATO.<<

«Quindi stiamo parlando di una decapitazione completa dei sistemi di controllo e poi della pulizia dei payload all'interno dei sistemi.»

>>SÌ. PER OGNI SINGOLA POSIZIONE.<<

«Allora devi aggiornare i sistemi di sicurezza. Aspetta un attimo. Se facessimo come tu e TOM avete fatto con i cinesi, faremmo scattare ogni sorta di allarme. C'è un modo per farlo senza allarmare tutti e far scattare il meccanismo da cui stiamo cercando di proteggere tutti?»

>>**No.**<<

«Bethany Anne, che ne dici di usare una facciata?» domandò TOM attraverso gli altoparlanti della navicella.

«Come la compagnia di sicurezza?»

«No, sto pensando a qualcosa come Anonymous.»

Bethany Anne ridacchiò, soddisfatta. «Oh, TOM, è impagabile.»

>>**Perché attribuire i nostri sforzi a una persona anonima è impagabile?**<<

«TOM sta parlando di Anonymous il gruppo di hacktivisti, non di una *persona anonima*. Se imposti tutto il lavoro e ti comporti come un hacker di Anonymous, i grandi potentati crederanno semplicemente di dover affrontare altri umani. Se commetti un qualche tipo di errore, ne saranno ancora più sicuri. Dovrebbe funzionare. Dovrai incartarti un po'.»

>>**Incartarmi?**<<

Dovrai commettere qualche errore di proposito e fare in modo che tutto ciò che fai non sembri più sofisticato di quel che la maggior parte dei programmatori sarebbe in grado di fare.

>>**Perciò dovrò commettere degli errori intenzionali.**<<

«Già.»

>>**Ho difficoltà a calcolare una giustificazione per commettere errori di proposito.**<<

«Questo perché non tutto ciò che gli umani fanno è logico. Molto spesso siamo guidati dalle emozioni. E queste emozioni possono indurci a fare cose illogiche.»

Bethany Anne pensò a come aiutare ADAM a capire meglio, ma non le venne in mente nulla. Be', magari un'altra volta.

«Dovrai dare il via al processo implementando piccoli lavori per testare la tua attività. Studia tutto ciò che puoi sul gruppo di hacktivisti Anonymous e vedi cosa fanno che potrebbe fornirti una copertura per il tuo personaggio. E confrontati con me prima di fare qualunque cosa. Non abbiamo bisogno di dover affrontare un conflitto globale, non quando c'è una minaccia più grande in arrivo.»

Esalò forte nella piccola cabina di pilotaggio. Quello che di solito era un panorama mozzafiato e rigenerante non stava funzionando troppo bene al momento.

Ciò di cui aveva bisogno era un posto nuovo dove andare. Sorrise. «TOM.»

«Sì?»

«Andiamo a vedere la luna.»

La navicella girò pigramente, la vista dello spazio occupava il vetro di fronte a lei mentre la Terra scivolava via. La luna apparve alla vista, con appena una scheggia della Terra ancora in basso a sinistra nel campo visivo.

Era bella, appesa lì, e abbastanza luminosa da lasciar pensare che fosse solo a poche miglia di distanza.

«Pronta?» chiese TOM.

Bethany Anne sorrise. «Fallo, pilota!»

La navicella scattò in avanti. La Terra scomparve dal vetro in un attimo, mentre la luna iniziava a crescere rapidamente.

Il viso di Bethany Anne era illuminato dalla gioia, il sorriso così ampio che i suoi denti riflettevano la luce della luna mentre gridava: «Porcaaa troiaaaa!»

La prima umana modificata e capace di utilizzare la tecnologia aliena continuò a urlare verso la luna. La sua IA e il suo amico alieno si unirono a lei per una corsa che sarebbe diventata il punto che gli storici avrebbero segnato come l'inizio del lascito della Regina Bethany Anne.

A bordo della RDS Polarus, Mar Mediterraneo

«Bene, figlio di puttana.» Frank Kurns passò in rassegna il suo ultimo pacchetto di informazioni. Aveva comunicato con ADAM, che si era offerto di ottimizzare i programmi e gli strumenti di ricerca. Gli era di qualche conforto il fatto che l'IA avesse impiegato almeno sei ore per aggiornare tutta la programmazione.

Non sapeva che ADAM in realtà aveva impiegato meno di ventidue minuti. L'IA aveva ricevuto l'ordine da Bethany Anne di aspettare altre sei ore prima di avvisare il ricercatore.

Sfortunatamente, quel codice modificato aveva scoperto un potenziale problema di vampiri nella terra dei canguri. Frank sospirò. Aveva sperato che potessero concentrarsi sullo spazio esterno dopo che Bethany Anne e Michael avevano fatto fuori David. Aveva visto i resti del giubbotto protettivo che la Regina aveva indossato quando David le aveva sparato.

Era davvero un fucile potente.

Frank prese il telefono e compose un numero interno. «Dan? Sono Frank. No, sono a posto, grazie. Ehi, questa è una di quelle chiamate vecchio stile. No, non *quel* tipo di chiamata vecchio stile, testa di rapa. C'è un potenziale problema di Rinnegati. Già, è quel che penso anch'io. Dove? In Australia. No, non credo che tu abbia bisogno di lei. Diamine, probabilmente potresti mandare un paio di ragazzi, ma penso che dovresti prima chiedere a Gabrielle. Sì, perché potrebbe conoscerli. Sarebbe bello se potessimo risolvere la questione senza violenza. Già, ti farò avere i dettagli entro un'ora. Be', sono sicuro che sia meglio prima che dopo. Scott e Darryl sono tornati dal Texas? Che diavolo ci facevano in Texas? È stato avvistato un UFO? Mi stai prendendo per il culo? Sì... aspetta, sono lì per Bigfoot? Buon Dio, amico, quale delle due? Smettila di ridere, cazzone. Okay, e UFO sia. Niente male. No, ho solo pensato che sarebbe stato interessante esaminare i dati del MUFON. No, chiederò ad ADAM di aiutarmi. Be', se non hanno trovato nulla, allora quei due sarebbero perfetti. Immagino che John non vorrà separarsi da Cheryl Lynn al momento, e Darryl e Scott lavorano bene insieme. Già, c'è tutta quella storia di Eric e Gabrielle. No, non credo stia succedendo qualcosa, ma non si sa mai. Meglio non sfidare la sorte. Certo, ci vediamo lì alle due. Ciao.»

Sydney, Australia

Richard Linstone arrivò al Maxwell's Café, un piccolo bar che rimaneva su Spring Street, alle otto di sera. Educatamente, sorrise alla signora dietro il bancone mentre richiedeva un latte macchiato e l'insalata Szechuan di manzo, molto al sangue.

Dopo aver pagato, si diresse verso il suo buon amico degli ultimi duecentoquarant'anni. Indossava una camicia bianca alla moda su dei pantaloni marroni e sorseggiava un tè. Richard, invece, aveva un blazer sopra la sua maglietta aderente e i jeans firmati.

Annuì mentre posava l'insalata sul tavolo. «Samuel.»

L'amico bevve un altro sorso. «Richard. Come andiamo?»

«Bene, bene. Avrò bisogno di mangiare un altro boccone più tardi, visto che sono in città. Non c'è bisogno di sprecare l'opportunità.»

«Un po' di sangue prima di andare?»

Richard sorrise. «Qualcosa del genere, sì.» Prese posto e si assicurò che non ci fossero clienti nelle vicinanze. «Okay, Samuel, hai richiesto la mia presenza. Ti prego di dirmi perché era così importante che ci vedessimo.»

«Andiamo, Richard, dove sono finite le tue buone maniere?»

«È un decennio che cerco di fare senza. Mi piace cambiare le cose, di tanto in tanto.»

«Come quella volta che hai deciso di bere solo sangue animale?»

L'altro assunse un'espressione disgustata. «È stata un'idea orribile. Grazie a Dio avevo deciso di provarci solo per sei mesi.»

Samuel scoppiò a ridere. «E quella volta che bevevi solo il sangue delle vergini?»

Richard sgranò gli occhi. «Come potevo sapere che l'anno successivo sarebbe iniziata la rivoluzione sessuale?» Sorrise, ripensando a quel decennio.

«Be'», concordò l'altro, «sei *stato* abbastanza intelligente da ampliare la tua definizione di *vergine* dopo un po'.»

Fu il turno di Richard di ridere. «Già, dovevano essere almeno sei mesi di astinenza. E devo ammetterlo, anche così trovare un buono spuntino in discoteca era una gran fatica. Non sai quanti soldi ho speso in drink gratis, per poi scoprire che quelle troiette si erano fatte uomini diversi praticamente ogni sera. Se non fossi stato un vampiro così accomodante, avrei creduto che la società stesse andando a rotoli.»

Samuel cercò di non ridere troppo fragorosamente. «Che idiozia. Ho dovuto ascoltarti per più di tre ore mentre ti lamentavi della scarsa moralità degli Anni Settanta. Tutto ciò di cui parlavi era che le femmine single erano finalmente riuscite ad avere la pillola qui in Australia, e trovare una bella vergine era come trovare la neve in una giornata calda ad Alice Springs.»

«Ahhh, bei tempi.»

L'amico sorrise. «Se lo dici tu...»

Richard si strinse nelle spalle. «Vero.» Lo guardò, facendo una pausa. «Perché ho l'impressione che tu stia finalmente per arrivare al punto?»

L'altro vampiro posò la tazza vuota. «Perché sei un uomo intelligente e mi conosci troppo bene.»

Richard corrugò le sopracciglia. «Deve essere una bella richiesta. Stai imburrando entrambe le parti.»

«Ma davvero? Non riesco a ricordare da che parte stai oscillando in questo decennio.»

L'altro scacciò quel pensiero con un gesto della mano. «Ho rinunciato a deciderlo nel '97. Francamente sono troppo vecchio per interessarmi. Ma non importa, e tu stai cercando di sviare. Perché mi hai trascinato fuori dalla mia caverna?»

Stavolta Samuel non riuscì a trattenere le risa. C'era solo un'altra coppia nel locale in quel momento, e i due gli scoccarono un'occhiata, poi ripresero a parlare tra loro. «Perciò quel monumento all'edonismo da settemila metri quadrati lo consideri una caverna?»

«Bene...» Richard tirò su con il naso. «Devo ancora ridipingere la proprietà dopo aver attraversato la mia fase nera, perciò sì, la chiamo caverna.»

Samuel scosse il capo. «Be', per quanto possa essere divertente, ho delle dicerie di cui dobbiamo occuparci.»

Richard gli fece cenno di continuare.

«Prima dobbiamo occuparci della richiesta di tributo da parte della Regina.»

Richard fece una smorfia. «La puttana ci sta provando di nuovo? Non l'abbiamo schiaffeggiata nel... che anno era, l'88?»

«Era l'89, e questa volta la puttana è molto più forte. I miei contatti dicono che è capace di scomparire, proprio come Michael.» Samuel si guardò intorno come se pensasse che qualcuno li stesse tenendo d'occhio. «In ogni caso, a dicembre lei e il suo gruppo hanno fatto fuori Hichoi.»

«Era andato a casa sua, ricordi?»

«Sì, ed è stata una scelta strategicamente sbagliata, ma quello è stato il primo omicidio tra vampiri dopo parecchio tempo. Devo ammetterlo, mi fa venire i brividi. Era l'unico motivo per cui siamo venuti qui invece di restare in Europa. Ci sono meno stronzate. Almeno in teoria.»

Richard fece spallucce. «Guarda, avremmo dovuto occuparcene prima, se la madre della Regina non fosse stata uccisa a Hiroshima.»

«Bel colpo di fortuna.»

«Non si tratta di fortuna e lo sai. Fu opera di Michael», sottolineò Richard.

«Bene. Comunque non potete prendervela con me perché ho goduto di altri sette decenni senza giochi politici di alto livello. Non è come...» Il cellulare di Samuel squillò. «Scusa.» Abbassò lo sguardo e sgranò gli occhi.

«Chi è?»

«Gabrielle», rispose Samuel.

«Gabrielle chi?»

Samuel guardò l'amico. «Non Gabrielle chi, *Gabrielle*. La figlia di Stephen.»

Fu il turno di Richard di essere meravigliato. «Come ha avuto il tuo numero?» Il cellulare smise di suonare. «Non hai risposto.»

«Già. La sua chiamata mi ha preso alla sprovvista.» Alzò di nuovo lo sguardo verso l'altro vampiro. «Quando è stata l'ultima volta che hai avuto a che fare con lei?»

«Non era la notte in cui noi tre ci siamo ubriacati e ci siamo svegliati nel letto insieme?»

Samuel sorrise. «Sì. E quanto era rimasta sorpresa. Credo sia ancora convinta che sia successo qualcosa tra noi tre.»

«Non è stato così?»

Samuel guardò l'amico. «Non eri in grado di stare in piedi, tanto meno di alzarti. Non ho potuto far altro che spogliarvi tutti e mettervi a letto. Eppure è stato il miglior scherzo che le abbia mai fatto.»

«È il motivo per cui non ci ha più parlato, stronzo.»

Samuel si strinse nelle spalle. «Già, ma avresti dovuto essere sveglio per vedere la sua faccia che diventava rosso fuoco. Oh, se solo ci fossero state le macchine fotografiche, all'epoca.»

«Come diavolo abbiamo fatto a ubriacarci così tanto? Lo hai mai capito?» Richard guardò il soffitto, cercando di ricordare quel lontano passato.

«Veleno», ribatté Samuel con enfasi.

L'altro abbassò gli occhi per guardare l'amico. «Veleno?»

Samuel annuì. «Già, la domestica di cui mi servivo aveva avvelenato il nostro barile di vino. Era qualcosa che i nostri corpi hanno impiegato parecchio tempo a espellere.»

Richard sgranò gli occhi e aprì la bocca prima di puntare un dito contro il vampiro dall'altra parte del tavolo. «Sei stato *tu* ad avvelenarci?»

«No, idiota.» Samuel scosse il capo con forza, poi cedette. «Be', non di proposito, almeno.»

«Allora qual era il piano?»

«Avevo sentito dire che una certa uva in quella zona avrebbe fatto diventare l'alcol più forte, così ho fatto andare una giovane donna a raccoglierne un po'. Le ho fornito una descrizione.»

«E lei cos'ha fatto?»

Stavolta fu Samuel a fare una smorfia di disgusto. «Credo fosse la bionda originale su cui si basano tutte le battute che girano ancora oggi. Quella ragazza ha scelto i semi di luna invece dell'uva che le avevo chiesto.»

«Quella roba che sembra uva?»

«Proprio così.»

«È stata una fortuna che non siamo morti tutti quella notte.» Richard guardò la porta mentre altre tre persone entravano nel bar. Il gruppo era composto da un uomo di colore, un bianco e una donna bianca. Quest'ultima stava procedendo verso di loro, e non sembrava affatto felice di vederli.

«Samuel?»

«Hmmm?»

«Ricordi che aspetto ha Gabrielle?»

«Certo, capelli più scuri, piuttosto lunghi. Una figura meravigliosa, con un gran paio di...»

Richard lo interruppe. «Lascerei perdere qualsiasi altra descrizione, a meno che tu non voglia mangiarti i gomiti.»

Samuel sgranò gli occhi. «Perché? È proprio dietro di me?»

Richard annuì lentamente.

L'amico sorrise alla battuta e si girò sulla sedia. Richard lo guardò mentre le sue spalle si afflosciavano. «Awww, accidenti. Sono un cactus.»

Gabrielle si avvicinò al tavolo e lo guardò. «Be', ciao, Samuel.» Fece un cenno all'altro. «E Richard. Ne è passato di tempo.»

Richard sorrise. «Gabrielle, ma che bella coincidenza. Stavamo giusto parlando di te.»

«Sì, ci scommetto. Probabilmente perché ho cercato di essere civile con il pisello-a-matita qui presente, e ho chiamato prima di presentarmi.»

«Posso spiegarti...»

Gabrielle gli mise una mano davanti al viso. «Samuel, sono già cinque minuti che ti ascolto. Quando avrò finito l'operazione, tornerò, e allora ci faremo una sana chiacchierata tra adulti.» Lui le sorrise. «E con questo, voglio dire che ti prenderò a calci in culo da qui a Newcastle e ritorno, ci siamo capiti?» Il sorriso di Samuel si trasformò in una smorfia.

La vampira si rivolse ai suoi compagni. «Scott, se non ti dispiace, gradirei un panino.» Rapidamente, scorse il menu. «Vedi se fanno la colazione speciale di Jose. In tal caso prenderò quella invece del panino, e un caffè gigante.» Si rivolse all'altro.

«Darryl, puoi assicurarti che non arrivi niente da davanti?» Lui annuì e si spostò un paio di tavoli più in là. La Guardia prese un piccolo sgabello da uno dei tavoli rotondi del caffè e vi appoggiò uno stivale, continuando a restare in piedi.

Richard e Samuel si scambiarono un'occhiata, e il primo fece spallucce. Entrambi guardarono Gabrielle quando lei si voltò verso di loro. «Allora, ragazzi, sono qui per scoprire cosa c'è di vero nelle dicerie che riguardano i Rinnegati. Volete confessare ciò che sapete, o devo picchiarvi entrambi fino a farvi urlare?» Rivolse loro un sorriso che in altri momenti avrebbe potuto illuminare la stanza.

«Gabrielle, non puoi farci fuori entrambi allo stesso tempo. Rischieresti la vita dei tuoi aiutanti umani.»

Scott posò un piatto con un panino e il caffè sul tavolo accanto a loro invece che davanti a lei. Guardò i due vampiri mentre parlava: «Non voglio che il vostro cibo vada sprecato. A volte è difficile cambiare le menti dei vecchi rimbambiti.»

Richard corrugò la fronte e guardò l'umano. «A chi stai dando del rimbambito? Magari sembri forte, ma...»

Gabrielle lo interruppe. «Non farlo, Richard.» Il vampiro si voltò a guardarla con aria interrogativa. «Il motivo per cui sto parlando con te è che questi due hanno ucciso abbastanza Nosferatu da riempire una piscina con il loro sangue, e ne avanzerebbe comunque un po'. Preferirebbero spezzarvi la schiena sulle ginocchia piuttosto che parlare con voi. Dato che voi due siete in qualche modo miei vecchi amici, sono stata incaricata di cercare di mantenere la cosa il meno cruenta possibile.»

Richard sibilò: «Questi due, Gabrielle?» Sprezzante, annusò. «Riuscirei a sentire l'odore della loro umanità dall'altra parte della caffetteria.»

Gabrielle abbassò il viso al suo livello. «Sei un fottuto idiota. Sono due dei Figli della Regina. Si stanno trattenendo perché sono il loro capo, ma non pensare che sia io a controllarli. Ti faranno finire in una tomba eterna, se non mi dai una mano.» Si alzò. «Allora, chi vuole parlarmi per primo della falsa regina?»

Samuel sputò: «Falsa? Vallo a dire a Hichoi e al suo gruppo. Hanno visto sorgere la luna per l'ultima volta.»

Gabrielle annuì. «Era proprio questa l'informazione che mi è arrivata. Ecco perché mi è stata segnalata. La violenza tra vampiri è stata bandita.»

«Da Michael? Non è mai stato da questa parte del mondo. I suoi editti significano poco per noi.»

«No», chiarì Gabrielle. «Da Bethany Anne.»

«Chi?» domandò Richard.

Vide l'umano girare la testa per fissarlo con uno sguardo duro e fermo. «Sta parlando della Regina delle Stronze, schifosa parodia di un essere senziente. Se dici una sola parola denigratoria sulla mia Regina, ti tiro fuori gli intestini dalla bocca e mi siedo sul tuo inutile culo fino al sorgere del sole.» Richard stava proprio per fare un'osservazione denigratoria quando notò qualcosa che lo portò a interrompersi.

Gli occhi dell'umano scintillavano di rosso.

CAPITOLO 5

Washington, DC, USA

Barb inclinò la sedia all'indietro e appoggiò la testa contro lo schienale. Poi, si sporse di più e fissò il soffitto mentre girava sulla sedia, facendo turbinare il soffitto.

Fece circa tre giri prima di chiudere gli occhi. «Ben fatto, Barbie. Sei appena riuscita a farti venire la nausea!»

Era un bel sabato pomeriggio, e lei era bloccata lì.

In effetti, si era abbastanza addentrata nella tana del coniglio. Non era riuscita a individuare completamente il gruppo, ma c'erano abbastanza tracce di fumo a condurla a quella nuova RDS Enterprises.

Le loro attività erano abbastanza sospette. Avevano un generale in pensione a capo delle operazioni, e un gruppo di ragazzi delle operazioni clandestine era scomparso nel mix, per non parlare del fatto che una tonnellata di ex marinai aveva navigato nel Mediterraneo durante l'operazione in Turchia. Per finire, avevano acquistato – o, come minimo, affittato a tempo indeterminato – un'importante base dell'esercito in Colorado che di recente era stata – molto convenientemente – dismessa.

Perché diavolo nessun altro aveva messo insieme quelle informazioni?

Le compagnie sotto l'ombrello erano vecchie, alcune vecchie di secoli, altre risalivano a un paio di anni prima. L'inafferrabile donna a capo della compagnia aveva delle proprietà immobiliari nella zona di Miami, ma era da un po' che non si vedeva da quelle parti.

Barb aveva cercato di rintracciare le ricevute della carta di credito, ma le informazioni non avevano senso. Era capace di acquistare qualcosa a Miami per il pranzo e poi in Francia la sera stessa, senza che fosse stato registrato alcun viaggio.

Barb era stata in grado di confermare che la compagnia aveva jet privati, ma aveva rintracciato anche i piani di volo. A volte corrispondevano, ma più spesso non corrispondevano affatto.

L'intera faccenda la faceva incazzare. Era come se le mancassero dei pezzi del puzzle e non riuscisse a metterli insieme.

Ma non era quella la cosa peggiore. La parte che la preoccupava davvero era per *chi* stava facendo quella ricerca. C'erano un sacco di potenziali indizi, ma continuavano a indicare una non-entità, il tipo di non-entità che di solito si usa quando c'è in ballo un gruppo clandestino.

Il tipo di gruppo capace di sbarazzarsi di qualsiasi indizio.

Sydney, Australia

Samuel sbottò, irritato: «Gabrielle, non è possibile che...» Smise di parlare quando sentì la canna della pistola sfiorargli il cranio. Vide che gli occhi di Richard erano spalancati dall'altra parte del tavolino.

L'umano si chinò accanto a lui e gli sibilò nell'orecchio: «Coraggio, dammi una scusa per far saltare il tuo fottuto cervello dappertutto. Gli umani presenti avrebbero dei soldi e subirebbero un lieve lavaggio del cervello. Io, d'altra parte, avrei il piacere di porre fine al tuo inutile culo. È meglio che le prossime parole che usciranno dalla tua bocca siano rispettose, o ti porterò personalmente fuori e ti prenderò a calci.»

Guardò Gabrielle, ma lei fece semplicemente spallucce e tirò fuori una lima per sistemarsi le unghie ben curate.

«Ma che diavolo», sibilò Samuel. «Sceglierò la porta numero due, ma ti succhierò il collo quando avrò vinto questo combattimento, brutto stronzo irrispettoso. Non sono un Nosferatu, e c'è un mondo di differenza. Te lo dimostrerò.»

«Allora farai bene a portare il pannolone, vecchio mio», gli disse Scott.

«Allora, ragazzi», interloquì Gabrielle, sollevando la lima. «Ora che vi siete esibiti nel vostro rituale da machi, ho qualche domanda.»

«No.» Samuel si accigliò. «Hai detto che questo idiota avrebbe potuto spezzarmi la schiena sul ginocchio. Non avrai alcuna risposta finché non dimostrerà di avere il permesso di sedersi al tavolo degli adulti.»

Gabrielle fece spallucce. «Bene, allora, una volta che avrai finito di farti fare il culo, riprenderemo questa conversazione. Venite con me.»

Scott si tirò indietro per dar loro spazio per stare in piedi. La seguirono, e Samuel girò la testa e parlò con voce molto bassa: «Vedi, lei cerca persino di proteggerli da me in questo momento.»

«Stronzo, lei non sta proteggendo loro. Sta proteggendo *te*.»

Samuel si accigliò e guardò l'amico. «Di che diavolo stai parlando?»

Richard scosse la testa. «Quei due non sono umani. A quanto pare le voci sulla Regina di Michael sono più accurate di quanto pensassimo.» I due uscirono e seguirono la vampira in un vicolo.

Gabrielle chiese: «Come siete arrivati qui?» Entrambi ammisero di aver preso un taxi. «Figuriamoci.» Si rivolse a Richard. «Hai ancora quella specie di casa a Point Piper?»

Lui inarcò un sopracciglio. «Non sapevo fossi a conoscenza di quella casa.»

Gabrielle sbuffò. «Ci sono molte cose che non sai di me e della mia squadra. Immagino che entro domattina avremo fatto qualcosa per la tua istruzione. Ci incontreremo lì per proseguire la nostra chiacchierata.» Si voltò per tornare verso la strada e chiamò da dietro la spalla: «Non fare tardi, Samuel. Sarebbe scortese.»

Il vampiro si rivolse a Richard. «Cosa mi sono perso?»

L'amico fissava ancora il punto vuoto dove Gabrielle era scomparsa. «Sono abbastanza sicuro che ti sia perso la parte in cui è successo qualcosa di drammatico dall'altro capo del mondo, e ora quello tsunami si sta facendo sentire anche qui.»

Samuel guardò lo stesso punto che stava fissando Richard. «Credi che il suo umano possa farmi qualcosa?»

Richard fece spallucce. «Hai mai visto Gabrielle permettere a qualcuno di mettersi in pericolo?»

«Sì!» Samuel sbuffò. «Quella volta nel 1763, o forse nel 1762.»

«Okay.» L'altro vampiro annuì. «Un punto per te. Che ne dici, hai mai visto Gabrielle permettere inutilmente che un umano venga ferito da un vampiro?»

«No.» Ci pensò su per un momento. «Ma potrebbe essere cambiata negli ultimi due secoli, e io non ne saprei nulla.»

«No? Allora sei stato inattivo per troppo tempo.» Richard si avviò verso la strada. «Andiamo a cercare un taxi e torniamo a casa. Non voglio fare tardi.»

«Ma tardi per cosa?»

Il suo amico agitò il braccio e fu fortunato quando un taxi che andava nella direzione opposta fece un'illecita inversione a U e si fermò davanti a loro. Lui rispose: «E io che ne so. Sento solo che la vita sta per cambiare, e tu sai come la penso sui cambiamenti.»

Samuel salì nel taxi, pensando alle parole di Richard.

L'autista li portò attraverso la strada a pedaggio del Sydney Harbour Tunnel, e i due arrivarono un quarto d'ora dopo. Aveva ricevuto un messaggio che diceva che Gabrielle li stava aspettando.

Camminarono intorno alla proprietà di Richard fino al retro, dove trovarono gli altri tre seduti a uno dei tavoli intorno alla piscina. Le luci decorative avevano un timer, e l'intero cortile era ben illuminato dalle luci puntate attraverso i cespugli e gli alberi. Le luci della piscina proiettavano la loro tonalità azzurra sul retro della casa.

I tre si alzarono.

Richard domandò: «Quali sono le regole?»

Scott rispose: «Non strillare come un bambino piccolo.»

Samuel si accigliò in segno di disapprovazione. «Molto divertente.»

Gabrielle scrollò le spalle. «Sono ammessi tutti i tipi di pugni, ma niente armi.»

Il vampiro ci pensò su. «Che ne dici se a lui è concesso un coltello e a me le dita?»

Gabrielle guardò Richard. «Garantisci che ho cercato di limitare spargimenti di sangue?» Lui annuì, e la vampira si rivolse ai due combattenti. «Cercate di tenere i vicini fuori da questa storia.»

Samuel sorrise e si tolse la camicia bianca. «Scusa, ma è fatta su misura. Non voglio che il tuo sangue la rovini.»

«Sei pronto ora?» domandò Scott.

«Sì.» Ricevette il gancio sinistro più duro che avesse mai avuto la sfortuna di sentire, il collo che saettava all'indietro mentre la mascella si rompeva. Si ritrovò a cercare di sollevarsi dal bordo di cemento della piscina di Richard.

Gli occhi del vampiro non avevano bisogno di diventare rossi. Erano già così, alimentati dalla rabbia. Sputò su Scott: «Hai versato il primo sangue, ma non dare per scontato che un colpo basso...» Dovette smettere di parlare quando l'umano gli venne addosso veloce come un vampiro. Samuel schivò il primo pugno, ma non vide il ginocchio che arrivava a rompergli il naso, disorientandolo per un attimo.

Le dita sinistre si trasformarono in pugnali, e Samuel si alzò mentre il suo corpo veniva sollevato da terra e gettato indietro di una quindicina di metri per atterrare nel cortile erboso. Furente di rabbia, rotolò per tornare in piedi.

Scott si strappò la camicia, le tre lacerazioni sul torso provocate dalle dita affilate del vampiro cominciarono a guarire davanti agli occhi dell'avversario.

«Dunque», ipotizzò Samuel. «Sei una specie di vampiro?»

Scott grugnì: «Sei talmente vecchio stile che credo tu non sia più capace di imparare. Lo sei?»

In risposta, fece ruotare la gamba in un calcio circolare, a una velocità impossibile.

L'umano parò e fece un passo indietro, permettendo a Samuel di tornare in posizione.

Notò di nuovo gli occhi rossi di Scott, che corrispondevano ai suoi. «Che c'è?» chiese. «Ora riconosci la differenza tra i Nosferatu e un vero vampiro?»

L'avversario scoppiò a ridere. «Figlio di puttana, mi sono allenato con i migliori e sono stato *battuto* dai migliori. I miei fratelli fanno fuori mostri che fanno sembrare questa sfida un allenamento da liceo.»

«Mostri? Ancora devi vedere un vero mostro.»

Le unghie della mano destra di Samuel saettarono in avanti, e lui si sfilò le scarpe mentre le dita dei piedi si allungavano e gli artigli laceravano i calzini.

Scott abbassò lo sguardo e vide il nuovo pericolo. «Hai il disperato bisogno di una pedicure.» Al sibilo del vampiro, fece spallucce. «Era solo un suggerimento.»

Il vampiro era furibondo. Non solo quello zoticone gli aveva provocato dolore, ma la sua insolenza lo aveva mandato fuori di sé. Le dita dei piedi incisero il manto erboso mentre si lanciava verso l'umano. Lo colpì, ma Scott schivò alla destra di Samuel. Mise a segno un'altra serie di tagli superficiali in una piccola azione che avrebbe dovuto sventrarlo.

Ruotò per affrontarlo e fu ricompensato con un calcio nel petto e quelle che sembravano quattro costole incrinate mentre volava indietro verso la piscina, mancando di poco un tavolo di metallo.

Entrambi gli uomini sentirono il padrone di casa che sibilava: «Dannazione, voi due coglioni farete meglio a non rompere i miei mobili del Settecento!»

Richard sentì la voce profonda dell'umano chiamato Darryl. «Se vuoi salvare qualcosa, ti suggerirei di spostarlo. Scott si sta ancora soltanto riscaldando.»

Richard si voltò, la bocca spalancata. «Sul serio?»

Darryl annuì. «Sì. Ecco, ti aiuto io.»

Il vampiro fu colto alla sprovvista quando l'omone passò alla sua velocità di vampiro e saltò attraverso la piscina per afferrare sedie e altre cose, allontanandole dal combattimento. Richard fece la stessa cosa e, quando arrivarono accanto a Gabrielle, fu costretto ad apprezzare la facilità con cui l'uomo gli aveva dimostrato che Gabrielle non li aveva affatto ingannati.

Quei due erano più che capaci.

Rassegnato, le chiese: «Lo ucciderete?»

Lei lo guardò. «Hai intenzione di dirmi quel che voglio sapere?»

Richard guardò di nuovo i combattenti. Scott aveva qualche altro strappo sul petto ma, anche da quella distanza, si capiva che stava guarendo a una velocità incredibile. «Hai intenzione di occuparti di lei?»

Gabrielle sbuffò. «La mia Regina ha affidato un compito ai suoi Figli. Noi non molliamo. Risponderà dei suoi crimini.»

Richard pensò ad alta voce: «Perché non sta contrattaccando?»

Gabrielle chiese di nuovo: «Mi direte ciò che voglio sapere?»

Lui annuì. «Sì, ma devo dirti che Samuel ne sa più di me.»

Gabrielle si voltò di nuovo verso i due uomini e parlò con voce colloquiale. «Scott, falla finita, per favore.»

Scott aveva schivato il vampiro un'altra volta quando sentì il comando. Samuel fece perno e si abbassò, aspettandosi un altro calcio da parte sua, e fu sorpreso quando vide l'umano sorridere di una gioia feroce.

Venne dritto verso di lui.

Samuel cercò di sfrecciare alla sua destra. Aveva alzato la mano sinistra per colpire quando il suo polso fu catturato in una presa tritaossa. Nell'istante successivo, l'uomo si girò dietro di lui, afferrò il vampiro e lo gettò di peso contro un albero a sei metri di distanza. Samuel sbatté contro il tronco e rimbalzò via. Quando riuscì a mettere le mani sotto di sé, quel dannato stivale grosso come una pala gli diede un calcio in testa e lo fece rimbalzare contro un altro albero.

Il mondo prese a vorticare sempre più veloce. Il dolore era insopportabile quando sentì il suo corpo sollevato in aria. Aprì gli occhi per vedere le stelle attraverso i rami degli alberi. «Ti arrenderai alla Regina o preferisci morire?»

Samuel non poteva più usare le braccia. Erano distese lungo i fianchi mentre tossiva attraverso il sangue che gli usciva dalla bocca.

Ansimò con voce debole: «Mi arrendo.»

Invece di lasciarlo cadere, l'uomo lo abbassò e lo portò come un bambino fino alla piscina, dove lo adagiò delicatamente sull'erba. Sentì qualcuno mettergli in mano una sacca di sangue. «Bevi questo», sentì dire a Gabrielle.

Samuel si girò su un fianco e sollevò la testa, bevve il sangue e poi abbassò di nuovo il capo, aspettando che la sofferenza cessasse.

Qualcuno gli tolse il sacchetto di plastica dalle mani.

Finalmente, trovò abbastanza energia per guardarsi intorno e vide Gabrielle inginocchiata accanto a lui.

Lui le offrì un ghigno storto e le domandò: «Cos'è che volevi sapere?»

CAPITOLO 7

Isola di Toumen

Non si offre mai una possibilità a un Rinnegato», affermò Darryl mentre i tre estraevano le pistole e le spade dalle due navicelle. Era metà mattinata. Erano arrivati prima, con il favore delle tenebre, e avevano aspettato che Gabrielle fosse sicura che tutti i vampiri erano addormentati.

Erano a un miglio dal punto che Samuel aveva indicato come la tana di quella cosiddetta "regina dei vampiri". A quanto pareva la signora in questione non aveva sentito che c'era una nuova Nacht in città e che Bethany Anne non era disposta a condividere i titoli. E così erano volati verso un'isola al largo della costa cinese, appena a est di Taizhou.

Gabrielle infilò la spada nel fodero e controllò le due pistole. Entrambi i ragazzi avevano le pistole nelle fondine a spalla, una sotto il braccio sinistro, e una di riserva dietro la vita. Scott si piegò sul vano dietro i sedili e tirò fuori una scatola di legno con una chiusura di metallo. La aprì, mostrando le quattro granate all'interno. Una fumogena, una al magnesio e due a frammentazione. Girò la scatola verso l'altra Guardia. «Chiedo scusa, signore. Vuole una granata?»

Darryl guardò la scatola. «Per me? Non avresti dovuto.» Scott fece come per tirare indietro il contenitore e l'altro si affrettò ad approfittarne. «Aspetta. Ecco, io ne prendo una a frammentazione e una fumogena. Le altra sono tue.» Sorrise al compagno di squadra. «Ricordi che una volta che hai tirato la spoletta il signor Granata non è più tuo amico, vero?»

Scott lo guardò. «Ero uno sbirro, non un impiegato comunale.»

«Giusta osservazione.» Darryl mise le granate in un sacchetto con cerniera sul gilè che indossava sopra la protezione in ceramica.

Lo stesso tipo di protezione che Bethany Anne aveva indossato quando David aveva cercato di praticarle un buco nella schiena.

L'altra Guardia rimise a posto la scatola dopo aver preso le granate rimanenti. Samuel era stato di parola, e aveva fornito tutte le informazioni e le dicerie che era stato capace di ricordare.

Quando avevano lasciato l'Australia, Gabrielle aveva detto ai due vampiri che sarebbe tornata per discutere di ciò che era successo l'ultima volta che erano stati insieme. Scott, affascinato, aveva osservato come Samuel, piuttosto pallido, avesse raggiunto una tonalità più chiara.

Ormai aveva iniziato a indossare quasi lo stesso abbigliamento di Bethany Anne: pantaloni di pelle con protezione in ceramica su una maglietta aderente Under Armour, un gilè aggiuntivo con tutto l'equipaggiamento sopra.

I suoi seni, sfortunatamente, rappresentavano un problema perché potesse comprimerli da sola, così chiese a Darryl di allacciare e tirare le cinghie da dietro.

Gabrielle grugnì quando si sentì stringere, poi mormorò: «Ora come ora sarebbe piuttosto bello avere la capacità di Bethany Anne di scivolare attraverso l'eterico.»

Scott chiese: «A cosa stai pensando? Apparire in alto e piombare in basso?»

«Be'...» pensò Darryl ad alta voce. «... dubito che sarà una passeggiata. Persino i vampiri più stupidi escogitano sempre modi nuovi per piazzare trappole esplosive lungo i sentieri che conducono alle loro dimore, oltre a vie di fughe segrete.»

Gabrielle spiegò: «Quando pensiamo alle nostre lunghe vite, abbiamo qualcosa da perdere. È qualcosa che tende a farci concentrare sul restare vivi.» Si mise in spalla il piccolo zaino. «E poi i proiettili fanno un male cane. Idee, ragazzi?»

Darryl si strinse nelle spalle. «C'è la possibilità di volare sulle capsule e saltare giù?»

Gabrielle li guardò. «A parte il fatto che potremmo essere avvistati e spazzati via a mezz'aria?»

Darryl annuì. «Be', questo era scontato.»

«Non mi piace dare le cose per scontato», lo corresse lei. «Ma l'idea di sgattaiolare via terra mi piace ancora meno. Aspettate un attimo.» Si chinò sulla navicella e prese un microfono. «Ehi, TOM, sei in ascolto?»

La risposta fu rapida. «Ciao, Gabrielle. Ti ascolto.»

«Puoi fare qualcosa per aiutarci ad avvicinarci alla facciata dell'edificio che dobbiamo attaccare?»

«Pensavo voleste soltanto farle una visita. Attaccare non è un po' prematuro?»

«TOM, devi capire che per un vampiro bussare alla sua porta è come attaccare. Considerando che questa donna sta già facendo del suo meglio per prendere il controllo della maggior parte di questa parte del globo, non sarà molto disposta da ascoltare. L'unico modo per stabilire la nostra autorità è con la forza.»

Darryl stava esaminando le sue armi un'ultima volta e commentò sottovoce: «È il miglior tipo di autorità che conosco.»

Scott si avvicinò alla sua navicella. «Sai, nelle forze di polizia, parlavamo sempre della possibilità di poter fare irruzione senza preoccuparci delle leggi. Non vedo l'ora di farlo.» Sorrise quando vide Gabrielle che annuiva.

La voce di TOM tornò dall'altoparlante: «Ho esaminato le informazioni. Se siete disposti ad accettare qualche rischio, sarò in grado di spostarvi alla massima velocità fino a più o meno venticinque metri dalla porta d'ingresso per poi scendere rapidamente. Potrete saltare dalle capsule.»

Gabrielle azionò il microfono. «TOM, quanto saremo vicini al suolo?»

L'alieno rispose: «Vorrei stare almeno sei metri sopra al terreno. Dobbiamo muoverci troppo velocemente per ottenere il tipo di letture su cui preferirei basarmi.»

Gabrielle guardò Darryl e Scott, e inarcò un sopracciglio. Entrambi fecero spallucce e Scott commentò: «Si può fare. Cos'è un salto di sei metri tra amici?»

Lei annuì e fece scattare il microfono. «È un buon piano, TOM. Ci lasceremo cadere fino a terra.»

La voce di TOM tornò dagli altoparlanti. «Okay. Quando mi darai l'ordine, muoverò le navicelle verso l'area del bersaglio a tutta velocità. Avrete quattro secondi per scendere, e poi le navicelle si sposteranno rapidamente nell'atmosfera superiore. Vi suggerisco caldamente di non rimanere al loro interno.»

I due uomini si avvicinarono alla navicella, Scott disse a Darryl: «Vado per primo, per sicurezza.»

«Per sicurezza?»

«Nel caso in cui qualcuno ci stesse aspettando a terra, non vorrei ti preoccupassi di romperti un'unghia. Ne prenderò una per la squadra, salterò per primo.»

Darryl ridacchiò. «Hai paura di restare dentro quella specie di baccello quando salirà di quota a tutta velocità. Non preoccuparti, il mio culo nero non rimarrà lì sopra. E se dovessi rallentarmi, troverai le mie impronte taglia 44 sul tuo culo.»

L'altra Guardia sorrise. «Darryl, farai vergognare i tuoi nonni per essere più lento di un bianco.»

Gabrielle si sedette nella sua navicella, preparandosi al salto. «Volete smetterla di parlare? Ci siamo quasi.»

Gli uomini risposero all'unisono: «Sì, mamma!»

La vampira alzò gli occhi al cielo, prese il microfono e si rivolse a TOM. «Conto alla rovescia fra tre.» Una volta terminato il conteggio, entrambe le navicelle si sollevarono con un leggero *voomp*.

Scott quasi gemette quando la foresta scomparve e la fortezza si trovò improvvisamente a una trentina di metri sotto di loro. Ebbe la sensazione che il suo stomaco rimanesse in alto mentre il suo corpo precipitava al suolo. Si accorse a malapena che si erano fermati quando sentì Darryl che lo spingeva. Galvanizzato all'azione, saltò.

Si trovò a sperare che il compagno di squadra non gli atterrasse sopra. Riuscì a piegare le ginocchia e a fermarsi con la mano verso il basso, in stile Iron Man. Darryl atterrò a due metri da lui, e Gabrielle a una quindicina di metri alla sua sinistra.

I tre si guardarono intorno, e la vampira indicò quella che doveva essere la porta d'ingresso. Distava cinque metri. Era una grande lastra di legno nero, alta almeno quattro metri e larga due, e sembrava abbastanza solida da resistere a un ariete.

Prima che lei potesse dare l'ordine, Darryl scattò in avanti. Scott si voltò per vedere se ci fossero minacce dietro di loro, e Gabrielle estrasse una spada dal fodero. Darryl strappò la parte posteriore di una carica esplosiva e la piazzò vicino alla serratura. Premette un pulsante, sorrise e bussò. Fatto questo, si spostò rapidamente di lato, si inginocchiò e si coprì le orecchie.

La terra tremò, e un cerchio fumante del diametro di un metro apparve al centro della porta. Era dannatamente impressionante che i cardini non fossero saltati.

La vampira non si fermò per cercare di aprire la porta, ma si tuffò attraverso l'apertura, la spada tenuta in una posizione che le permise di rotolare e tornare in piedi velocemente. Si trovò in un'ampia camera. Doveva essere lunga più di quindici metri e larga otto, con alte colonne che ne percorrevano la lunghezza. Un tappeto rosso largo tre metri andava dalla porta fumante fino all'altra estremità. Lì, il tappeto terminava su una pedana leggermente rialzata con una sedia dorata al centro. C'era una sedia per lato, arretrata di circa mezzo metro. Per renderla ancora più visibile, la sedia dorata era sollevata sulla pedana sopra le altre.

Oh, sì, pensò Gabrielle, *abbiamo davanti qualcuno che ci tiene proprio a sembrare una sovrana.*

A sinistra c'era un corridoio che conduceva all'interno dell'edificio.

Sentì i compagni di squadra superare i resti della porta, quindi dei passi che correvano nella loro direzione.

«Negoziamo?» chiese Darryl.

La vampira gli scoccò un'occhiata di sbieco. Stava cercando attivamente l'azione. «Dopo quell'entrata? Improbabile. Preparatevi ad attaccare.»

I tre si separarono leggermente, come erano stati addestrati a fare. Scott si spostò dietro di lei sulla sinistra, e Darryl nella stessa posizione, ma a destra. I due uomini avevano lavorato duramente per affinare le loro nuove abilità da quando avevano giurato davanti a Bethany Anne a bordo di un'astronave aliena.

Ora erano lì per far rispettare i suoi desideri.

Un secondo dopo, quattro uomini irruppero dal corridoio, le spade sguainate, per affrontare Gabrielle e i due umani che sembravano disarmati.

Il primo, un giapponese, fece segno agli altri di fermarsi. Si fece avanti, si inchinò leggermente e parlò in modo secco: «È così che si entra in casa degli altri?»

Gabrielle rispose: «Considerando l'inospitalità che il tuo gruppo ha mostrato a Hichoi e al suo seguito, credo che siamo giustificati. Consideralo il tuo solo e unico avvertimento.»

L'altro scoppiò a ridere. «Tu? Tu e chi altri? I tuoi due umani? Almeno li hai avvertiti che li hai portati dritti nella fossa dei serpenti?» Rivolse la sua attenzione a Darryl e Scott. «Ciò che vi hanno raccontato sono balle... sempre che vi abbiano detto qualcosa. Nel momento stesso in cui avete abbandonato il sole avete segnato il vostro destino.» Riportò la sua attenzione sulla vampira. «Quando la mia Regina arriverà, ascolterà la vostra dichiarazione, poi questi due umani saranno il sacrificio di questa impertinenza.»

Scott sbuffò dietro di lei e Gabrielle si girò a guardarlo. Lui fece spallucce e disse: «Scusa.» Lei alzò gli occhi al cielo e si voltò verso il loro ospite, ma non disse nulla.

Trenta secondi di tensione dopo, si sentirono arrivare parecchi altri passi. Uomini in livrea dorata e cotta di maglia armati di alabarde entrarono nella stanza a coppie, dividendosi in colonne ai lati della sala. Erano seguiti da una splendida donna giapponese vestita in modo splendente in un kimono bianco che le abbracciava i fianchi. Intricati draghi ricamati in oro e rosso si susseguivano lungo il braccio e il fianco destri. L'altro lato non aveva decorazioni. Mentre occupava il piccolo trono, altre sei guardie arrivarono dopo di lei.

Gabrielle poté sentire Darryl che sussurrava a Scott: «Io prendo gli otto di destra, tu gli otto di sinistra.»

Il compagno di squadra rispose: «E la ragazza?»

Gabrielle intuì il sorriso di Darryl mentre rispondeva: «Ho sempre voluto vedere un po' di azione tra ragazze. È un vero peccato aver lasciato i popcorn sulla navicella.»

La vampira fece fatica a trattenersi dal sorridere a sua volta. Capiva perché Bethany Anne adorava quei ragazzi. Avevano diciassette vampiri davanti a loro e pensavano a qualche porcheria? *'Fanculo,* pensò. *Perché trattenersi?*

Gabrielle sibilò: «Coglioni. Se volevate vedere un po' di azione tra ragazze, bastava chiedere.»

Sorrise tra sé e sé. Le sarebbe solo piaciuto poter vedere le loro facce in questo momento.

La voce di Darryl le rispose, un po' sommessa: «Gabrielle, è molto crudele da parte tua. Non riuscirò neanche a godermi questo combattimento dato che non sarò in grado di togliermi quel pensiero dalla mente.»

«*Basta!*» *sbottò l*a donna sul trono, la voce a riverberare nella sala di pietra.

Il silenzio durò soltanto due secondi, fino a quando Scott non rispose con voce normale: «Che guastafeste! Avevamo appena iniziato a divertirci.»

Quei due maschi umani non erano minimamente spaventati. Kamiko Kana capì subito che quello era un gruppo compatto. Aveva sentito il commento su Hichoi, quindi erano fin troppo consapevoli del pericolo, eppure l'avevano attaccata comunque.

La sedicente Regina negli ultimi tre giorni aveva dormito. Aveva pianificato di dormirne altri due prima di tornare sulla terraferma per avere un aggiornamento da uno dei suoi schiavi dell'esercito cinese.

Dopo che la sua porta d'ingresso era stata distrutta, ci avevano messo troppo tempo a rispondere. Erano diventati troppo permissivi e troppo fiduciosi nelle loro difese. Non sapeva come avessero fatto ad aggirarle. Si sarebbe assicurata di scoprirlo prima di permettere a quella donna di andarsene.

Opportunamente sottomessa, naturalmente.

Mentre si sistemava meglio, Kamiko Kana poté sentire l'uomo alla sua sinistra, quello scuro, parlare di far fuori le guardie davanti a lui. Poi udì l'osservazione sulla donna che la affrontava in un'esibizione disgustosa.

Non sarebbe mai successo. Con sua sorpresa, il capo non mantenne alcuna disciplina e si mise persino a scherzare con i due uomini.

Non riuscì più a trattenere la rabbia. «*Basta!*» Fu sorpresa quando pochi secondi dopo il bianco le diede della guastafeste. Socchiuse le palpebre. Sarebbe stato torturato per giorni prima di morire, ma la sua morte era stata predetta con la stessa certezza con cui lei adesso era seduta sul trono.

Lasciò che il silenzio si trascinasse abbastanza a lungo per assicurarsi che non ci fossero più commenti offensivi, ma non abbastanza a lungo da invogliare i due umani a ripetere l'errore.

Kamiko Kana guardò la donna. «Il tuo nome?»

La vampira davanti a lei sorrise. Non si aspettava una reazione del genere. Paura, naturalmente. Esitazione, forse. Ma di sicuro non un sorriso. Cosa stava succedendo?

L'intrusa parlò. «Il mio nome è Gabrielle. Sono la figlia di Stephen, che è il fratello di Michael.» Ci fu un piccolo sussulto da parte degli uomini ai lati della sedicente Regina. Michael era più una leggenda da quella parte del mondo. A differenza della maggior parte delle sue guardie, Kamiko Kana sapeva che esisteva davvero, non solo una storia raccontata per spiegare le origini dei vampiri. Sua madre aveva passato una notte con lui.

Poi sua madre era morta proprio per colpa di Michael, tra le fiamme e le macerie del bombardamento di Hiroshima.

Oh, sì, Kamiko Kana conosceva quel nome: Michael il Patriarca.

Disse: «Michael non ha fratelli.»

La donna inarcò un sopracciglio. «Non mi stupisce che tu abbia cercato di ritagliarti il tuo piccolo feudo. Neanche conosci il mondo in cui vivi, sei una ragazzina che vorrebbe diventare Regina.»

Kamiko Kana si stava irritando. Quella contadina era capace di camminare sotto la luce del sole. Stephen era noto per essere un diurno. Significava che molto probabilmente quella donna era chi diceva di essere.

Il che la metteva a soli due passi da Michael e la rendeva un avversario molto, molto forte. «Noi dell'est non riconosciamo l'autorità di nessuno. Io sono la Regina, e tu hai commesso l'errore di venire nelle mie terre per dirmi cosa?»

«Devi cessare immediatamente gli atti di violenza contro gli altri vampiri e modificare il tuo atteggiamento politico», le disse Gabrielle.

«Oppure?» domandò Kamiko Kana.

Il nero grugnì. «Non c'è nessun *oppure*.» La guardò dritto negli occhi. «Dovrai fermarti e basta.»

Vide la sua avversaria che alzava gli occhi al cielo e le chiese: «Perché permetti ai tuoi uomini questi atti di insubordinazione?»

«Chi ha detto che sono i miei uomini?» ribatté l'altra.

Kamiko Kana fece un cenno verso di loro. «Stanno dietro di te, dunque sono i tuoi uomini.»

Gabrielle scoppiò a ridere. «Io mi limito a dirigere l'operazione, ragazzina. Loro sono i Figli della Regina. Io non sono qui per negoziare. Sono qui per cercare di proteggerti da loro.»

I sorrisi feroci dei due uomini alle spalle della donna provocarono un leggero mormorio tra gli uomini di Kamiko Kana. Le sue guardie non erano stupide. Era ovvio che quei tre fossero disposti a combattere. E chi era disposto a combattere, e si tratteneva comunque, di rado non era consapevole delle proprie capacità.

Uno dei suoi uomini gridò di rimando, incapace di tenere a freno la collera: «Attento a come parli alla Regina! La vostra Regina non è altro che una falsa...» Due colpi di pistola riecheggiarono nella sala. La testa della guardia esplose, e l'alabarda si schiantò a terra accanto al suo corpo scomposto.

Il bianco cominciò: «Siamo disposti a tollerare un sacco di stronzate...»

Il nero terminò: «... ma non tollereremo alcuna mancanza di rispetto nei confronti di Bethany Anne.»

Gabrielle scrollò le spalle. «Be', questo conclude la mia parte. Posso dire a Bethany Anne di averci provato.» Alzò la spada. «Andiamo, Kamiko Kana. Ti va un po' di azione tra donne? I miei ragazzi vogliono qualcosa che li ecciti.»

Il rosso negli occhi di Kamiko minacciava di accecarla mentre sibilava: «Uccideteli. Uccideteli tutti!»

L'intrusa sorrise. «Ricordatevi che è stata lei a dirlo, ragazzi. Voglio che si sappia che non sono stata io a iniziare.»

Scott rise. «Quali sono i vostri ordini, condottiera impavida?» chiese a Gabrielle.

La vampira sorrise. «Fotteteli di brutto.»

La pistola di Darryl abbaiò veloce come una mitragliatrice. «Spero proprio che significhi ucciderli, non... l'altra roba.» Si girò per trovare nuovi bersagli.

Scott urlò mentre correva alla sua sinistra alla velocità da vampiro: «Sono abbastanza sicuro che significhi ucciderli!»

Il suo compagno di squadra scattò a destra. «Allora perché non dirlo e basta?»

Sfortunatamente, gli otto vampiri rimasti li raggiunsero e impedirono a Scott di rispondere.

Kamiko Kana rimase a bocca aperta. Pochi secondi dopo aver impartito il suo ordine, metà dei suoi uomini era morta. Poteva sentire la seconda ondata di guardie correre lungo il corridoio, ma i rinforzi non erano i migliori che aveva.

Non avrebbe mai dovuto aver bisogno di rinforzi, ma la sua élite stava morendo, e stava morendo rapidamente. La vampira aveva appena tagliato la testa di uno dei suoi assalitori e trafitto la cotta di maglia di un altro. Con un calcio mandò il corpo contro una colonna. Poi girò gli occhi verso Kamiko Kana.

L'aspirante Regina avrebbe voluto battere il piede per la frustrazione. I suoi piani si stavano sgretolando. La seconda ondata stava arrivando, ma era troppo tardi. Riconoscendo il pericolo, gettò giù una sfera di vetro che rilasciava fumo.

Scivolò nell'eterico e si rifugiò nella sua camera segreta. La calma del suo spazio privato era rassicurante mentre si avvicinava alla porta nascosta e la apriva. Entrò in fretta nella sua stanza personale, e la sua assistente umana accorse quando tirò la corda del campanello.

«Padrona?» Stava sbuffando, senza fiato per lo sforzo.

«È il momento, Machiko.»

«Il momento?» La donna assunse un'espressione perplessa.

«È il momento!» Kamiko Kana si avvicinò, i suoi occhi divennero rossi, e la sua assistente ebbe appena il tempo di rantolare prima che il dolore del morso cancellasse ogni altro pensiero.

Mentre i suoi uomini combattevano sopra di lei, Kamiko Kana prosciugava il sangue di quella che era stata una sua fedele serva negli ultimi dodici anni. Infine lasciò cadere il corpo senza vita. Passò sopra il cadavere per recuperare tutto ciò che poteva.

Era ora di alzare i tacchi.

«A quanto pare la festa non era di suo gradimento!» urlò Scott. Sparò in testa a un'altra guardia mentre schivava un'alabarda. Afferrando l'arma per l'asta, diede un calcio al suo possessore, che atterrò a tre metri di distanza. Girò l'alabarda e la usò prima per bloccare un colpo, poi per ferire un'altra guardia. «Queste cose sono uno schifo!»

Gabrielle ne infilzò una quarta. «Solo perché dovresti usarle con entrambe le mani, razza di ignorante!»

«Sul serio?» chiese, poi la lanciò a un vampiro confuso, che la afferrò senza problemi, solo per spalancare gli occhi in preda all'allarme quando Scott gli svuotò tre colpi nel cranio. «Che casino.»

Pochi secondi dopo, la stanza si riempì di rinforzi. Darryl urlò: «Situazione?»

La vampira rispose: «Un casino gestibile.»

«Buono a sapersi», ribatté lui. «Qual è il piano?»

Gabrielle grugnì quando un'alabarda attraversò la sua difesa e colpì la sua corazza di ceramica. «*Gott Verdammt*, merda, sono le mie tette quelle che stai colpendo.» Il vampiro incriminato fu presto decapitato.

«Hai bisogno di una mano laggiù?» domandò Scott quando tre dei nuovi arrivarono si precipitarono su di lei.

«No!» Gabrielle schivò un fendente, ne parò un altro e ne allontanò un terzo con un calcio. Con un movimento fluido, fece oscillare la spada all'indietro per tagliare la testa del primo e bloccò il rovescio del secondo. Fece girare la gamba per colpirlo con un calcio rotante, poi si posizionò per difendersi dall'attacco del terzo. La testa dell'uomo scomparve in una nube di sangue quando due spari detonarono dietro di lui.

Sentì Darryl che urlava: «Sono undici!»

La risposta di Scott arrivò altrettanto forte. «Senti, figlio di puttana, quello era di Gabrielle. Stai barando!»

«Non fare la fighetta, Scott.» Risuonarono altri due spari. «I morti sono morti e basta.»

Gabrielle sorrise mentre il secondo si preparava a diventare il bersaglio delle sue attenzioni.

Fece una finta a sinistra, poi scattò a destra, prendendolo nella scanalatura dell'armatura. L'attacco successivo fu interrotto quando fu colpito da dietro e il suo sangue la inondò.

Non si aspettava il suono della mitragliatrice. «Cip-cip», urlò mentre si girava verso la porta e iniziava a correre. «È ora di andare.» Era a metà strada quando chiamò: «Assicuratevi di lasciare i regali!»

La sua armatura si beccò due proiettili mentre guardava Scott lanciare una granata verso l'altro capo del corridoio. Gabrielle arrivò alla porta e si voltò per vedere dove fosse il suo team. Fu colpita altre due volte al petto, e l'ultima cosa che vide mentre volava all'indietro attraverso l'apertura fu Darryl che veniva colpito più volte e Scott che lo afferrava.

Lottò per alzarsi quando il buco aumentò di dimensioni al passaggio di altri due uomini, e poi un'enorme esplosione scosse l'interno della sala.

Senza dire una parola, si portò una mano al petto e aprì una piccola borsa per estrarre un minuscolo ricetrasmettitore. Premette il pulsante. Pochi secondi dopo, due capsule piombarono giù dal cielo. Aiutò Scott a mettere Darryl in una navicella e gli disse: «Prendi l'altra. Lo aiuto io.» Lui fece un cenno di intesa e saltò a bordo. Il portello si chiuse e Gabrielle azionò il microfono. «Due in viaggio, e fate presto!»

Dopo appena mezzo secondo, le navicelle si sollevarono nel cielo, lasciando dietro di loro una rovina fumante.

Gabrielle controllò Darryl. Era stato colpito due volte alla gamba sinistra, una al braccio destro e anche nella parte inferiore destra del collo. Fortunatamente, quella era solo una ferita di striscio. Poteva contare almeno dieci diversi proiettili che avevano colpito l'armatura toracica. Cercò sotto il sedile una borsa termica e tirò fuori una sacca.

«Bevi questo!» comandò.

Darryl annuì e bevve, poi parlò dopo averlo tranguggiato tutto. «Abbiamo bisogno di Bethany Anne per questa puttana?»

Gli occhi della vampira brillavano. «Diamine, no! La Regina ha mandato i suoi Figli, e saranno i suoi Figli a finire il lavoro.»

«Solo noi tre?» domandò Darryl. Non era preoccupato, ma curioso.

«No», gli disse Gabrielle mentre prendeva il microfono. «È arrivato il momento di coinvolgere anche John.»

La Guardia ridacchiò nonostante il dolore. «Lei non ti piace molto, vero?»

Gabrielle sorrise. «Sarebbe capace di rovinare la reputazione alle puttane. E poi sono curiosa di scoprire cos'è in grado di fare John.»

Darryl chiuse gli occhi mentre la miscela di nanociti e sangue che aveva consumato lavorava sul suo corpo. «Be', ecco che il nostro divertimento se ne va in malora.»

CAPITOLO 8

Base della RDS, CO, USA

Cheryl Lynn stava consumando un pranzo tardivo quando notò un uomo e una donna entrare nello spaccio. Lui era impressionante, alto, con un mento per il quale sarebbe stata disposta a morire e un petto su cui le sarebbe piaciuto svegliarsi. Sfortunatamente era ovvio che fosse innamorato della donna. Stavano parlando e Cheryl Lynn poteva sentire uno strano accento nella voce di lei.

Si rese conto che erano Nathan ed Ecaterina. Naturalmente John le aveva parlato di loro, anche se non aveva menzionato quanto fossero attraenti.

A volte la vita era semplicemente una bastarda. Scommetteva che fossero cresciuti insieme o qualcosa del genere, e che si fossero amati fin dall'infanzia. Come la maggior parte degli uomini, John aveva trascurato i dettagli più interessanti.

Cheryl Lynn tornò ai giornali che stava leggendo nel tentativo di aggiornarsi sulle informazioni di cui avrebbe avuto bisogno per aiutare Bethany Anne. Era assorta in una piccola parte di informazioni relative a una società minore coinvolta in opportunità concettuali di estrazione mineraria spaziale, quando sentì un profondo: «Chiedo scusa.»

Cheryl Lynn alzò lo sguardo, trovandosi davanti gli occhi di Nathan. «Possiamo unirci a te?» le domandò.

Ecaterina le sorrise. «Ti prego!»

Cheryl Lynn raccolse le cartelline e le posò su una sedia accanto a lei, facendo spazio ai vassoi dei suoi nuovi compagni di pranzo.

Si presentarono e lei fece lo stesso. Le ci vollero soltanto pochi minuti perché si rendesse conto di un paio di cose.

Tanto per cominciare, era stata una stronza a essere gelosa. E secondo poi suo cugino era un figlio di buona donna. Non aveva detto nulla sul fatto che quei due fossero licantropi.

Parlarono per un po' prima che Ecaterina chiedesse a Nathan se doveva andare ad «aiutare i Wechselbalg a imparare qualche nuovo modo per finire KO.» Con un sorriso allegro, Nathan si chinò, la baciò sulla guancia e allungò la mano per stringere quella di Cheryl Lynn. Le disse che era felice di averla conosciuta, ma che avrebbe colto l'occasione per andare ad allenarsi.

Se ne andò molto più in fretta di quando era entrato.

«Non farci caso», la rassicurò Ecaterina. «Negli ultimi due giorni non è riuscito ad allenarsi. La cosa tende a innervosirlo.»

Cheryl Lynn era affascinata: «Intendi il suo... il suo...»

La rumena sorrise. «Il suo lato da lupo?»

Lei annuì.

«Be', so che fa la differenza, ma lui è un tipo aggressivo per natura, e noi dovremo ripartire solo tra un paio di giorni.»

«Perché sei venuta qui?»

Ecaterina sorrise. «Per poter rispondere alle domande sul tuo nuovo lavoro.» Guardò la faccia confusa dell'altra. «Fammi indovinare: né Bethany Anne né John ti hanno detto che negli ultimi due anni sono stata la sua assistente?»

Cheryl Lynn scosse la testa.

«C'era da immaginarselo. A volte quei due danno semplicemente per scontato che tutti sappiano tutto per osmosi o qualcosa del genere.»

«Aspetta», la interruppe Cheryl Lynn. «Come hai fatto a diventare la sua assistente? Mi sono persa. Non sei tipo – e perdonami se sono fuori luogo – la moglie di Nathan o qualcosa del genere?»

«Sono la sua compagna, ma fondamentalmente è la stessa cosa.» Ecaterina prese il dolce che Nathan neanche aveva toccato e lo tirò davanti a sé. Prese un cucchiaio. «Ti dirò, tra la capacità di mangiare qualsiasi cosa e la completa mancanza di bisogno di un reggiseno, non tornerei mai indietro. Restituirò i miei naniti quando qualcuno li succhierà via dal mio corpo freddo, morto e, spero, molto vecchio.»

«I tuoi *naniti*?» Cheryl Lynn si sentiva smarrita. «Non sono qualcosa come piccole macchine nel tuo corpo?»

L'altra donna annuì mentre mangiava un altro boccone.

Cheryl Lynn ci pensò su per un secondo. «Quindi sono questi naniti a renderti diversa da me?»

Ecaterina rispose: «Sì. Ci sono due tipi di naniti di cui siamo a conoscenza, almeno finora. Sono sicura che nell'universo ce ne siano molti altri, ma per ora, sulla Terra, ci sono solo quelli che creano i cosiddetti vampiri e quelli che creano i Wechselbalg, i mutaforma.»

Cheryl Lynn si guardò intorno nella stanza perlopiù vuota, ma si chinò ancora in avanti, anche se non c'era nessuno nelle vicinanze. «È strano trasformarsi? Fa male come nel video di Michael Jackson?»

La mannara sorrise. «Nessuno te lo ha ancora mostrato?»

Cheryl Lynn gettò le braccia in alto, si sedette indietro e sbuffò: «Diamine, no! A quanto pare mio cugino è molto in alto nell'organizzazione, e sto cercando di imparare il più possibile, ma neanch'io so quante cose ignoro! E quindi non so come rimediare.» Uno sguardo di pura determinazione le passò sul viso. «Ma lo scoprirò, maledizione! Allora darò un calcio sullo stinco al piccolo John.» Incrociò le braccia sul petto, un'espressione risoluta sul volto.

Ecaterina sorrise tra sé e sé. *Questo è lo spirito giusto,* pensò. Disse ad alta voce: «Bene, lascia che ti dia qualche dritta su quel che devi sapere e su come ottenere le informazioni dagli altri. Ti darò anche il mio numero di cellulare nel caso tu abbia bisogno di mandarmi un messaggio o di chiamarmi.»

A più di trenta metri di distanza, nascosto alle signore da una porta, un uomo grande e grosso, che superava facilmente il metro e novanta, sorrise tra sé e sé e continuò lungo il corridoio.

Washington, DC, USA

Barb aveva passato altri due giorni a lavorare sul rapporto, nel tentativo di scoprirne di più su chi c'era dietro quella richiesta.

Le sue domande a Don erano state infruttuose. E non perché le stesse nascondendo qualcosa. Avevano i documenti giusti, e questo bastava. Gestire l'organizzazione richiedeva tutta la sua concentrazione, e non gli era venuto in mente che la richiesta in questione potesse non essere in regola.

Ora aveva un rapporto da presentare. Aveva finito, ed era abbastanza sicura che avrebbe provocato qualche ripercussione.

Tutte le prove erano circostanziali, ma erano sufficienti perché un gruppo governativo volesse scavare più a fondo. Quasi sicuramente avrebbe creduto alla sua ricostruzione. Il che la preoccupava.

Barb era nel suo ufficio, a girare lentamente sulla nuova sedia che Don le aveva fornito tre giorni prima. Non l'aveva chiesta, ma una mattina se l'era ritrovata nel suo ufficio.

Ne aveva parlato con Don, e lui le aveva detto che tutti avevano notato quanto lavorasse. Pensando che magari la stessero tenendo d'occhio, aveva chiesto come facessero ad averlo notato, e la risposta del suo capo l'aveva sorpresa.

«Sono i tuoi capelli», aveva ammesso Don.

«I miei capelli?» Era confusa. «Cos'hanno i miei capelli?»

Don aveva guardato la sua analista migliore. «Si stanno assottigliando, Barb. Sei così concentrata su questo lavoro che non stai mangiando come si deve, e stai perdendo peso.»

Barb quel giorno aveva lasciato il lavoro presto ed era andata da un parrucchiere perché le desse un taglio che andava bene per i suoi capelli, poi si era recata in un ristorante italiano. Ma che diavolo, se era sottopeso non poteva esserci una soluzione migliore dei carboidrati forniti da un bel piatto di pasta.

Quella sera aveva mangiato due porzioni di lasagne e aveva quasi bevuto un'intera bottiglia di vino. Quando aveva finito, aveva chiamato un taxi, era tornata a casa ed era crollata.

La mattina dopo, si era svegliata alle sei e mezza, con la testa confusa. Era salita sulla bilancia del bagno e aveva deciso di fare un po' di esercizio, e di iniziare a mangiare un po' meglio. Non c'era da stupirsi che tutto quello che indossava le andasse così dannatamente largo. Aveva perso quasi tre chili.

Anche se non era un buon metodo per perdere peso, le aveva permesso di indulgere in alcuni piaceri nei giorni successivi. Diamine, neanche le ciambelle le avevano fatto male, a quanto pareva.

Smise di far girare la sedia in una direzione e prese a girare nell'altro verso. Aveva deciso che, non potendo identificare la fonte della richiesta di quel rapporto, avrebbe tralasciato alcune informazioni chiave.

Come il nome della compagnia, per esempio. Insieme ai personaggi principali. Oh, avrebbe lasciato abbastanza per assicurarsi che i dati mostrassero una grande organizzazione dotata di potere e influenza, ma non avrebbe fornito le sue conclusioni complete. Volevano un rapporto, avrebbero avuto un rapporto. Ed era un gran bel rapporto.

Ma pur sempre un rapporto incompleto.

Immaginava che il richiedente avrebbe avuto due opzioni: accettare il fatto che nessuno fosse in grado di capire chi ci fosse dietro gli attacchi, o chiederle di continuare. A quel punto, avrebbe detto loro che aveva fatto del suo meglio.

Soddisfatta di avere un piano, si mise all'opera, compilando le ricerche pertinenti. Teneva sempre al sicuro i suoi dati. Lavorando velocemente ma con attenzione, caricò le informazioni su una chiavetta USB e tirò fuori il cassetto in alto. Dietro c'era abbastanza spazio per una decina di chiavette, e finora ne aveva nascoste quattro. Ora ne aveva appena aggiunta una quinta. Per buona misura, fece un duplicato, decisa a consegnarlo, anche se non era ancora sicura a chi lo avrebbe dato.

Sperava di potersi fidare di qualcuno. Don sarebbe stato la scelta più ovvia, ma Barb aveva deciso di non coinvolgerlo. Si sarebbe sentito obbligato a proteggerla, il che era un bene, ma l'unico risultato sarebbe stato metterlo in pericolo. E Don le piaceva troppo per fargli qualcosa del genere.

Sarebbe stato bello, pensò, se avesse avuto il suo agente governativo supersegreto centenario di cui potersi fidare. Ma persino lei dubitava di quella particolare conclusione all'interno del rapporto.

Perché era assolutamente impossibile che fosse vero.

A bordo della RDS Polarus, Mar Mediterraneo

Frank e Dan sedevano nella sala riunioni, e stavano ascoltando Gabrielle attraverso l'altoparlante. «Perciò questa è la fine della storia. Siamo usciti quando le mitragliatrici hanno iniziato a sparare, abbiamo lasciato un regalo o due, e ci stiamo riorganizzando. Ho bisogno di una posizione per quella puttana, e voglio che John si unisca a noi.»

Dan chiese: «Perché non Eric?»

«Possiamo prendere anche lui?» ribatté la vampira.

Dan fece spallucce, poi si rese conto che era improbabile che Gabrielle se ne accorgesse. «Non vedo perché no. Sarà solo per un'operazione, e possiamo far intervenire i Guardiani se Bethany Anne deve fare qualcosa e ha bisogno di protezione. L'ostacolo più grande è assicurarsi che non venga con noi.»

Frank aggiunse: «Se viene anche BA, addio al divertimento.»

«È buffo», gli disse Gabrielle. «È proprio quello che Darryl dice di John.»

«Davvero?» Frank prese uno dei suoi quaderni. «Perché?»

«Oh no, non ci credo!» esclamò la vampira. «Non ho intenzione di contribuire alle tue storie, vecchio.»

«Dice la signora che è...»

«Se vuoi raggiungere il traguardo del secolo, fossi in te non direi altro.»

Dan scoppiò a ridere, e il suo collega sorrise. «Be', sono abbastanza giovane per essere *tuo* figlio!»

«Diamine», ribatté la vampira, «questo vale quasi tutta la popolazione maschile, tranne uno o due... be', sono morti. Forse uno o due di cui non sono sicura. Diciamo cinque uomini che non sono abbastanza giovani da essere miei figli. Ma ti assicuro che non lo sono.»

Dan era divertito. Gabrielle era molto più aperta in quella chiamata di quanto non lo fosse mai stata. Si chiese cosa fosse successo in quella missione, di preciso.

Frank sollevò una spalla. «Okay, niente fango su John, almeno stavolta. Ma ho avuto l'okay da parte di Tabitha per chiederti del tuo viaggio con lei.»

«Per me va bene. Ma quando scrivi qualcosa che riguarda me, fammi risultare bella.»

Frank guardò Dan, che mormorò: «Donne!»

«Non credo sarà un problema, Gabrielle.»

«Assicuratene. E comunque torniamo in carreggiata. Quando pensi di potermi dare un'idea di dove sia quella troia?»

Frank rispose: «Non ne sono sicuro. I satelliti del Team BMW che tracciano le fluttuazioni eteriche sono stati testati con Bethany Anne e sembrano funzionare. La navicella di TOM sta per trasferirli dalla vostra parte del pianeta. Farò altre ricerche su questo tuo piccolo fiore speciale per vedere cosa riesco a scoprire.»

«Aspetta, cosa hai detto?» lo interruppe Gabrielle.

«Che farò altre ricerche», rispose Frank.

«No, ho sentito. Come l'hai chiamata? Un fiore speciale?» domandò Gabrielle.

«Sì, perché?»

«Mi ricorda qualcosa che ha detto mio padre. È da quelle parti?» chiese ancora la vampira.

Dan annuì e si alzò.

«Dan sta andando a chiamarlo. Perché pensi che il *fiore speciale* sia importante?»

«Ricordo che Stephen di tanto in tanto rideva di Michael perché c'era una vampira in Asia che aveva un nome che non riusciva a ricordare o a pronunciare facilmente. Non ha neanche provato a ricordare quel nome.»

«Era Sunshine», li informò Stephen, entrando nella stanza prima di Dan.

«Ciao, papà!»

«Ciao, Gabrielle. Mi pare di capire che sei arrabbiata con qualcuno.»

«Già. Una puttana ha cercato di uccidere i miei ragazzi.»

«Perché Sunshine è sul tuo radar?» domandò Stephen.

«Sto solo cercando di ricordare qual è il suo vero nome», ribatté lei.

«Kamiko Kana.»

«Perché diavolo per Michael è così difficile da ricordare?»

«Perché è la figlia di qualcuno che non vuole ricordare. Michael conosce il suo nome. Ma preferisce non pronunciarlo.»

«Abbiamo a che fare con un altro dei suoi errori?»

«Non so se sia questo il caso, ma ricordati che potresti avere altre cose da fare se non fossero tutti morti.»

«Be', in realtà, Richard e Samuel sono ancora vivi. Mi occuperò di loro più tardi, però.» Il suo tono allegro si fece più serio nel menzionarli.

Stephen annuì. Conosceva la storia tra loro tre. Un tempo erano stati molto intimi. «Ti prego, lasciali vivi.»

«Perché?»

Stephen rispose: «Bethany Anne ha richiesto guardie vampire per la base in Colorado. Magari potremmo impiegarli? Metterli, non lo so, ai lavori forzati per le loro azioni vili?»

«Non provare a sostenere le loro buffonate!» ringhiò lei.

«Ho solo detto che Bethany Anne, la tua Regina, vuole reclutare dei vampiri, Gabrielle.»

«Bene! Ma li prenderò a calci in culo comunque.»

«Capito. È tutto?»

«Perché, hai un appuntamento galante?»

«No, ma ho una teleconferenza con il Consiglio del Branco Europeo tra cinque minuti.»

«Scusa. Sì, è tutto, e grazie.»

«Non c'è di che.» Stephen salutò Dan e Frank, e uscì dalla sala conferenze.

«Allora, posso avere i miei uomini?» domandò la vampira.

Dan rispose: «Signora...»

Gabrielle lo interruppe. «Vedi? È così che si entra nelle mie grazie, Frank.»

«Se mi interrompi di nuovo, Gabrielle, non solo non manderò John ed Eric, ma subirai un richiamo ufficiale.» La voce del comandante era ferma. Aspettò un secondo, ma non ricevette altri commenti. «Molto bene. Quando avremo un obiettivo, pianificheremo l'operazione e ti faremo avere gli uomini.»

«Va bene, capisco. Se non avete bisogno di noi, vi lascio», rispose lei.

«No, siamo a posto. Ci aggiorniamo dopo.»

★ ★ ★

Due ore dopo, Frank era ancora al lavoro. Stava cercando di rintracciare qualsiasi informazione su quella vampira, sia nei suoi archivi a Washington che sul web. I suoi ragni strisciavano nel dark web, ma non si aspettava di ottenere molti risultati.

Guardò il telefono e sospirò. Dopo qualche istante di riflessione, aprì i contatti e selezionò il numero di Michael.

Il vampiro rispose al secondo squillo. «Ciao, Frank.»

«Ciao, Michael. Hai un minuto?»

«Se non avessi avuto un minuto, avrei lasciato che la chiamata finisse nella segreteria. So bene che molti ancora esitano a parlare con me. Pertanto sono sicuro che non mi hai chiamato per parlare del tempo.»

Frank non era sicuro di come rispondere. Tutto ciò che aveva detto era fin troppo vero, e persino lui aveva esitato a chiamare. Probabilmente Bethany Anne era l'unica persona sulla Terra che avrebbe semplicemente preso il telefono per chiamarlo.

«Frank?» domandò Michael.

«Scusa, Michael. Sono stato preso alla sprovvista da ciò che hai detto. Sai, in tutta onestà, non ho mai pensato a quanto la tua vita debba essere solitaria.»

Ci fu un sospiro dall'altro capo. «Probabilmente è proprio quello il problema più grande, Frank. È difficile andare avanti quando gli amici e le persone care invecchiano e muoiono.»

Frank prese una decisione d'impulso. «Michael, hai programmi per le prossime due ore?»

«No, perché?»

«Perché pensavo di passare a trovarti.»

Stavolta fu Michael a essere sorpreso.

Il ricercatore impiegò dieci minuti per ottenere l'approvazione di Dan per avere una navicella e partire per l'Argentina.

Sfrecciò nello spazio e si sentì più vivo che negli ultimi due anni. Il mondo che si stendeva sotto di lui, metà avvolto nell'oscurità e metà nella luce, era meraviglioso. Frank era soddisfatto. Stava ripagando un debito di amicizia.

Mentre la capsula scendeva nel cortile del vampiro, vide la porta sul retro che si apriva e Tabitha che usciva di corsa, con Michael che la seguiva con calma. Il sorriso le andava da un orecchio all'altro.

Quando la navetta toccò terra, Frank sbloccò le porte. Tabitha lo raggiunse per aiutarlo a uscire. «Ehi, nonnetto!»

Frank guardò la donna più giovane. «Nonnetto? Come osi chiamarmi *nonnetto*? Sono un trentenne con una salute di ferro, nel caso in cui non lo avessi notato.»

Lei agitò una mano. «Pshaw! Potresti passare per una ventenne, se la smettessi di indossare vestiti che sono fantastici come unicorni che vomitano arcobaleni sulla testa di piccoli draghi. E per l'amor di Dio, smettila di andare in giro con la camicia infilata nei pantaloni!» Tabitha gliela tirò fuori dai pantaloni. «La camicia rimboccata è la quintessenza della vecchiaia.»

«Così come una giovane donna attraente che mi strappa i vestiti in un cortile di notte è la quintessenza della violenza sessuale.»

«Ti piacerebbe! Ma quale violenza sessuale. Lo considererei un servizio di moda d'emergenza.» Tabitha fece un passo indietro e lo guardò: «Oh, sì. Vieni con me in città. Vedrai, ti aiuterò a trovarti qualcuna da portarti a letto.»

Frank rimase a bocca aperta. Guardò Michael, che si ergeva dietro la ragazza, con un'espressione talmente perplessa che il vampiro ridacchiò.

Tabitha gli diede una pacca sul petto. «Non preoccuparti, sono sicuro che il tuo corpo più giovane ci penserà su, e ti spingerà ad accettare la mia offerta in men che non si dica. Comunque devo andare.» La ragazza lo superò per sedersi nella capsula. Una volta sistemata, si guardò intorno, confusa, poi chiese: «Ehm, e adesso?»

Frank si rese conto che Tabitha non era entusiasta di *vedere lui*. Doveva essere riuscita a ottenere il permesso di salire a bordo di una navicella. Le sorrise. «Allaccia le cinture. C'è un sacchetto per il mal d'aria sulla destra. Se sporchi, pulisci tutto.» Si assicurò che Tabitha avesse allacciato correttamente la cintura. «Fa' attenzione alle istruzioni sullo schermo. Passaci la mano per accenderlo o spegnerlo. Usa il microfono in alto a destra per chiedere qualsiasi cosa, e non fare tardi.» Le mostrò come aprire e chiudere le porte.

Tabitha esclamò: «Okay, nonnetto!» all'ultimo secondo prima di chiudere il portello. Un paio di secondi dopo, la navicella si sollevò dolcemente fino a raggiungere i cinque metri d'altezza, poi partì a razzo e scomparve.

Frank guardò il punto in cui la capsula era svanita. «Rimane sempre una cosa fantastica.»

Michael si avvicinò e si piazzò accanto a lui. «Vuoi cenare o solo bere qualcosa?»

Frank gli tese la mano. «Che tipo di vino hai?»

Il vampiro sorrise e strinse la mano di Frank, poi si voltò per entrare in casa. «Credo ci siano i vini migliori al mondo. Non ho ancora assaggiato troppo la cantina di Anton.»

«Be'», osservò Frank, seguendo il suo ospite, «visto che abbiamo dovuto ripulire un bel po' della sua merda, mi sembra che quel piccolo bastardo sia in debito con me.»

Michael rise mentre entravano in casa.

CAPITOLO 9

Base della RDS, CO, USA

Marcus era in ufficio e lavorava ai calcoli. Il suo portatile era collegato a due monitor dedicati rispettivamente alle chat con TOM e ADAM.

Era nel paradiso degli scienziati.

L'altoparlante si attivò e fece un *beep*, e lo scienziato premette il pulsante. «Sì?»

«Signore, c'è la signora Cheryl Lynn che vuole vederla.»

Marcus dovette pensarci su per dare un volto al nome. Già, era la mamma di Tina.

Oh, merda. Si guardò intorno freneticamente, poi le sue spalle si afflosciarono e rispose: «Falla entrare.» Era arrivato il momento di prendere la medicina per quella sua "gita", ma ripensare alla gioia di Tina per essere andata nello spazio gli fece scintillare gli occhi e si raddrizzò.

Non avrebbe lasciato che quella ragazzina finisse a lavorare nel campo della genetica senza fare un po' di pressioni perché quella mente geniale restasse con lui nello spazio.

Anche se significava che avrebbe dovuto sopportare tutto il peso della rabbia di Cheryl Lynn.

Pochi secondi dopo, sentì dei passi che superavano le macchine che William usava per fabbricare la maggior parte dei piccoli giocattoli richiesti da Marcus e Bobcat.

Stava ancora riflettendo sulla questione, quando qualcuno bussò allo stipite della porta. Spaventato, alzò lo sguardo e sorrise. «Salve!» Si alzò per stringere la mano della visitatrice. «Prego, entri e si accomodi.»

Cheryl Lynn si guardò intorno nella stanza. All'interno del laboratorio c'era ogni sorta di attrezzatura, insieme a una grande scrivania con un computer portatile e due grandi monitor collegati. C'erano sei televisori di medie dimensioni con diverse visuali dello spazio su quattro e video della Terra su altri due. «Niente male», commentò mentre trovava una sedia su cui sedersi. Era uno sgabello con le rotelle. Non la scelta migliore quando si indossa una gonna, ma non c'erano altre opzioni.

«Hmm?» Marcus si voltò e la vide indicare i monitor che mostravano lo spazio esterno. «Già, niente male. La settimana scorsa c'è stata una grande tempesta in Cina, con lampi che si sono susseguiti per tutta la notte. Semplicemente stupendo.»

Cheryl Lynn si voltò a guardarlo. «È dal vivo?»

Marcus la guardò perplesso per un secondo, poi sorrise. «Stai chiedendo se sono in tempo reale? Sì, sono in tempo reale. In effetti...» Si avvicinò al set centrale e indicò gli Stati Uniti, poi mise il dito a metà del continente. «Se richiedessi uno zoom-down, il tempo è così bello che potrei salutare e tu mi vedresti sorridere.»

Cheryl Lynn ci pensò su per un momento, cercando di decidere se quel che credeva di aver sentito fosse effettivamente ciò che lo scienziato stava dicendo. «Si può davvero vedere la faccia di una persona?»

Marcus scosse il capo. «Dipende dal tempo, dallo smog e da altri fattori. Siamo abbastanza lontani da qualsiasi città che lo smog non è un problema qui, e al momento non ci sono nuvole. E poi il potere ottico che abbiamo ottenuto dai Kurtheriani ci permette di zoomare con una risoluzione molto migliore rispetto alla tecnologia attuale.»

«E gli altri monitor? Si tratta solo di bei panorami?»

«Sfortunatamente no.» Il suo sorriso si affievolì. «Quelli sono i quattro luoghi più probabili dove potrebbero arrivare i visitatori sgraditi alla Terra.»

Cheryl Lynn si alzò e si avvicinò. «Come i passi di una montagna?»

Marcus la guardò, le sopracciglia sollevate. «Come scusa?»

«Leggo molti western.» Indicò i quattro monitor spaziali. «È come se stessi controllando i quattro passi che percorrono le montagne attraverso cui potrebbero attaccare.»

«Sì, è un'analogia corretta. In base al mio lavoro con TOM, ho calcolato i tre punti più probabili in cui potremmo aspettarci di vedere ospiti inaspettati. Il quarto lo ha scelto ADAM, per ragioni note soltanto a lui. Non riesco a seguire la sua logica.»

«Andremo davvero là fuori, non è vero?» Cheryl Lynn era venuta a trovare Marcus per due motivi, ma nessuno le sembrava molto significativo, ora come ora.

«Non solo ci andremo, ci siamo già stati», le disse, osservando gli schermi. Fu allora che sentì il dito della donna che gli trafiggeva il petto.

Abbassò gli occhi per scoprire che il suo sguardo, prima assorto, era diventato affilato. Che aveva detto di sbagliato?

«A proposito, hai portato mia figlia nello spazio!»

Oh, già. Quello. Le sorrise e rispose: «Era soltanto una gita. Sapevi che tua figlia è la persona più giovane ad aver mai viaggiato sopra la termosfera?»

Ogni sua parola fu sottolineata da un'altra piccola pugnalata dell'indice. «Avresti. Dovuto. Specificare. Che. La. Gita. Era. Nello. Spazio!» Sull'ultima parola, spinse con il dito ancora più forte.

Fortunatamente, Marcus si sentiva un po' meno vecchio grazie a qualche liquido rivitalizzante che Patricia gli aveva fornito negli ultimi otto giorni. Il suo vecchio sé probabilmente avrebbe sentito un po' più di dolore.

«Miss Cheryl Lynn.»

«Cheryl Lynn è più che sufficiente. Non c'è bisogno di essere formale quando sono arrabbiata con te.»

«Okay, Cheryl Lynn. Ti ho detto che avremmo fatto una gita scientifica oltre la termosfera. Sono uno scienziato. Che altro ti aspettavi?»

Lei si voltò con le braccia sollevate. «E io che ne so? Però magari avresti potuto dire: *Pensavo di portare Tina in prossimità della luna, ma dovremmo tornare per l'ora di cena*. Va bene?»

«Ci avresti creduto?» ribatté Marcus.

«Sì! No. Non lo so...» Cheryl Lynn si sedette. «Non so più a cosa posso o non posso credere.» Lo guardò negli occhi. «Lo sapevi che qui alla base ci sono dei lupi mannari?»

«Sì. Ne ho conosciuto qualcuno», rispose lui, confuso.

Cheryl Lynn lo guardò, curiosa. «Tu sei umano, giusto?»

«Sì.» Tornò verso la sedia. Anche se non se la cavava bene nelle interazioni sociali, Marcus aveva capito che quello non era più un discorso scientifico.

Lei arricciò le labbra. «E come fai ad affrontare tutto questo?»

Sedendosi a sua volta, Marcus chiese: «Non potresti chiarire un po'? In che senso *tutto questo*?»

«Questo.» Cheryl Lynn indicò la sala con la mano. «Siamo in una ex base militare. Avete cose che pensavo avessero solo i gruppi più segreti della CIA. Avete appena portato mia figlia...» Fece una pausa. «... la mia *unica* figlia...» Fece un'altra pausa e lo fissò. Quando lui fece un cenno di intesa, lei continuò: «... nello spazio. Non solo è arrivata sana e salva, è anche tornata in tempo per la cena. Mio cugino è una montagna. Non fraintendermi; era grande già prima, e so che combatteva quei Nosfertaru...»

«Nosferatu», chiarì Marcus.

«Quello che è», sbottò lei. «I vampiri cattivi. Ciò che voglio dire è che, nonostante tutto, sai che era disposto ad affrontare tre tizi per aiutarmi? L'ha definita una scaramuccia. Era più preoccupato che Bethany Anne gli togliesse la possibilità di massacrare di botte quegli uomini che di farsi sparare.» Fece una pausa. «Mi hai sentito? Farsi *sparare!*» Sospirò. «Il padre di Bethany Anne sembra più giovane di me. Tu sei l'unico che si avvicina alla sua vera età. Quanti anni hai, tra i quaranta e i cinquanta?»

Era andata bene, pensò Marcus. «Potrei essere sulla sessantina.»

«Wow», ansimò Cheryl Lynn. «Bei geni.» Continuò, distogliendo l'attenzione da Marcus: «E non cominciamo neanche a parlare di Bethany Anne. È un inferno su ruote, intelligente e motivata. Se John non l'avesse dissuasa, credo avrebbe semplicemente ucciso quei tre tipi che mi hanno attaccato.»

«Be'...»

Cheryl Lynn alzò una mano per interromperlo. «Mi sto sfogando, Marcus. Non fraintendermi. Tutto questo è incredibile, ma è incredibilmente *fantastico*.» Fece un respiro profondo e lo guardò. «E se non fossi all'altezza?» Agitando una mano per abbracciare il laboratorio, continuò: «E se non fossi abbastanza brava per far parte della squadra? E se dovessi prendere i miei figli e tornare di nuovo fuori?»

Marcus aspettò che lei finisse. Quando Cheryl Lynn non aggiunse altro, le rispose con il tono più gentile che poteva. «Posso raccontarti una storia?»

Lei annuì.

«Quando Frank è venuto a reclutarmi, in California, ero uno scienziato fallito che non solo era stato licenziato dalla NASA dopo trent'anni di servizio, ma era stato anche cacciato da SpaceX, una delle compagnie più importanti al mondo, se non la più importante. Perché? Perché avevo delle convinzioni oltraggiose e parlavo troppo forte e troppo spesso. Nessuno sano di mente sarebbe stato disposto ad assumermi. Fino a quando non è arrivato il gruppo di Bethany Anne, almeno.» Si guardò intorno, sorrise, poi continuò: «Sai cosa rende questo gruppo così meraviglioso?»

Cheryl Lynn scosse il capo.

«Il fatto che a Bethany Anne e al suo team di certe cose non frega un... un...»

«Cazzo?» ipotizzò lei.

Marcus annuì, sorrise e continuò: «A lei importa che tu sia il migliore. Si preoccupa di ciò che provi. Vuole sapere che farai del tuo meglio per la causa, per la Terra. Sei abbastanza motivata nel voler rendere sicuro questo grande globo blu? A renderlo sicuro per i tuoi figli e per i figli di persone che non incontrerai mai e che magari potresti persino detestare?»

Cheryl Lynn rimase sorpresa da quella domanda. Per i suoi figli era ovvio, ma lui le stava chiedendo di pensare a coloro che un giorno avrebbero potuto cercare di attaccare lei e la sua famiglia.

Era una domanda difficile, ma alla fine comprese. Aprì gli occhi per vedere cosa ci fosse davvero intorno a lei. Le squadre lontane. Le navicelle che non aveva mai visto ma di cui era a conoscenza. Le persone di cui aveva solo sentito parlare.

Quella gente aveva scelto di elevarsi al di sopra della politica, della geografia e del Paese. Credevano nel futuro e nella battaglia che sapevano stava arrivando. Non credevano che gli abitanti della Terra si sarebbero uniti in tempo per essere capaci di difenderla.

Stavano diventando la prima linea di difesa per i gruppi che li avrebbero odiati, vilipesi e ridicolizzati.

Cheryl Lynn si alzò e andò verso Marcus. Allungò la mano e lui gliela strinse. «Grazie», gli disse. «La prossima volta la risposta sarà sì, ma prima dovrai spiegarmi cosa dovrà fare mia figlia. Capito?»

Marcus fece un cenno di intesa, poi la seguì con lo sguardo mentre usciva dall'ufficio.

Washington, DC, USA

Barb inarcò la schiena e scivolò fuori dalla macchina. Il gatto dei vicini aveva fatto la pipì nel garage.

Di nuovo.

Sospirò e iniziò a cercare l'urina. E poi doveva capire quanto fosse grave la sua reazione ai peli del gatto. Odiava le sue allergie. Il gatto era carino, ma la guardava come se stesse pensando *sei la mia schiava*. Era uno sguardo che i cani non manifestavano mai, almeno per come la vedeva lei.

Dopo tre minuti di ricerca, si raddrizzò, andò al piccolo banco da lavoro e prese la bomboletta di disinfettante. Tornò indietro e allungò il braccio sotto uno scaffale per spruzzarlo sul sacchetto di terra che usava per le piante in vaso. Infine mise via la bomboletta, salì in macchina e si comportò come se avesse bisogno di prendere qualcosa al negozio.

In realtà, il negozio era un bel posto per pensare, soprattutto perché aveva individuato un dispositivo di sorveglianza elettronica nascosto nel garage.

Avrebbe dovuto ringraziare il gatto della sua vicina.

Barb non cominciò a tremare finché non lasciò il quartiere. Non sapeva se fossero già arrivati alla macchina, ma avrebbe operato in base al presupposto che la casa fosse piena di cimici, non che la sorveglianza li avrebbe aiutati molto. Non usciva da anni a causa del carico di lavoro, perciò il massimo che avrebbero potuto vedere era lei che dormiva o guardava la TV.

Deglutì mentre continuava a pensare a ciò che probabilmente stavano facendo quelli che la guardavano.

Il cacciatore era diventato la preda, e lei non sapeva cosa fare.

Era nella merda fino al collo.

A bordo della RDS Polarus, Mar Mediterraneo

«Vieni da me, puttanella senza cuore!» mormorò il ricercatore. Fissò lo schermo del portatile.

Frank si era divertito molto con Michael la sera prima. Aveva lasciato evaporare le sue precedenti preoccupazioni sul vampiro e si era semplicemente goduto la compagnia di un individuo molto longevo, facendo del suo meglio per ignorare ciò che sapeva di lui.

Molto, molto longevo.

Michael si era un po' intristito nel sapere chi stava causando problemi nell'est, ma la cosa non lo sorprendeva.

«Già.» Aveva risposto alla domanda di Frank senza esitare. «Conoscevo sua madre. Era eccezionale in tutte le cose, sia in...» Si guardò intorno. «Scusa, Tabitha ha sensori praticamente ovunque. Quella ragazza non è felice se non riesce a sentire tutto.»

Il suo ospite si guardò intorno. «Sei sicuro che non abbia messo delle cimici in questa stanza?»

Michael annuì. «Sono abbastanza sicuro. Ho letto la sua mente per qualsiasi cosa abbia a che fare con questa stanza al meglio delle mie possibilità. Stamattina era ancora a posto.»

«Lei ti origliava?»

«Oh...» Il vampiro fece spallucce. «Tabitha non lo considera origliare, ma è convinta che in futuro potremmo dover ascoltare cosa dice certa gente qui dentro. Per lei è solo prepararsi in anticipo.»

«Però sembri rilassato. Non è il Michael che conoscevo prima.»

«A quanto pare le donne riescono a cambiare gli uomini.»

«In meglio?» domandò Frank, con la voglia di scrivere qualcosa su quella storia.

«Forse», rispose, sorridendo come se conoscesse già le intenzioni del suo ospite.

Merda! Era perché *sapeva* cosa voleva fare.

«Ehi, non dovresti leggermi nella mente mentre stiamo bevendo vino!» Frank scoppiò a ridere.

«È una regola di cui non ero a conoscenza?»

«No.» Frank bevve un sorso. «Ma dovrebbe esserlo.»

«Se ti aiuta, non ti ho letto nel pensiero. Ti conosco abbastanza bene da capire che, quando ti sei guardato intorno, volevi scrivere i tuoi piccoli libri.» Michael prese un piccolo blocco per appunti e una penna. «Ecco.» Li porse a Frank. «Sentiti libero di prendere qualche appunto.»

E da un momento all'altro si ritrovò a intervistare un vampiro millenario davanti a un calice di vino.

Se ne andò qualche ora dopo e una Tabitha sorridente gli diede una pacca sul petto e gli disse di ricordarsi della sua offerta. Strinse la mano dell'ospite e tornò alla nave per dormire un po' e fare altre ricerche.

E anche adesso era impegnato a mettere insieme i pezzi del puzzle rappresentato da Kamiko Kana. Che triste spreco di talento.

Frank aveva letto abbastanza rapporti su di lei da intuire che quel che c'era tra le righe aveva più informazioni del contenuto effettivo del rapporto. Quella era una donna astuta, ed era da parecchio tempo che lavorava dietro le quinte per accumulare potere. Dopo aver parlato con Michael, Frank riusciva a capire perché serbasse tutto quel rancore. Credeva che fosse stato lui ad aver ucciso sua madre. Dato che la madre di Kamiko Kana era coinvolta nel siero, si trovava nei laboratori nel momento in cui la bomba era esplosa. Non aveva avuto alcuna possibilità.

Poi le cose si erano complicate. Aveva fatto alcuni viaggi in Cina, il che la rendeva il principale sospettato dietro gli attacchi cinesi alle compagnie di Bethany Anne... le ex compagnie di Michael. Poteva attraversare l'eterico o assumere la forma nebbiosa di cui il Patriarca gli aveva parlato. Significava che aveva capacità eteriche avanzate. Aveva numerosi seguaci, perciò o si era guadagnata un certo tipo di rispetto o era particolarmente carismatica. In ogni caso non era facile rintracciarla, e sarebbe stato difficile bloccarla con le spalle al muro da qualche parte.

Frank tornò ai satelliti di tracciamento eterico, ma finora non avevano segnalato nulla. L'unica volta che Kamiko Kana si era spostata, i satelliti non erano in posizione.

Be', magari i vecchi metodi avrebbero potuto comunque funzionare.

CAPITOLO 10

Base della RDS, CO, USA

Cheryl Lynn proseguì lungo il corridoio e si fermò davanti alla porta dell'ufficio di Patricia. Esitò per un secondo, quindi bussò. Dopo aver sentito un *Avanti*, entrò nell'ufficio e chiuse la porta dietro di sé.

La donna più anziana le chiese: «Hai qualche minuto?»

«Certo.» Patricia fece un cenno verso una sedia. «Accomodati pure. Qual è il problema?»

Cheryl Lynn ci pensò su mentre si sistemava sulla sedia. «Devo farti una domanda. Sul perché fai parte di questa... cosa.»

L'altra sorrise. A quanto pareva la cugina di John finalmente stava *capendo*. Si appoggiò alla sedia e si mise comoda. «Possiamo parlarne. Cosa vorresti sapere?»

«So che di solito è qualcosa che a una donna non si chiede, e mi scuso in anticipo.» Cheryl Lynn drizzò le spalle e andò avanti. «Quanti anni hai?»

Patricia rise così tanto che dopo un po' dovette allungare la mano e prendere un fazzoletto per tamponare le lacrime che minacciavano di rovinarle il trucco. «Di tutte le domande che pensavo potessi farmi, questa non si piazzava neanche tra le prime tre.» Lasciò cadere il fazzoletto nel cestino, poi guardò la visitatrice. «Potremmo dire che sono almeno tre o quattro decenni più vecchia di quanto sembri.» Anche con il corpo che aveva ora, era ancora un po' sensibile ad ammettere la sua età. Le ci sarebbe voluta un'altra decade o giù di lì per sentirsi a suo agio con l'età che aveva rispetto a quella che mostrava. I suoi occhi brillavano di divertimento mentre continuava: «Ma vorrei proprio sapere perché questa è stata la tua prima domanda.»

Cheryl Lynn rispose: «Ho appena avuto un'interessante conversazione con Marcus. A causa di quella conversazione, ho capito che c'è una partita sul breve periodo e una sul lungo periodo. Solo quando ho lasciato il suo ufficio ho capito che sembrava molto più giovane della sua vera età, ma ero così presa dal fatto che tu e tuo marito sembrate così giovani che non mi sono resa conto che anche lui sembrava più giovane. Se non fosse così lontano, tornerei indietro e gli chiederei di dirmi la sua vera età.» Fece una pausa e annuì bruscamente. «Me lo deve per avermi fatto quello scherzo della gita e aver portato Tina nello spazio.»

«Quindi cosa stai cercando di capire?»

«Credo di aver capito che Bethany Anne sta permettendo a certe persone di continuare questa lotta oltre la durata normale di una vita umana, poi ci sono quelli che fanno parte del gruppo... ma non fanno parte del gruppo a lungo termine. Ci ho visto giusto?»

«È molto prudente nel modificare le persone, almeno per il momento, sì. Immagino ci siano diverse ragioni. Intendiamoci, non si confida con me. È chiaro?» Patricia si assicurò che Cheryl Lynn annuisse prima di continuare: «Lo scopo di Bethany Anne è sostenere e proteggere questa Terra. Non le importa dei confini geografici o politici. Non le interessano le lotte che avvengono tra le nazioni, anche se proprio non tollera i terroristi. Immagino che se tornassero in azione e lei dovesse incazzarsi, seguirebbe un altro "intervento".»

Patricia si appoggiò alla sedia. «Perciò gli individui che sono stati modificati per la partita a lungo termine hanno dimostrato di essere concentrati, di capire il vero scopo e di essere completamente devoti.» Guardò la donna più giovane e si ripeté. «Completamente *devoti*. Nel senso che qualcuno legge la loro mente e conferma la loro devozione. La loro provenienza non conta nulla.»

Cheryl Lynn fece un cenno di intesa. «Ma quasi tutti quelli che ho visto sono americani, e noi siamo seduti proprio qui, in una base americana. Non sto cercando di sostenere che non dovremmo essere qui, sono solo confusa. E sto cercando di capire.

Se abbiamo una possibile – no, una probabile – invasione aliena, perché non abbiamo coinvolto altri governi o anche il nostro?»

«Bethany Anne proviene da un'organizzazione semi clandestina all'interno del governo. È convinta che se le autorità venissero a conoscenza delle capacità e delle risorse di cui è dotata, farebbero di tutto per nazionalizzarle o in qualche modo costringerla a fare ciò che vogliono. Bethany Anne non è contro il governo degli Stati Uniti, ma sta combattendo per il pianeta. Purtroppo ci sono troppi anni di conflitto tra tutti noi, e la maggior parte delle persone non riesce a vedere al di là del proprio nazionalismo. E fino a un certo punto capisco questa preoccupazione. Mi sono arruolata nell'esercito per poter avere un'istruzione universitaria, ma non ero il tipo da sventolare la bandiera per sostenere l'America a tutti i costi. Per me era soltanto un lavoro. Alla fine della carriera, ero lì perché c'erano anche quelli che amavo e quelli che consideravo di famiglia.»

Cheryl Lynn si chinò un po' in avanti. «Allora perché ti sei unita a Bethany Anne, e come sei stata modificata? È perché – senza offesa – sei la moglie di suo padre?»

Patricia scosse il capo. «Neanche lontanamente. Bethany Anne non mi avrebbe cambiato se l'unica ragione fosse stata quella. Sa essere molto testarda, e ha preso da suo padre, tra l'altro. Lance mi ha richiesto come sua assistente personale prima che ci mettessimo insieme. Mi ha fatto capire quale fosse la sfida, e cosa avrei dovuto fare prima che Bethany Anne mi concedesse l'opportunità di essere modificata. Alla fine ho deciso che potevo sostenere una battaglia del genere.

«Mi sono impegnata, e mi sono ripromessa che, se dovesse succedere qualcosa a Lance, continuerò comunque. Arriverò fino alla fine di questa storia. Bethany Anne ora è mia figlia. Magari lei non la vede così, o forse sì. Non saprei, sul serio. Non ne abbiamo parlato molto. So che per lei è imbarazzante che io sia la sua matrigna, e va bene così. Capisco i suoi sentimenti. In un certo senso, essere giovane come me rende le cose più facili, perché ora sembro sua sorella, non sua madre. Diamine, Lance potrebbe passare per suo fratello.» Sorrise.

«Quindi John è coinvolto perché Bethany Anne lo ha salvato in Florida?»

«Per dirla tutta, io non c'ero. John non te ne ha parlato?» Ora Patricia era curiosa. Non era da John nascondere informazioni a coloro a cui teneva. E di sicuro voleva bene a sua cugina.

Cheryl Lynn sospirò. «Mi ha raccontato i fatti salienti, ma lo conosco. Mi sta nascondendo qualcosa. Mi dà fastidio, ed è un prurito che non posso ignorare.»

Patricia finalmente capì cosa stava facendo John, e avrebbe dovuto fargli i complimenti perché normalmente non era così discreto. Era più un tipo da *John spacca*, così decise di aiutarlo. «Posso farti una domanda?»

«Certo. Non ho interrotto il tuo lavoro solo per tormentarti con le mie», rispose la visitatrice.

«Se John ti dicesse di credere a qualcosa, quanto peso gli daresti?»

Cheryl Lynn rispose senza pensare: «Tutto il peso del mondo. Non hai idea di cosa significhi mio cugino per me. Eravamo molto legati quando eravamo piccoli, e ovviamente ci siamo allontanati quando siamo cresciuti, ma quel legame non è mai svanito.» La sua voce si ruppe mentre raccontava la storia. «Le mie speranze, i miei sogni e la mia realtà sono diventati di nuovo solidi. Vivere giorno per giorno o ora per ora non era un problema perché Little John era tornato. Non solo, si era anche assicurato che i miei figli fossero al sicuro.» Ora anche Patricia aveva bisogno di un fazzoletto mentre ne porgeva uno a Cheryl Lynn. Le sue profonde emozioni spiegavano perché John si stava comportando così.

Patricia le chiese gentilmente: «Cos'è più importante per te, agire in un certo modo perché fai affidamento sulla convinzione di John, o agire perché sai che qualcosa è vero?»

«Be', ovviamente, la scelta più logica è la seconda. Anche se sono pronta a credergli in tutto e per tutto, non può essere più forte di quello che so essere vero al cento percento...» I suoi occhi si aprirono un po' di più, segno che aveva capito. Si appoggiò alla sedia, le spalle si abbassarono un po' e un piccolo sorriso le abbellì il viso. «Mi sta preparando, vero?»

«Potrebbe darsi. Hai parlato con qualcun altro oltre a me?» domandò Patricia.

«Be', se consideri che due dei migliori Wechselbalg sono entrati per caso nella mensa e hanno pranzato con me a un orario strano, allora sì.» Ripensò alla sua conversazione con Marcus, e si chiese se ci fosse lo zampino di John. Ora non ne era così sicura. Suo cugino era sempre stato incredibilmente acuto, ma la maggior parte delle persone ne vedeva solo la stazza e dava per scontato che non fosse un tipo sveglio.

«Sai, ero preoccupata di non essere all'altezza degli standard minimi per restare qui. Dopo aver parlato con Marcus, ho capito che impegnarmi al massimo e credere nello scopo finale sono due dei requisiti principali. Certo, potrei semplicemente far finta, ma mi pare di capire che non c'è scelta, vero?»

Patricia scosse la testa.

«Allora, John mi ha indirizzato verso eventi e persone per aiutarmi a capire cosa sta succedendo. Sai, mi *sono* chiesta perché Bethany Anne mi abbia assunto.»

«Non glielo hai chiesto?»

Cheryl Lynn scosse il capo. «No. Per dirla tutta, ero preoccupata che dicesse che era una posizione temporanea e che stavano cercando un altro posto dove piazzarmi.»

Patricia sbuffò. «Devi lavorare sulla tua autostima. Se non lo fai, temo che lo farà qualcun altro, e in modo sgradevole. Bethany Anne è nota per tirare fuori il meglio dalle persone e, se ciò che ti trattiene è la mancanza di fiducia in te stessa, rabbrividisco al pensiero di cosa ti farà passare per arrivare a un risultato soddisfacente. Ti consiglio vivamente di capire come superare il problema, signorina.» Sorrise in modo materno, un sorriso che non si adattava affatto al suo viso giovanile. Tuttavia, si adattava perfettamente al tono della voce.

La donna più giovane squadrò le spalle, sorrise e si alzò. «Sai forse a chi dovrei rivolgermi per avere un aiuto in questo senso?»

Uno scintillio negli occhi di Patricia le fece capire che aveva già intuito chi avrebbe dovuto incontrare.

Patricia recuperò il telefono. «Avverto Pete. Sarà come se fosse John in persona ad aiutarti, credimi.»

Cheryl Lynn chiese: «Perché dovrebbe volermi aiutare? Non è che non voglio che tu glielo chieda. Vorrei solo sapere cosa potrei fare in cambio.»

Patricia scosse il capo. «Bambina, quel prezzo è già stato pagato da tuo cugino.»

Washington, DC, USA

Avendo passato tutto il tempo che poteva al negozio, Barb decise di cenare nel suo ristorante cinese preferito e ora stava mangiando riso fritto al pollo. Sfortunatamente, non era sicura di aver assaporato qualcosa nell'ultima ora o giù di lì. Era un peccato, perché di solito adorava quel piatto. Aveva ancora un patrimonio di tre ore per tornare a casa, o chiunque la stesse osservando avrebbe sospettato che stava succedendo qualcosa. Se fossero stati bravi – e Barb doveva supporre che fosse così – avrebbero già guardato il suo consumo di elettricità e stabilito le sue abitudini.

Era una sensazione orribile sapere che adesso era lei la persona braccata. Era come stare sotto una cupola di vetro, con occhi che la guardavano da ogni parte. Metteva una nuova prospettiva su ciò che faceva ogni giorno, e non le piaceva. Oh, poteva passarci sopra quando cercava terroristi o sospetti terroristi, ma se la persona non era così orribile, il suo lavoro le lasciava un retrogusto amaro.

Mentre giocherellava ancora con il riso, considerò chi avesse installato l'attrezzatura di sorveglianza nel garage. Presumeva che avesse a che fare con il suo ultimo rapporto, quindi doveva trattarsi di un'agenzia governativa sconosciuta che non poteva rintracciare o la squadra di mostri.

Chiese un altro bicchiere di tè e valutò le due opzioni. Nel corso delle ultime settimane aveva raccolto abbastanza informazioni relative alla squadra di mostri per credere che facessero parte, in effetti, di quella RDS Enterprises. Anche se non era stata in grado di capire il significato dell'acronimo, ora supponeva che avrebbe avuto la possibilità di chiederlo. Aveva lavorato abbastanza con il governo da sapere che c'erano gruppi buoni e gruppi cattivi. C'erano gruppi clandestini che cercavano di fare cose buone con mezzi molto cattivi. L'etica si faceva parecchio torbida quando per fermare il terrorismo si mettevano tutte le opzioni sul tavolo. Il campo d'azione si faceva molto ampio.

Tutto in nome della sicurezza, naturalmente.

Barb era dell'idea che i gruppi governativi clandestini erano simpatici solo se ti capitava di essere uno dei membri. E lei non faceva certamente parte di nessun gruppo operativo segreto. Mentre considerava quanto avesse cercato di capire chi fosse quel particolare gruppo – pur essendo consapevole delle sue capacità – divenne ovvio che doveva essere un gruppo particolarmente segreto, dato che non riusciva a trovarli.

Il suo rapporto era stato abbastanza buono da far inarcare qualche sopracciglio, ma non abbastanza da pararle il culo, e ora qualcuno voleva saperne di più sul suo conto. Se si trattava della squadra di mostri, sospettava che l'avrebbero uccisa o ignorata. Tutto ciò che era riuscita a trovare suggeriva che avessero requisiti di ingaggio molto specifici. In effetti le operazioni terroristiche erano state al di fuori dei loro normali parametri, per quanto immaginava di loro. Il che suggeriva una nuova gestione ai vertici, o che era stata messa in atto una diversa serie di obiettivi.

Presto avrebbe dovuto chiedere il conto della cena, e non aveva ancora deciso dove andare. Supponeva di poter andare al vicino Starbucks e godersi un caffè e forse un dolce leggero. Avrebbe avuto abbastanza difficoltà ad addormentarsi quella sera, perciò magari un Frappuccino alla vaniglia sarebbe stato meglio. Meno caffeina.

Alla fine si trattava di istinto e, tra i due, lei si fidava più della missione della squadra di mostri che di un'agenzia governativa clandestina che molto probabilmente la stava usando. Il suo progetto per loro puzzava, e Barb supponeva di essere stata usata come una pedina, il che imputava loro anche un metodo non molto etico di fare il loro lavoro.

Al diavolo, non sarebbe passata al lato oscuro dell'operazione. Avrebbe fatto un tentativo con quella squadra di mostri per poi sperare di aver preso la decisione giusta.

Ora doveva solo trovare un modo per contattarli senza che il gruppo operativo segreto ne sapesse niente. Sorrise, ripensando alla scena del film *Men in Black* in cui K spiegava a J di usare il *National Enquirer* per scopi di ricerca.

Il che le diede un'idea. Si chiese quale sarebbe stato l'equivalente. La squadra di mostri avrebbe cercato qualsiasi ricerca online o chat che potesse puntare su di loro. Conosceva un bel po' di siti web che ospitavano forum relativi a idee stravaganti, spesso associate ad alieni o a Bigfoot, o anche a vampiri e lupi mannari. Avrebbe creato nomi utente anonimi su questi forum e avrebbe lasciato commenti. Se ne avesse messi abbastanza, avrebbe dovuto indurre la squadra di mostri a cercare di capire chi fosse il commentatore e cosa sapesse. Avrebbe dovuto lasciare una pista per ogni account. Una volta che avessero trovato abbastanza account falsi, gli indizi, presi nel loro insieme, li avrebbero aiutati a indirizzarli nella sua direzione. Nessuno dei singoli account falsi, tuttavia, sarebbe stato sufficiente a individuarla.

L'unico individuo che avrebbe voluto esistesse davvero sarebbe stato quel contatto del governo. Probabilmente era qualcuno di cui avrebbe potuto fidarsi, se solo fosse stato reale. Ma la sua ricerca suggeriva che aveva quasi cento anni, quindi era un'ipotesi impossibile.

Presa la decisione, chiese il conto, pagò e uscì nell'aria fresca della sera. Camminando lungo la strada, si fermò in un piccolo negozio di elettronica e prese tre telefoni usa e getta, pagando in contanti. Aveva seguito abbastanza persone, e sapeva come tenersi lontana dalla rete, e avrebbe usato quell'abilità proprio adesso.

Avrebbe instradato i numeri di telefono attraverso sistemi di messaggistica online. In ogni caso, dubitava di avere più di qualche giorno prima che una delle parti sarebbe venuta da lei. Oh, Don avrebbe cercato di proteggerla se solo gliene avesse parlato e, sebbene Barb apprezzasse quel lato di lui, quella era una partita che non poteva vincere. Stavolta si era messa con le spalle al muro. Barb sorrise tra sé e sé. Era ciò che succedeva quando si era troppo bravi nel proprio lavoro.

Troppo tardi, si rese conto che avrebbe dovuto dar ascolto ai suoi amici, che le avevano detto che fare carriera all'interno del governo era una missione impossibile.

Dopo aver infilato i telefoni al sicuro nella sua borsa, decise di dirigersi verso Starbucks e scoprire se fosse possibile allungare qualche dollaro per prendere in prestito il portatile di qualcuno per venti minuti e navigare sul web.

Perché, per essere dannatamente sicura, non avrebbe usato nessuno dei suoi dispositivi per lasciare quei messaggi. Anche se era improbabile che qualcuno li rintracciasse, non avrebbero ottenuto nulla da un civile qualunque. Ma non avrebbe potuto dire lo stesso di lei.

Base della RDS, CO, USA

«Okay, ragazzi, abbiamo bisogno di altre persone.» Jeffrey e il Team BMW avevano passato le ultime due ore a cercare di venire a capo della pianificazione del volo finale.

Dovevano occuparsi del cibo, dell'aria, dell'acqua, dei servizi igienici, delle abitazioni e della produzione.

Tanto per cominciare.

Bobcat alzò una mano per indicare il suo capo e aprì la bocca per dire qualcosa, poi la chiuse e lasciò ricadere la mano. Non c'era niente da dire. Ciò che aveva detto Jeffrey era vero. La squadra doveva ingrandirsi, e doveva ingrandirsi in fretta.

William intervenne. «Ho bisogno di altri test per i processi di fabbricazione sulla luna. Prima dei piani finali, ho bisogno di capire esattamente cosa possiamo e non possiamo produrre lassù.»

Marcus chiese: «Perché dovrebbe essere così diverso dalla produzione sulla Terra? Se è la gravità a preoccuparti, allora basterà pianificare tutto.» Il meccanico annuì, e il suo collega continuò: «Ho alcune preoccupazioni relative ai requisiti di ossigeno per i tuoi processi produttivi, William. Avremo bisogno di un sistema di purificazione dell'aria abbastanza esteso, e sebbene io *sia* uno scienziato...»

Bobcat lo interruppe: «Non c'è bisogno di sottolinearlo ogni dannata volta.»

Lui sbuffò: «Volevo alleggerire l'atmosfera. Se fossi così gentile da permettermi di finire.» Aspettò un secondo fino a quando il pilota fece un regale, anche se superficiale, inchino. «Grazie. Ciò che voglio dire è che abbiamo bisogno di esperti in questi settori. Abbiamo appena parlato dei sistemi di purificazione dell'aria, ma dobbiamo pensare anche ai sistemi di purificazione dell'acqua. Possiamo sempre spedire del cibo sulla luna a bordo dei nostri container, ma che succede se qualcuno li intercetta?»

Jeffrey si accigliò. «Pensavo avremmo usato i Growtainer.» Si guardò intorno. Nessuno degli altri sembrava avere idea di cosa stesse parlando. Scosse il capo. «Ragazzi, so che vi piace concentrarvi sulle vostre aree di competenza, ma dovete cercare di afferrare il quadro generale. I Growtainer sono fattorie idroponiche all'interno di container riciclati. Sarebbero fottutamente perfetti per le nostre esigenze alimentari.»

Marcus rispose: «Se avessimo la donna perfetta per questo settore, potremmo passarle i requisiti del cibo.»

«La donna perfetta?» ripeté William.

«Penso ci siano troppi uomini da queste parti», ragionò l'altro.

Bobcat sorrise. «Oh? Allora chi è questa "lei" a cui stavi pensando?»

«Signore, e uso questo termine con molta disinvoltura, concentrati.» Jeffrey interruppe quel che aveva promesso di essere un interludio umoristico perché non li avrebbe portati da nessuna parte. «Dividiamo di nuovo le aree principali e vediamo cosa sappiamo, cosa dobbiamo sapere ma ci manca, e le domande che fermano il progetto a cui dobbiamo rispondere, capito?»

Annuirono, ma vide Bobcat che sorrideva a Marcus e diceva: «Più tardi.»

Jeffrey sorrise e scosse la testa. Era uno dei migliori gruppi di ragazzi disfunzionali con cui avesse mai lavorato. Riuscivano a trovare metodi per semplificare problemi complicati e raggiungere l'impossibile.

Se solo fosse riuscito a farli concentrare.

CAPITOLO 11

A bordo della RDS Polarus, Mar Mediterraneo

Frank tornò dalla cena, dove aveva avuto una piacevole conversazione con Jean Dukes. In realtà non aveva dovuto dire granché, dato che era stata lei a condurre l'intera conversazione a tavola, il suo argomento preferito erano le modifiche alle armi della RDS *Ad Aeternitatem*.

Se qualcuno fosse stato tanto sfortunato da attaccare quella nave, avrebbe scoperto cosa significava prendere una tigre per la coda.

Si avvicinò alla scrivania e toccò il mouse per risvegliare lo schermo.

Notò che il suo spider bot generale aveva trovato qualcosa che richiedeva la sua attenzione. Si sedette e passò attraverso tutti i post dei forum che il computer aveva trovato e impostato perché li visionasse. Individualmente non erano un granché ma, nel complesso, era un quadro abbastanza chiaro.

Qualcuno li aveva scoperti.

Tirò fuori le date e gli orari dei messaggi e si appoggiò alla sedia. Non solo qualcuno era sulle loro tracce, ma quel qualcuno stava attirando la loro attenzione.

Raddrizzò la schiena, aprì un canale di messaggi con ADAM e iniziò a scrivere.

ADAM?

>> SÌ, FRANK?<<

Hai esaminato queste informazioni sul mio computer?

>>NO. MI HAI CHIESTO ESPRESSAMENTE DI NON ACCEDERE AL COMPUTER SENZA IL TUO PERMESSO.<<

Dannazione, pensò, gli sarebbe piaciuto sapere se ADAM fosse in grado di mentire. In effetti *aveva* detto all'IA di lasciare in pace la sua roba, ma in tutta onestà non si aspettava che obbedisse a quella richiesta. Forse perché lui stesso non lo avrebbe fatto, se avesse avuto tutte le capacità di ADAM. Dannazione, quella roba dell'IA non era così divertente come pensava. Copiò le informazioni segnalate in rosso e le incollò nella sua area messaggi con ADAM.

ADAM, potresti per favore rivedere le mie note relative a questi post e dirmi cosa ne pensi?

>>Un momento mentre esamino i dati.<<

Frank si appoggiò di nuovo. Stava facendo un po' il guastafeste con ADAM, e lo sapeva. La nuova tecnologia era fantastica, ma quando la tecnologia in questione surclassava così tanto le sue conoscenze e capacità, la situazione si faceva un po' intimidatoria.

>>Okay. Tutte le informazioni puntano a una persona che fornisce i dati necessari per dimostrare che ha dettagli significativi sulla RDS Enterprises. Questa donna ha anche fatto i collegamenti con molte operazioni intraprese dal gruppo di Bethany Anne.<<

ADAM, ne sei sicuro? È una donna?

>>Il suo nome è Barbara Nickers. Ho controllato i suoi registri, e dicono molto specificamente che Barbara è una donna.<<

Ma, di nuovo, l'IA avrebbe potuto essere una spina nel fianco con il fatto che aveva sempre ragione. Frank sorrise. Non era arrivato a quell'età senza aver imparato a battersi. Avere a che fare con un'IA sarebbe stata una nuova conquista. Ricordò a se stesso che aveva sempre desiderato un partner speciale, come nei vecchi film di spionaggio.

Film di spionaggio... gli ci vollero circa due battiti di ciglia prima di sorridere di nuovo. Se avesse dovuto salvare qualcuno, come avrebbe fatto?

ADAM, puoi mostrarmi una foto di Barbara Nickers?
>>Certo.<<

L'immagine di Barb apparve sullo schermo accanto alla finestra di messaggistica.

Carina, molto carina. Per come la vedeva lui, adesso era una damigella in pericolo.

Forse era il momento che Frank Kurns vivesse una delle sue storie.

ADAM, ti piacerebbe fare un gioco?

>>Come gli scacchi? O la guerra termonucleare?<<

No! Non pensavo alla guerra termonucleare. Che ne dici di un gioco di spionaggio?

>>Come si gioca a questo gioco?<<

Be', io faccio finta di essere una spia e tu sei la persona di supporto super speciale della spia che lo aiuta. La spia deve trovare e salvare una damigella in pericolo.

>>E questa damigella in pericolo sarebbe Barbara Nickers?<<

Vedi? Sai già come si gioca.

>>Okay. Come vuole arrivare a Washington DC, agente Kurns?<<

Base della RDS, CO, USA

Marcus entrò nella caffetteria, alla ricerca di uno spuntino leggero. Era metà pomeriggio ed era troppo presto per una birra. Be', almeno per lui era troppo presto.

Per Bobcat, era semplicemente un sorso pomeridiano. William si concedeva molto, molto cautamente una piccola quantità di alcol di tanto in tanto. L'unica volta che Bethany Anne era entrata inaspettatamente e lui aveva una birra in mano, lo scienziato aveva pensato che il meccanico sarebbe svenuto. Sarebbe stato un problema, perché Marcus, per quanto gli stesse vicino, non sarebbe mai stato in grado di impedirgli di schiantarsi sul pavimento di cemento.

Era entrata solo per parlare con Jeffrey per un secondo e, quando aveva finito, aveva guardato William. Lui aveva annuito e aveva risposto: «Mi ricordo dell'ultima volta.»

«Meglio così», gli aveva detto, poi aveva sorriso ed era uscita.

Jeffrey aveva chiesto cosa significasse, e Bobcat aveva risposto per il suo amico, che aveva cercato di non andare in iperventilazione. Il pilota gli aveva detto che William si era ubriacato in Florida e poi era stato messo dietro le sbarre. Bethany Anne lo aveva avvertito che, se avesse commesso un altro errore di sicurezza come quello, gli avrebbe cancellato la memoria e lo avrebbe rimandato a terra.

«Una specie di momento rompipalle?» chiese il capo.

«Amico», dichiarò William, «non riuscirai mai – e dico *mai* – a farmi bere alcolici fuori dalla base o nei pressi del personale che non è al corrente di tutto. La reazione di quella signora è tutto l'autocontrollo di cui ho bisogno.»

«Hai paura di perdere i ricordi?»

«No», rispose lui, posando la birra e guardandolo negli occhi. «Ho paura di non riuscire a soddisfare le sue aspettative.» Indicò il laboratorio. «Vedi tutti i miei giocattoli?»

Jeffrey annuì.

«Se mi togliessi tutti questi giocattoli, avrei delle macchine CNC. Se mi togliessi le macchine a controllo numerico, avrei degli utensili manuali. Prenderei tutto quello che serve per costruire qualsiasi cosa abbia bisogno quella donna.» Prese la birra e la guardò. «Me la godrò, ma l'alcol, specialmente i superalcolici, non sarà più la mia stampella.»

Marcus guardò i semplici panini di fronte a lui, poi notò Cheryl Lynn in un angolo che cercava un posto per sedersi. Non era sicuro di essere totalmente fuori dai guai, anche perché lei aveva un'espressione preoccupata. Prese il roast beef con segale e il sacchetto di patatine. Poi andò verso le bevande, prese una Sprite, scosse via il ghiaccio e si diresse verso di lei.

Cheryl Lynn stava esaminando alcuni documenti quando lo sentì arrivare. Alzò la testa e lui le chiese: «Vuoi compagnia?» Con un sorriso, fece posto al suo vassoio. Quando lui si sedette, le domandò: «Sono ancora nella cuccia del cane?

«Per cosa?» ribatté lei, con un leggero cipiglio sul viso.

«Per aver portato Tina nello spazio?»

Lei fece spallucce. Ti ho detto quando me ne sono andato che non volevo che facessi di nuovo una cosa del genere senza il mio permesso. Finché mi farai sapere tutti i dettagli di ciò che intendi fare, non ci saranno problemi se porti Tina in gita da qualche parte.»

Marcus parve sollevato.

«Tuttavia», la voce di Cheryl Lynn si abbassò un po', «credo che tu mi abbia ingannato a proposito dell'età.»

Marcus ripensò alla loro conversazione: «No, non credo di averti ingannato. Mi pare di aver detto di avere sessant'anni.»

«Avevo appena finito di parlare di come sembrassero tutti giovani e di come fossero cambiati. Ti ho chiesto se avevi quarant'anni o cinquanta, e tu hai detto di essere sulla sessantina.» Sbuffò. «Sei già stato modificato, vero?»

«Forse? Be', a essere onesti la risposta è sì, ma ho preso il liquido di nanociti solo nelle ultime due settimane. Perché, hai qualcosa contro quelli che vengono modificati geneticamente per essere più giovani?»

«No, non da quando ho capito il motivo. Ma vorrei capire come fai a sapere – se poi lo sai davvero – *che* è la strada giusta da percorrere.»

«Posso raccontarti una storia?» Allungò la mano sul panino, prese il sacchetto di patatine e lo aprì. «Si dà il caso che riguardi un vecchio scienziato un po' amareggiato che sentiva che non gli era stato dato il giusto riconoscimento.»

Stavolta fu Cheryl Lynn a mettere da parte i fogli e ad appoggiare i gomiti sul tavolo. Aveva la sensazione che Marcus stesse per raccontarle una storia personale. «Certo, sono tutta orecchi.»

Lui la guardò per qualche secondo. «Ne dubito. Sei molto diversa da Dumbo.» Prese un boccone per concedersi un momento per pensare a quel che voleva dire. «Ti ho detto che vengo dalla NASA e che ho lavorato alla SpaceX, giusto?»

Lei annuì.

«Ciò che ho omesso di dirti è quanto fossi amareggiato per essere stato rifiutato da tutti, eppure, quando sono arrivato in questo gruppo, ho avuto la mia vendetta, senza poterlo dire a nessuno. In effetti, ho prodotto alcune nuove tecnologie entusiasmanti di cui il resto del mondo non sa nulla. Hai idea di quanto sia difficile per uno scienziato? Noi respiriamo il concetto stesso di condivisione delle idee. Abbiamo la convinzione che la scienza debba essere condivisa tra tutti. È qualcosa che abbiamo nel sangue, eppure non posso farlo.»

«Mi viene da pensare», lo interruppe lei, con la fronte corrugata, «che essere uccisi per aver divulgato dei segreti sarebbe un buon deterrente.»

«Non proprio. Il mio più grande deterrente è che so che sarei bandito da qualsiasi nuova tecnologia. Hai già incontrato TOM?»

Lei scosse la testa.

«È il benefattore alieno di quasi tutta la tecnologia che ci ha spinti in avanti. Quando sono entrato nel gruppo, ero dell'idea che, se volevamo trovare gli alieni, avremmo dovuto cercarli qui sulla Terra piuttosto che osservare i cieli. E visto che non riuscivo a tenere la bocca chiusa, ero un paria nella comunità scientifica, indipendentemente da quanto fossi bravo. Così, quando ho scoperto che avevo avuto ragione per tutto il tempo, mi sarebbe piaciuto salire sul palazzo più alto e urlare la mia rivendicazione a tutti coloro che mi avevano trattato male, compresa la mia ex moglie.

«Ora però è da un po' che lavoro qui, e vedo il quadro generale. Voglio ancora che gli altri scienziati sappiano cosa ho fatto? Certo. E so che alla fine succederà. Con il fatto che l'età non è un problema, sospetto che sarò in giro quando lo scopriranno. Può essere difficile rinunciare al senso di ingiustizia che provi quando gli altri ti trattano male, ma posso dirti che grazie all'amicizia di due militari – e di solito è gente che non lavora bene con gli scienziati – ho visto un quadro molto più ampio. Non rinuncerei mai a lavorare con Bobcat o William – e non ti azzardare a dirglielo – per nulla al mondo. Be', forse solo se potessi lavorare con TOM», ammise con un sorrisetto sulla faccia.

«Quindi per te è una questione di persone?» gli chiese lei.

«Si potrebbe dire così. In realtà sono le persone e la comprensione condivisa di ciò che stiamo cercando di fare per ciò che sta arrivando. Ormai non è più soltanto una convinzione. Sono stato sull'astronave e ho visto la tecnologia. *So che ci sono gli* alieni. Non c'è motivo, dopo aver avuto lunghe discussioni con TOM, di dubitare che ci siano alieni che vogliono farci del male. E, che tu ci creda o meno, stiamo parlando soltanto dei Kurtheriani. Diamine, sospetto ci siano migliaia di specie diverse, da qualche parte, là fuori. TOM ne conosce circa un centinaio.» Mise giù il panino e la guardò, l'espressione seria. «Si tratta di poco meno di un centinaio di *altre* specie aliene. Alcune di loro collaboreranno con il genere umano, e alcune senza dubbio ci odieranno, ma ho visto abbastanza da sapere che non si può presumere che intelligente voglia dire anche pacifico. Perciò sì, ho rinunciato ai miei meschini sentimenti personali per le ingiustizie che ho subito. A un certo punto, avrei potuto pensare che sarebbe stata una questione di karma se i bastardi che mi avevano deriso sugli alieni fossero morti sotto le armi aliene, ma ora capisco che i miei sforzi potrebbero salvare quegli idioti. E poi ho compreso una cosa.» Prese una patatina e la agitò come un puntatore. «Ho capito che se una razza aliena dovesse attaccare la Terra, quegli stessi idioti dovrebbero dirmi *grazie*.» Puntò la patatina verso di lei. «E *questa*, Cheryl Lynn, sarà la mia vendetta finale.» Detto questo, sgranocchiò la patatina come se fosse un punto esclamativo fisico.

Cheryl Lynn pensò a quelle parole, e a ciò che Patricia le aveva raccomandato di fare. «Marcus?»

Lui borbottò: «Hmmm?» mentre continuava a masticare.

«Sai come posso incontrare Pete?»

«Certo», rispose, prendendo un'altra patatina. «Devi solo andare sulla *Ad Aeternitatem*. Credo si stia allenando o qualcosa del genere.»

«Non sono nel Mediterraneo?» chiese Cheryl Lynn.

«Sì, ma è solo un viaggio di venti minuti.» Marcus si infilò la patatina in bocca.

Cheryl Lynn era sconvolta. Sapeva che c'erano tecnologie incredibili nella base, ma come era possibile arrivare dal centro degli Stati Uniti fino al Mediterraneo in venti minuti? «Utilizzando lo stesso tipo di navicella su cui ha viaggiato Tina?» Lei continuò mentre lui annuiva: «Immagino tu non debba andare su quella nave molto presto, vero?

Marcus le sorrise: «Ma no, penso che potrei aver bisogno di fare un'altra gita. Vuoi assicurarti che sia adatta ai bambini?»

Cheryl Lynn sorrise. «Penso che sarebbe molto appropriato, signor uomo di scienza!»

★ ★ ★

«John?» chiamò Bethany Anne.

La squadra si stava allenando insieme nella palestra sotterranea. Lui si avvicinò a lei correndo. «Sì?»

«Sono appena stata informata che Marcus ha fatto richiesta di portare Cheryl Lynn a bordo della *Ad Aeternitatem*. Te lo aspettavi?» Quindi aggiunse: «E quando riavrò la mia aiutante? Non posso continuare a inventare stronzate da farle fare mentre voi finite qualsiasi cosa dobbiate fare.»

John rispose: «Scusa, capo, ma conosco mia cugina. Ha bisogno di un solido sostegno, non posso dirle semplicemente che è per una buona causa.» Si chinò un po' verso di lei e sorrise. «Ma avrai una persona di sostegno incredibile quando lei stessa crederà in tutto questo.»

Bethany Anne lo guardò di rimando. «Sì, capisco, ma sto diventando impaziente. E sai cosa succede quando divento impaziente, signor Grimes?» Sogghignò.

John si raddrizzò e sorrise in risposta. «Ti fa venire voglia di gelato? Perché se è così, sono più che disposto a correre fino alla mensa per prendertene un po'.»

«Non proprio! Mi fa venire voglia di sfogare un po' della mia frustrazione e, visto che al momento sei la vittima più vicina...» Si spostò indietro di qualche passo e si mise in una posizione di combattimento Krav Maga.

«Cheryl Lynn», pregò John sottovoce, «per l'amor di Dio, deciditi presto. Non posso continuare a prendere calci in culo tutto il tempo!»

Decise che dare a Bethany Anne più tempo per prepararsi era una causa persa, così scattò in avanti.

«*Ohhh, miooo Dioooo.*» Il tetto si era aperto. Tutti sapevano che il tetto si era aperto per Shelly, e molti avevano visto l'elicottero partire e tornare. Ma Cheryl Lynn non aveva mai sentito nessuno parlare della partenza delle capsule.

Ora sapeva perché. Era perché nessuno avrebbe potuto *vedere* le navicelle in partenza. Non quando acceleravano così velocemente da rappresentare soltanto una macchia sfocata per chiunque fosse a terra.

Poi l'atmosfera superiore si dissipò e lei poté vedere la bellezza dello spazio in tutta la sua gloria. Nessuno dei due parlò finché lei non sussurrò nel silenzio: «Credo di cominciare a capire il richiamo delle sirene dello spazio esterno.»

Marcus rimase in silenzio. Sentiva che il cosmo poteva benissimo portare avanti una conversazione con lei senza il suo aiuto.

Un quarto d'ora dopo, fu il momento di atterrare sulla nave. Dato che nel Mediterraneo era buio, non furono costretti a scendere alla stessa velocità folle della loro salita. Cheryl Lynn aveva la faccia incollata al vetro.

«Wow, salvare il mondo ha dei vantaggi, vero?» chiese.

Lo scienziato si ritrovò a sghignazzare. «Be', solo le navicelle più avanzate che questo mondo non conosce. Alcune delle più sorprendenti capacità mediche che il mondo, ancora una volta, non conosce. E progetti eccitanti per il futuro che non condividiamo con nessuno. Ma, a parte questo, direi di sì.»

«Ho idea che tu non abbia ancora superato completamente il tuo rifiuto.»

Marcus agitò una mano. «Probabilmente dovrei smettere di parlarne, ma lamentarmi è stata una parte della mia vita per talmente tanto tempo che è difficile perdere l'abitudine.»

Mentre si avvicinavano all'acqua, Cheryl Lynn poteva vedere le luci di navigazione. Sgranò gli occhi quando finalmente si rese conto di quanto fossero grandi. Squittì: «Quelle sono le sue navi?»

Marcus alzò le spalle. «Be', tecnicamente, appartengono a Stephen ma, per quanto ne so, le tiene per lei. Non è che non veneri la terra su cui cammina Bethany Anne.»

«Chi è Stephen?»

Marcus si alzò e si grattò il lato del collo. «Dimentico che sei nuova e che non conosci molti degli attori principali. Magari lo incontrerai, visto che di solito è qui sulla *Ad Aeternitatem* o sulla *Polarus*. È un altro vampiro. In effetti, è il fratello di Michael.»

«*Quel* Michael? Michael, come il Michael vampiro originale?»

Marcus annuì.

«Oddio, mi chiedo cosa potrebbe dirci Stephen degli ultimi cento anni.»

«Forse non così tanto come si potrebbe pensare. Da quel che ho capito, ha dormito per buona parte del tempo.»

Cheryl Lynn si voltò verso di lui con un'espressione perplessa prima di fissare lo sguardo sulla nave in avvicinamento. «Dormito?»

«Sì. Intendiamoci, quasi tutto quello che so sui vampiri sono notizie di seconda mano. A quanto pare, possono annoiarsi o stancarsi di vivere. Stephen soffriva di questa malattia, poi è arrivata Bethany Anne.» Pochi secondi dopo, rallentarono fino a fermarsi a pochi centimetri dal ponte della nave, poi sentirono una piccola spinta mentre la capsula si posava sul ponte. «Bene, la prima metà della nostra gita è ufficialmente finita. Visto che sono qui, vado a controllare alcune cosette.»

Cheryl Lynn sgranò gli occhi, allarmata. «Come faccio a trovare Pete? Questa nave è enorme!»

Marcus sorrise e le indicò un punto sul ponte. «Vedi quel giovane laggiù che viene verso di noi con un sorriso sulla faccia?»

Lei annuì.

«Be', quello è Pete.» Aprì le porte e il nuovo arrivato lo raggiunse per stringergli la mano e aiutarlo a uscire.

Pete si voltò verso di lei mentre Cheryl Lynn si slacciava la cintura. «Salve, sono Pete. Patricia mi ha mandato un messaggio dicendo che hai qualche domanda e che dovremmo parlare.»

Cheryl Lynn ci mise un secondo a slacciare la cintura e borbottò: «Possibile che questi affari abbiano tutte queste fibbie?»

«Sì, in effetti.» Aggiunse: «Non conviene avere una cintura di sicurezza da automobile in una di queste cose. Le navicelle volano su tre dimensioni e, anche se regolano molto bene la gravità, potrebbero comunque sballottarti in caso di manovre rapide. E poi le usiamo come trasporto in situazioni di combattimento. Quando si arriva bisogna essere a posto.»

Le guance di Cheryl Lynn si arrossarono. «Scusa, ma sono un po' agitata.» Gli afferrò la mano e lui la tirò fuori dalla navicella senza alcuno sforzo.

«Hai fame?» le chiese.

«Sai, non ci stavo neanche pensando ma, ora che me lo dici, un boccone mi farebbe bene.»

Pete ridacchiò. «Fa' attenzione a usare quel termine quando ci sono mannari nei paraggi, ma seguimi. Abbiamo il miglior cibo del mondo.»

CAPITOLO 12

Cheryl Lynn si guardò intorno meravigliata mentre Pete la conduceva attraverso la nave. Non c'era verso di capire come tornare alla navicella, ma era stupita di quanto tutto fosse bello. Passarono davanti a diverse persone, e sembravano tutte molto professionali. Alla fine, dovette chiedere alla sua guida in un sussurro: «Ma qui sono tutti militari?»

Pete si voltò verso di lei, si abbassò un po' e parlò sottovoce. «No, almeno non quando arrivano.» Le strizzò l'occhio e si raddrizzò, e pochi secondi dopo si girò verso la fonte della confusione.

«Wow!» fu tutto quello che riuscì a dire mentre osservava la sala da pranzo.

«Bello, eh?» Pete entrò nella zona del caffè. «Serviti pure. Io prendo da mangiare e da bere, ci vediamo ai tavoli, okay?»

Cheryl Lynn annuì.

Qualche minuto dopo, lei arrivò al tavolo del suo accompagnatore con un piatto pieno di cibo. Gli sorrise e si accomodò. «Ho pensato di mangiare giusto un boccone. Ma visto che tutto sembrava così buono ho pensato di assaggiare anche questo... e questo... e quello.»

Pete guardò il piatto di Cheryl Lynn. «Oh! Quelle polpette sono deliziose. Lo chef di questa nave ha gestito ristoranti a cinque stelle. Diamine, credo sia anche il proprietario di uno o due locali rinomati.» Allungò la forchetta e infilzò una polpetta. Cheryl Lynn lo fissò mentre lui si metteva la polpetta in bocca.

«Ehi, così non si fa!» Cheryl Lynn prese la forchetta e si avvicinò per infilzare un pomodoro di Pete e se lo mise in bocca, sfidandolo con lo sguardo a riprovarci.

Fu allora che notò che gli occhi del mannaro sembravano passare dal verde all'oro e viceversa. Vedendo la sua espressione confusa, Pete domandò: «Che c'è?»

Cheryl Lynn si chinò verso di lui e scandagliò la sala. Non c'era nessuno nei tavoli vicini. Quando si voltò, notò che Pete imitava le sue azioni prima di guardarla.

Era solo a un metro di distanza. Cheryl Lynn sussurrò: «Uhm, sei normale?»

L'altro non rispose subito, guardandosi intorno. «Perché stiamo bisbigliando?»

Cheryl Lynn socchiuse le palpebre. «Rispondi. Alla. Maledetta. Domanda.»

Pete si appoggiò allo schienale. «Se vuoi sapere se sono umano, allora la risposta è sì.» Fece una pausa, poi continuò: «Con qualche modifica.»

Cheryl Lynn lo indicò con la forchetta. «Sei una spina nel fianco, proprio come Little John!»

«Chi?» ribatté l'altro.

Cheryl Lynn incrociò le braccia al petto. «Mio cugino.»

«John?» Pete sollevò la mano. «John Grimes? Lo stesso John che è grosso come un armadio a muro?»

Cheryl Lynn annuì.

Pete scoppiò a ridere.

Cheryl Lynn avrebbe voluto prenderlo a calci. Dio! Ma che le stava succedendo? Aveva almeno sette anni meno di lei. Guardò meglio. Almeno dieci anni, in realtà, e forse di più.

«Scusa.» Alzò una mano. «Mi dispiace, davvero. Devi capire una cosa, però John è stato il primo a mostrarmi cosa significa la disciplina.»

«Perché? Cos'ha fatto, ti ha dato un pugno?» domandò lei in tono acido.

Pete annuì a sua volta. «Be', sì. È esattamente ciò che ha fatto. Mi ha quasi staccato la testa dal collo, ed era un umano.» Scosse il capo. «Sarebbe stato più impressionante se la mia mascella non fosse stata in grado di rigenerarsi.»

«Cosa avevi fatto per meritartelo?»

«Avevo mancato di rispetto a Bethany Anne.» Stavolta Pete non sorrise come se fosse uno scherzo. «All'epoca, intendiamoci, non sapevo chi fosse, ed ero pieno di me. Mio padre non era mai stato molto rigido con me, quindi ero un po' selvaggio e ho approfittato della situazione.»

«E poi cos'è successo?» Cheryl Lynn iniziò a mangiare, scegliendo per prima la polpetta rimasta.

«John mi ha inculcato un po' di buonsenso e di rispetto ogni stramaledetta mattina, finché non ho capito che non lo faceva per fare lo stronzo. Lo faceva per trasformarmi nel potenziale che vedeva in me.»

«Cioè?»

Pete la guardò negli occhi. «Un uomo. Un leader.» Si strinse nelle spalle, infilzò l'altro pomodoro nel piatto e prese un boccone. «Immagino che la parte del leader sia diventata qualcosa che ho scoperto di volere mentre lavoravo con lui. Ha un modo di farti pensare: *Quando sarò grande, voglio essere come John.*»

Cheryl Lynn ridacchiò. «Vuoi essere un esempio di testosterone capace di parlare e camminare?»

Pete inclinò la testa da un lato. «Stai mancando di rispetto a tuo cugino?»

Lei sospirò e mise giù la forchetta. «No. Direi di no. Semplicemente al momento sono un po' arrabbiata con lui.»

«Oh? E perché?» Pete fece scivolare indietro la sedia. «Scusa un secondo. Vuoi un altro bicchiere?» Lei scosse la testa, e Pete impiegò mezzo minuto per rifornirsi e tornare al tavolo. «Scusa ancora. Quindi stavi per dirmi perché ce l'hai con Little John.»

«Mi tratta con i guanti di velluto!»

«Davvero? Per come la vedo io, posso dirti che essere trattati al contrario non è proprio il massimo.»

«Perché? Ti ha fatto qualcosa? Be', a parte romperti la mascella?»

Pete ci pensò su per un momento. «Possiamo semplicemente dire che quando sono arrivato da lui ero un ragazzino ricco e viziato che si sentiva superiore agli umani in tutto e per tutto?»

«Ti ha aiutato a superare la tua parte viziata?»

«L'ha proprio fatta a pezzi», replicò Pete. «E non è che non ne avessi bisogno. Ne avevo bisogno eccome. Più responsabilità mi guadagnavo, un po' alla volta, più responsabilità volevo, fino a diventare l'Alfa dei Guardiani Wechselbalg.»

Cheryl Lynn aprì la bocca e poi la richiuse.

«Che c'è?»

«Be', sarebbe scortese da parte mia chiederti di descrivere come sei quando ti trasformi?»

Pete rise a lungo. «Mi dispiace.» Finalmente si placò. «Sei così dannatamente educata che non so come comportarmi. La maggior parte delle persone, se sono consapevoli dei mannari, praticamente implorano di vedere una trasformazione. Mi stai chiedendo se è scortese chiedermi di descrivere il mio aspetto?»

Cheryl Lynn raddrizzò la schiena e affilò il tono. «Non credo sia scorretto da parte mia essere educata.»

Pete agitò le mani in aria. «No, no! Direi di no.» Si asciugò una lacrima di ilarità che indugiava nell'angolo dell'occhio. «È solo che... il nostro gruppo è così pieno di testosterone che far salire a bordo una persona pudica è...» Fece una pausa per pensarci. «Be', è piuttosto fantastico.»

«Grazie. Credo.»

«Ti dico una cosa...» cominciò lui, guardandola.

«Sì?»

«Sarebbe scortese da parte mia chiederti se ti piacerebbe vedere un lupo mannaro che si trasforma?»

Cheryl Lynn ci pensò su. «Suppongo non sia scortese da parte tua chiederlo, ma non sono sicura di volerlo vedere.»

«Perché?»

«Be', sto cercando di capire per cosa stanno lavorando tutti qui. Per esempio, tu perché sei qui?»

Pete si sentì preso alla sprovvista. «Che vuoi dire?»

«Be', devi rimanere qui adesso? Voglio dire... certo, se sei il capo, forse, ma hai mai avuto la possibilità di tornare a casa?»

Questa volta fu lui a restare in silenzio per un minuto. «Sai, non sono tornato a casa da quel giorno sull'asfalto.» Parlò rapidamente prima che lei potesse formulare la domanda successiva. «Ho rivisto mio padre.»

Lei chiuse la bocca.

«È solo che non ho cercato di tornare a casa. Questa...» Indicò lo spazio circostante. «... è casa mia. Le persone qui e alla base sono la mia famiglia. Questa famiglia si è formata sotto una sola persona per raggiungere un obiettivo.»

«Salvare il mondo, giusto?»

Pete mugugnò per un secondo. «Non proprio. Più che altro fornire al mondo l'opportunità di essere qualsiasi cosa voglia essere, che funzioni o meno. Bethany Anne vuole assicurarsi che abbia la possibilità di autodeterminare il proprio futuro.»

«Mi sembra strano. Che tipo di risposta è?» Cheryl Lynn era più confusa che mai.

«Be'», rispose lui, ruotando oziosamente il bicchiere, «è una risposta alla Bethany Anne. Significa che lei non ha intenzione di forzare il mondo perché diventi qualcosa che altrimenti non sarebbe stato.»

«Come se lei potesse trasformare il mondo intero?»

«Vuoi ripetere?» domandò Pete.

«Voglio dire, come potrebbe forzare il mondo a essere qualcosa...» Si interruppe quando vide l'espressione dell'altro. «Può davvero?»

«Probabile. Potrebbe distruggerlo, se volesse.»

«Cosa? E come?»

Pete fece spallucce. «Potrebbe far precipitare un masso enorme, tanto per dirne una.»

«Un altro evento di estinzione dei dinosauri?»

«Sì», rispose Pete. «Noi faremmo i dinosauri, naturalmente.»

«Chi la fermerà?» pensò Cheryl Lynn ad alta voce.

«Lei stessa», rispose semplicemente lui.

«È l'unica?» domandò Cheryl Lynn.

«Be', onestamente, sì. Non c'è nessuno che potrebbe fermarla fisicamente se si mettesse in testa di farlo, ma ha un cuore troppo grande per fare una cosa del genere.»

«Tu la ami, non è vero?» domandò Cheryl Lynn.

Pete sorrise. «Se intendi come una sorella maggiore, allora sì. Se intendi qualcos'altro... allora tendo a pensarla come John.»

Cheryl Lynn sorrise. «Oh, devo assolutamente sentire cosa pensa mio cugino.»

«Promettimi che non gli dirai che te l'ho detto», rispose Pete, serio.

Cheryl Lynn serrò le labbra, poi le sue spalle si abbassarono. «Va bene, sì.»

Pete esitò prima di spiegare: «Morirebbe per lei, solo che non vuole morire per mano sua.»

Cheryl Lynn fece una smorfia di confusione. «E questo cosa dovrebbe significare?»

«L'hai già vista in versione vampiresca?»

Cheryl Lynn scosse la testa.

«Oh. Bene, questo spiega tutto. Facciamo così, vieni con me e ti darò una dimostrazione da Wechselbalg. Così potrai capire che tipo di persona può far inginocchiare uno come me.»

I due misero a posto i piatti e Pete la condusse nella palestra presente sulla nave.

Cheryl Lynn si guardò intorno nella sala, notando gli evidenti segni di usura prima di voltarsi e trovarlo quasi nudo. «Chiedo scusa!» Si affrettò a girare la testa.

Pete ebbe la grazia di arrossire. «Mi dispiace. Ho dimenticato che per te è tutto nuovo. Non mi spoglierò più di così, e ti prometto che sarai al sicuro, ma fai qualche passo indietro e guarda attentamente per capire la trasformazione.»

Cheryl Lynn si allontanò e si sedette su una panca da pesi. Come se guardare attentamente fosse una fatica per i suoi occhi. Pete aveva muscoli su muscoli. «Okay, ma è meglio che ti renda conto che sono abbastanza vecchia da essere tua madre.»

Pete scoppiò a ridere. «Improbabile! Ma non è questo il punto. Sei pronta?» Lei annuì, e Pete ripensò a un momento che lo faceva arrabbiare, un momento in cui credeva di aver perso Ecaterina, e la stanza divenne più luminosa e lui più alto. Gli odori erano nitidi: sudore, sporcizia e paura. Si voltò a guardare la piccola donna sulla panchina, che ora aveva gli occhi sgranati.

«Questaaa è la miaaa foormaaa», le disse.

Lei annuì e cercò di far funzionare la voce. «John ti ha dato un pugno e adesso tu puoi trasformarti in questa cosa? Era pazzo?» Si coprì la bocca mentre borbottava: «Mi dispiace.»

«Hehh heehh heehh. Nooo, all'epoocaaa non poooteeevooo traaasfooormaarmiii cosììì.»

«Scommetto che ora non ti darebbe quel pugno.» Cheryl Lynn rimase paralizzata dov'era. Aveva sentito dire che non bisognava mai scappare da un predatore, perché gli avrebbe fatto semplicemente venire voglia di inseguirti.

«Uuun mooomeeentooo», ringhiò. Pochi secondi dopo, Pete era di nuovo in piedi davanti a lei. Mosse la testa avanti e indietro e tossì. «Scusa. Non è facile portare avanti una conversazione in quella forma e, senza qualcosa di violento da fare, è difficile rimanere concentrati.» Andò verso i suoi vestiti e si sistemò. «Ma non potrei mai, sulla verde Terra di Dio, prendere a pugni John Grimes di proposito o battermi con lui.»

«È per quello che ha fatto per te?»

Pete si strinse nelle spalle. «Be', certo, ma sto parlando per ipotesi. John mi farebbe il culo e poi userebbe la mia pelle pelosa come straccio per pulire il mio sangue dal pavimento.» Sorrise mentre si infilava i calzini e le scarpe.

«Ma tu sembri così possente», osservò lei.

«Certo che lo sono.»

«Quindi...» Cheryl Lynn esitò. «Anche lui è stato modificato, non è vero?»

«Proprio così.»

Cheryl Lynn si alzò dalla panchina, si diresse verso il tappeto e si sedette. Poi si sdraiò. «Perciò John potrebbe battere te e Bethany Anne potrebbe battere John?»

«Potrebbe, sì.»

«Ma non lo farebbe?» Guardò Pete per valutare la sua reazione.

«No. Lo ama troppo.»

«Che razza di famiglia contorta.»

«Non volevi dire disfunzionale?» domandò Pete. Si avvicinò a lei sul tappeto.

Cheryl Lynn si mise a sedere. «No, volevo proprio dire contorta. Non siete disfunzionali. Anzi, direi che siete talmente funzionali che è quasi incredibile. Ma il motivo per cui funziona è contorto. Tutto ruota intorno a Bethany Anne e a questo bisogno di non proteggere la Terra e allo stesso tempo di proteggere la Terra.» Fissò lo sguardo su Pete. «E se la Terra non volesse essere protetta o, Dio non voglia, vi attaccasse?»

Pete sbuffò: «Be', se rifiutano la protezione, immagino che Bethany Anne combatterà gli alieni e lascerà perdere il resto. Ma se dovesse attaccare la sua gente?» La sua espressione si fece torva, e Pete scosse la testa. «Allora impareranno nel profondo delle loro anime il significato della parola *pentimento*.»

«È a favore della Terra solo se la Terra non la attacca?»

Pete si strinse nelle spalle. «Dubito che reagirebbe se si limitassero ad attaccare lei. Magari fuggirebbe e basta. Ma se qualcuno facesse del male alla sua gente?»

«Vuoi dire a John e a Eric e a Darryl e a...» Cheryl Lynn esitò. «Scott?»

«Giusto. Ce l'avevo proprio sulla punta della lingua.»

«Okay, facciamo che ti credo. No, intendo chiunque di noi. *Tutti* noi. Se viene fatto del male a uno di noi, allora la cosa diventa personale.»

«Lo stesso vale per me», mormorò sottovoce Cheryl Lynn.

«In che senso?»

«Scusa, ho appena compreso che sono diventata una dei suoi per via di John.»

«Sì, probabilmente è così. John ti vuole bene, quindi anche Bethany Anne te ne vuole.»

Guardò Pete. «E se John non mi avesse voluto bene?»

«Be', immagino non avrebbe parlato di te a Bethany Anne, e tu saresti ancora nella stessa situazione in cui ti trovavi prima», le rispose in tono deciso.

«Ma perché è disposta a smettere di cercare di salvare il mondo per andare a Dallas, nel Texas, per aiutare una madre di due bambini con problemi personali?»

Pete rispose solennemente: «Per lo stesso motivo per cui è disposta ad accettare con sé un moccioso ricco e viziato per aiutarlo a diventare un uomo.»

Cheryl Lynn continuò: «Lo stesso motivo per cui ha trasformato una barista rumena in qualcosa di straordinario, e ha messo all'opera uno scienziato fallito perché cambi il futuro.» Cheryl Lynn fece una pausa per un momento e si voltò a guardarlo ancora una volta. «È il tipo di persona che vedrebbe qualcosa di speciale in una madre di Dallas e la trasformerebbe nella sua assistente personale.»

«Oh, fantastico!»

Cheryl Lynn aggrottò la fronte. «Perché sarebbe fantastico?»

«Perché significa che ho un contatto all'interno.» Pete sorrise. «Non dimenticare quanto abbiamo legato in così poco tempo.»

Lei scoppiò a ridere. «Smettila! Sono... be', sono abbastanza grande. Non importa che tu abbia degli addominali su cui le donne vorrebbero praticare il braille, sei comunque troppo giovane per me.»

«Accidenti», mormorò Pete, «questa è bella. Le donne vorrebbero praticare il braille con i miei addominali.» Ci pensò su per un secondo. «Dovrò metterlo sul mio account di incontri.»

«Hai un account su un sito di incontri?»

Pete sorrise. «No! Posso solo immaginare cosa succederebbe se i membri del team scoprissero qualcosa del genere. Oh, mi riempirebbero di merda.» Stavolta Pete si coprì la bocca con la mano. «Ops! Scusa.»

Cheryl Lynn ridacchiò. «È okay. Cerco di controllare il mio linguaggio con Tina e Todd, non con gli altri adulti.»

Pete lasciò ricadere la mano.

«È tutto vero, giusto?» chiese Cheryl Lynn.

Lui rimase in silenzio. Gli era sembrata una domanda retorica.

«Siamo davvero in guerra. Bethany Anne è davvero quel che sembra, e io devo davvero preoccuparmi se ci sarà un futuro per Tina e Todd.» Lo guardò di nuovo. «Non è così?»

Pete annuì.

Cheryl Lynn domandò ancora: «E moriresti davvero per lei?»

«Non solo per lei, ma per John o Eric o Dan o Ecaterina o Gabrielle o la mia squadra, e ora anche per te.»

Cheryl Lynn chiuse gli occhi, e lui notò una piccola lacrima scorrerle lungo la guancia.

CAPITOLO 13

Base della RDS, CO, USA

Kevin e Lance stavano esaminando la mappa digitale delle postazioni che circondavano la base insieme a Stephanie, il nuovo capo del gruppo di ingegneria. Era grande, audace e chiassosa, il che riusciva quasi a nascondere il tesoro di conoscenze che possedeva.

Kevin lo aveva scoperto presto, e ora usava la sua esperienza con grande efficacia.

Era molto femminile, però, e la cosa lo distraeva. Ora aveva un assaggio di quel che Lance doveva aver passato con Patricia. Stephanie era di origini afroamericane e giapponesi, e il comandante della base si sforzava di concentrarsi sulle sue capacità ingegneristiche, non sugli altri attributi. E, per dirla tutta, non era affatto semplice.

I suoi dati sui tre possibili sostituti si erano limitati alle competenze. Bethany Anne gli aveva fornito dei candidati con le competenze che aveva richiesto, ma Kevin aveva detto di voler andare in un altro Paese per trovare dei candidati con quelle capacità.

Con la sua conoscenza del giapponese, Stephanie era considerata *hafu*, o mezzosangue in Giappone. Aveva deciso di smettere di cercare di battere la testa contro l'omogeneità del Giappone e aveva scelto di lavorare per una compagnia in Nuova Zelanda. Quella società aveva contratti con l'esercito, il che le aveva permesso di costruirsi un curriculum impressionante. Frank e ADAM l'avevano trovata proprio a Wellington.

Quando si era recata al colloquio, era stata sorpresa di trovare una giovane donna a capo dell'incontro. Un uomo dall'aspetto giovanile – che la donna aveva chiamato papà un paio di volte – sembrava essere quello con le conoscenze sul campo.

Aveva pensato che Lance fosse una specie di "amico" molto intimo fino a quando un altro uomo si era unito a loro una decina di minuti dopo e, *dannazione,* era un bell'uomo. Stephanie stava considerando che bel pacchetto fosse finché Bethany Anne non lo aveva baciato. Non era un bacio casto, ma non era neanche inappropriato per una riunione, e mandava un messaggio piuttosto chiaro: quell'uomo era impegnato.

Alcune donne hanno tutte le fortune del mondo, aveva pensato.

Durante il colloquio, Bethany Anne le aveva sparato domande che erano significativamente fuori dalla norma. Era quasi come se la stesse testando e usasse le domande fuori dagli schemi per quelle successive. Michael – come era stato presentato il secondo uomo – non aveva detto granché, ma di tanto in tanto poneva una domanda strana a sua volta, quasi avesse una sua agenda.

Tutte le sue domande avevano a che fare con l'etica, la moralità e i vari dilemmi che una persona potrebbe trovarsi ad affrontare. Poco prima che arrivasse l'ora del caffè e del dessert, lui si era scusato e Bethany Anne gli aveva detto che lo avrebbe raggiunto più tardi, se a lui stava bene.

Dal suo sorriso, Stephanie aveva capito che era più che okay.

Si era trovata a sorridere tra sé e sé. La verità era che non era abituata a essere messa in secondo piano, e ora capiva perché alcune donne erano sgarbate con lei. In quel momento, avrebbe voluto essere sprezzante con Bethany Anne, che era stata solo generosa e gentile con lei per tutta la serata.

Be', si era sforzata di concentrarsi su ciò che l'avrebbe assolutamente fatta assumere, cioè le sue qualifiche e la sua storia di maga dell'ingegneria. Non era stato semplice.

Era come se Bethany Anne avesse un gruppo di test di ingegneria nella testa che le poneva le domande. Ben presto, la sfida di rispondere a quelle domande aveva attirato tutta la sua attenzione, e Stephanie si era dimenticata di tutto il resto. Era diventata una competizione per vedere se fosse riuscita a ingegnarsi per uscire dalle situazioni ipotetiche che le venivano scagliate contro.

Il capo poneva una domanda, poi Stephanie chiedeva dettagli sullo scenario o altre risorse che avrebbe avuto a disposizione. Nella maggior parte delle occasioni, era Lance a rispondere a quelle domande. Al momento del dessert, Stephanie aveva compreso due cose. Tanto per cominciare era mentalmente esausta. Quello era stato diverso da qualunque altro colloquio a cui avesse mai partecipato, e in Giappone aveva partecipato a parecchie riunioni molto impegnative. La seconda era che aveva finito per voler – no, *per dover* – impressionare Bethany Anne.

Stephanie aveva sempre voluto lavorare per una donna, e voleva che quella fosse la donna giusta.

Poco dopo che Michael se n'era andato, avevano ordinato il dessert e passato un'altra ora a chiacchierare e basta. Il che le aveva dato l'opportunità di porre qualche domanda a sua volta. Era stato allora che aveva appreso che Lance era responsabile della supervisione di un portafoglio di più di mille compagnie.

Quella era stata la prima bomba. La seconda era che Bethany Anne era la proprietaria di tutte quelle società.

Quanto desiderava lavorare per quella donna.

Avevano già avuto un colloquio con un inglese, e avevano ancora un altro candidato in India.

Due giorni dopo, aveva ricevuto una chiamata che le offriva ufficialmente il posto. Non aveva urlato e non era saltata dalla gioia. Si era limitata a chiudere a chiave la porta dell'ufficio. Poi aveva fatto due passi verso la scrivania, si era seduta e aveva lasciato che lacrime di felicità le si riversassero sul viso.

Qualcuno voleva il suo cervello e le sue capacità.

Punto e basta.

Ora Kevin stava chiedendo la sua opinione sui miglioramenti da apportare alla base. Stephanie doveva usare tutta la sua esperienza e un bel po' di genio creativo per fornire soluzioni. Molti dei problemi che Kevin aveva erano simili alle domande a cui lei aveva risposto durante il colloquio. Era impressionata. Era stato un modo piuttosto astuto per assicurarsi che fosse in grado di gestire il lavoro: darle i problemi esatti che volevano risolvere e vedere se fosse capace di fornire soluzioni praticabili.

A quanto pareva, ne era in grado eccome.

Avevano iniziato discutendo delle difese a strati per colpire lo sconfinamento umano, poi le telecamere attivate dal movimento per aiutare a rilevare i droni in arrivo. Infine, l'attivazione delle squadre di reazione rapida.

Le squadre in questione avrebbero dovuto identificare visivamente gli obiettivi e coprire eventuali punti ciechi. Kevin aveva detto che avrebbero iniziato con delle esercitazioni per capire se le loro squadre fossero capaci di penetrare le difese attuali. Avrebbero usato quei dati per apportare modifiche, dove necessario.

Stephanie aveva convenuto che il tempo speso a raccogliere dati di rado poteva considerarsi sprecato.

Poi avevano considerato uno scenario di invasione da parte di civili che cercavano di acquisire forniture mediche che potevano essere trovate solo alla base. Stephanie aveva spiegato che avrebbe voluto incanalare le persone in aree più piccole, aree in cui sarebbe stato ovvio che andare avanti sarebbe stata una pessima idea.

Che si trattasse di proiettori di rumore sonico, pistole a colla o qualcosa di più devastante, in ogni caso sarebbe sempre stato possibile ritirarsi. Non era mai una buona idea costringere le persone a scegliere tra battersi o morire.

Infine passarono a esaminare le opzioni per nascondere il supporto medico nei campi, per tempi di reazione rapidi. La priorità sarebbe stata per la loro gente, poi per tutti gli attaccanti che avrebbero avuto bisogno di assistenza.

«Dopo aver esaminato la potenza di uscita, credo che possiamo effettivamente gestire dodici postazioni. Due qui, due qui, altre tre su questo crinale, tre che coprono questa valle e altre due su quel lato.» Stephanie indicò le diverse aree della base. «Hai considerato la pura e semplice devastazione che creeranno questi affari?»

Kevin annuì. «Sì. Sfortunatamente, faranno poltiglia di qualsiasi essere umano e, a seconda della carica, possono passare anche attraverso le unità corazzate. Saranno la nostra ultima risorsa, ma dovremmo essere avvisati in anticipo se sta arrivando qualcosa di più grande.»

«Perché?» domandò Stephanie, curiosa. «Ci sono persone all'interno?»

«No. Be', non sono persone. Abbiamo accesso a reti di comunicazione strategiche dove gli ordini fluirebbero. Non abbiamo una certezza del cento percento, ma avremo comunque un po' di preavviso. Come faremo a mantenere il comando e il controllo delle nostre postazioni?»

«Useremo dei ricetrasmettitori instradati attraverso l'eterico. Questi si collegheranno ad AGILITY e ci permetteranno un comando completo dalla base.»

«C'è un modo per annullare queste cose?»

«Stai chiedendo se possiamo spegnerli o se qualcun altro potrebbe assumerne il controllo?» domandò lei.

«Be'...» Kevin si grattò sotto il mento mentre guardava il display digitale. «Sono preoccupato che qualcuno possa averli violati.»

Stephanie scoppiò a ridere. «Non credo che qualcuno sia in grado di hackerare AGILITY, a questo punto.»

Aveva avuto una conferenza telefonica con ADAM. Le ci era voluto un po' per capire che stava parlando con un'intelligenza artificiale. Bethany Anne le aveva fornito un orientamento diverso da qualunque cosa avesse mai sperimentato. Non solo l'amministratore delegato della compagnia l'aveva portata nello spazio, ma gliel'aveva fatta quasi fare nelle mutande per lo spavento. Ora aveva una comprensione molto migliore del potenziale e degli obiettivi del gruppo. Era stata abbastanza sciocca da chiedere perché le fosse stata affidata quell'informazione. Non l'aveva sorpresa scoprire che Michael le aveva letto nel pensiero. A quel punto, dopo aver viaggiato nello spazio e aver scoperto che il grande capo era un vampiro, una cosa semplice come la telepatia era relativamente facile da digerire.

Kevin sorrise. «Sì, lo immaginavo, ma non volevo entrare in un'altra discussione informatica con Tom sul suo nuovo bambino. Potrebbe tenermi incollato a una sedia per poter parlare di poesia tutto il pomeriggio.»

Stephanie sorrise. «È per questo che continui a cercare di evitarlo alle riunioni?»

«Non sto cercando di sentire la sua mancanza, sto cercando di mantenere la mia agenda personale. Il mio lavoro è gestire questa base, non capire perché Tom ha avuto un'erezione quella mattina.» Il cervello di Kevin impiegò tre secondi per raggiungere la bocca. Una volta che si rese conto di quello che aveva detto, le sue guance divennero rosso barbabietola.

A Stephanie bastarono due secondi per iniziare a ridere così forte da riuscire a respirare a malapena.

Alla fine, anche lui cominciò a ridere, e si rese conto che nella sua mente lei era diventata meno *donna attraente* e più *una delle persone della squadra*. Semplicemente una delle persone del gruppo il cui lavoro, in quel caso particolare, era quello di rendere sicura la base.

John Grimes entrò nella mensa e si fermò un attimo per individuare sua cugina, che era seduta in un angolo. Fece un cenno a uno dei ragazzi della sicurezza del cancello anteriore, che gli rispose a sua volta con un cenno del capo mentre lui continuava a camminare verso Cheryl Lynn.

Era solo a un paio di tavoli da lei quando Cheryl Lynn alzò lo sguardo e gli fece il suo brevettato *sorriso da cugina*.

Oh, merda, pensò. *Ora sono affari miei.*

Indicò la sedia di fronte a lei. «Perché non ti siedi, caro cugino mio?»

«Spero non ti dispiaccia, Cheryl Lynn.» Le sorrise. Smise di sorridere quando la bocca di lei si contrasse e Cheryl Lynn gli assestò un forte calcio al ginocchio.

John parlò a denti stretti: «Spero sia sufficiente.»

Cheryl Lynn si chinò in avanti. «C'era bisogno di farmi passare da una persona all'altra per capire la situazione?»

John si appoggiò all'indietro, facendo ancora finta che il calcio di lei gli avesse fatto male. Non c'era bisogno di farle sapere che il suo corpo aveva già affrontato il dolore. «Se la cosa può farti stare meglio, Bethany Anne mi ha fatto il culo per tutta la settimana.»

«Bene!» esclamò lei. Poi assunse un'espressione preoccupata. «Perché ti ha fatto il culo?»

John si chinò in avanti e appoggiò i gomiti sul tavolo. «Perché è una persona impaziente e voleva che la sua assistente fosse disponibile, non in giro chissà dove.»

«Allora perché me lo hai fatto fare? Volevi che capissi da sola?»

«Proprio così. Non dirmi che se ti avessi semplicemente detto *questa cosa è importante*, per te sarebbe stata significativa come lo è ora. Che dici? Perché se fosse così, non solo mi sarei cercato un'inutile settimana di dolore, ma vorrebbe anche dire che sei cambiata parecchio da quando eravamo piccoli.»

Cheryl Lynn si sedette all'indietro, incrociando le braccia sul petto, poi si dondolò avanti e indietro sulla sedia. Alla fine ammise: «No, direi di no. Ma tu stai facendo la stessa cosa che facevi quando eravamo bambini: mi guidi invece di farmi sapere cosa dovrei fare. Ti rendi conto di cosa...» Si interruppe, poi sospirò. «Immagino sia ingiusto. Non ci siamo frequentati abbastanza da permetterti di riconoscere che in effetti *sono* cambiata, perciò sei tornato alle vecchie abitudini. Va bene, la prossima volta userò una mazza da baseball quando vorrò farti male al ginocchio.» Cheryl Lynn si abbassò per massaggiarsi le dita dei piedi. «È stato come prendere a calci un muro.» Gli sorrise. «Forse avevo bisogno di sentire il punto di vista degli altri. Dopo aver vissuto i miei errori con Mark, fidarsi di qualcuno è stato difficile. Avrei potuto pensare che ti stessi sbagliando sul conto di Bethany Anne.»

John si alzò e spinse indietro la sedia. «Le devo la mia vita, quella della mia squadra e ora anche la tua. Se c'è una persona su cui puoi contare...» La fissò direttamente negli occhi. «... è Bethany Anne.»

Lei gli fece un secco cenno del capo e poi gli strizzò l'occhio. John la salutò in tutta fretta e lasciò la caffetteria.

★ ★ ★

Cheryl Lynn aprì la porta dell'appartamento in cui viveva con Tina e Todd. Anche se ora aveva parecchi soldi in banca grazie alla "chiacchierata" di Bethany Anne con il suo ex marito, aveva deciso di non cambiare il mobilio.

Non si trattava tanto di risparmiare, quanto di assicurarsi che Tina e Todd potessero entrare nel ritmo della vita alla base. Dopo aver parlato con loro più volte, aveva capito che il loro futuro poteva essere nello spazio, e lassù non ci sarebbe stato chissà quale arredamento.

«Mamma!» urlò Todd dalla sua stanza quando lei chiuse la porta d'ingresso. «Anch'io voglio andare nello spazio.»

Cheryl Lynn posò il suo lavoro sul tavolo della cucina e tirò fuori una sedia. Si tolse le scarpe per far muovere un po' le dita dei piedi, aspettando che suo figlio uscisse dalla sua camera. Impiegò circa trenta secondi per emergere, l'espressione scontrosa.

Lei gli chiese: «Cosa si dice quando vedi tua madre per la prima volta nel corso della giornata?»

Todd alzò gli occhi al cielo. «Buon pomeriggio, *mamma*. Adesso, come mai non posso andare nello spazio?»

«Come scusa?» Cheryl Lynn lo guardò, vagamente irritata.

Todd si rese conto di aver superato di nuovo il limite. «Mi dispiace. Ti dispiacerebbe dirmi perché non posso andare nello spazio, per favore?»

«Okay, così va meglio. Non ne ho idea, Todd. Cosa stai facendo per guadagnarti l'opportunità di andare nello spazio?»

«Che vuol dire? Vado a scuola e supero tutte le materie», ribatté lui, non riuscendo a evitare un tono lamentoso.

«Todd, c'è una cosa che devi capire. La gente da queste parti non è interessata a una persona che fa il minimo per tirare avanti. Queste persone danno *il massimo*, non si limitano a superare tutte le materie. Tina è andata nello spazio esterno perché frequenta volontariamente sessioni di apprendimento aggiuntive oltre alla sua normale formazione scolastica.» Cheryl Lynn iniziò a sistemare i libri sul tavolo per poterli rivedere. «Perciò, se vuoi avere l'opportunità di fare qualcosa di figo...» Lo guardò. «... dovrai dare il centocinquanta percento. Superare un esame non è sufficiente. Dovrai avere tutte A. Ti stai impegnando per assicurarti di avere ottimi voti, o è più importante la tua console? Cosa stai facendo per assicurarti di essere nel gruppo giusto, quello in cui le persone fanno accadere le cose?»

Todd non voleva sentire ragioni, ed era la terza volta che Cheryl Lynn affrontava quel discorso con lui. Solennemente le rispose: «Niente.»

Cheryl Lynn si voltò verso il figlio. «Todd, guardami. No! *Guardami.*» Lui obbedì. «Voglio che tu abbia la possibilità di andare nello spazio. Voglio che tu abbia la possibilità di vivere una lunga vita. Mi ci vorrà un notevole sforzo per assicurarmi che tu e Tina abbiate questa possibilità. Vuoi andare nello spazio?» Sostenne lo sguardo del figlio.

Alla fine lui annuì.

«Allora devi trovare qualcosa che ti interessi. Qualcosa che non sia un videogioco. Chiedi che tipo di competenze saranno necessarie, poi scegli qualcosa che ti piaccia e impara qualcosa che ti sarà utile. Perché desiderare di andare nello spazio quando poi perdi tempo a fare qualcosa di frivolo non ti porterà da nessuna parte.» Tornò ai suoi libri.

A Todd quella risposta non piaceva, ma sapeva che non avrebbe ottenuto niente di diverso se avesse ripreso l'argomento l'indomani. Si girò per tornare nella sua camera da letto. Mentre entrava, vide il gioco a cui stava giocando, ora in pausa. Invece di tornare alla sedia e riprendere a giocare, si sedette sul letto.

Allora cosa farò? pensò. *Quanto voglio andare nello spazio?*

Fu almeno dieci minuti dopo che Cheryl Lynn notò che dalla camera di Todd non provenivano suoni di videogames.

Dannazione! Ora avrebbe dovuto dire a John che aveva avuto ragione, una seconda volta.

CAPITOLO 14

ethany Anne lavorava ai rapporti del mattino con ADAM. Non aveva un ufficio e nemmeno un portatile. Però aveva quel dannato computer con sé ventiquattro ore su ventiquattro. Per quelle persone che si erano lamentate in passato di come i loro Blackberry fossero *Spaccaberry*, avrebbero dovuto provare a vivere con qualcosa del genere all'interno del cranio.

Ma di sicuro i rapporti mattutini si facevano più rapidi.

Se c'erano troppi dati, Bethany Anne passava alla velocità vampirica e non solo assimilava ogni cosa, ma discuteva anche tutti i punti. Poi faceva mettere insieme da ADAM delle e-mail che sembravano scritte da lei e l'IA le inviava a chi di dovere.

Grazie alla velocità e all'analisi dettagliata, Bethany Anne si stava guadagnando la reputazione di essere molto, molto acuta ed estremamente rapida. Un giorno, alcuni dipendenti stavano chiacchierando delle e-mail che avevano ricevuto, e avevano notato che le e-mail di Bethany Anne erano state inviate tutte entro due secondi l'una dall'altra. Nel corso delle settimane successive, il record era stato di ottantadue email altamente dettagliate e specifiche inviate nello spazio di quattro minuti e mezzo.

Qualcuno aveva ipotizzato che godesse di parecchio aiuto. Qualcun altro – che si considerava molto brillante – decise di testare quella teoria. Nel giro di pochi minuti, l'avevano chiamata e le avevano fatto domande di chiarimento per capire se avesse delegato quelle risposte o richiesto una chiamata di controllo.

Bethany Anne stava finendo di fare la doccia dopo l'allenamento mattutino. Di solito utilizzava quel lasso di tempo per chiacchierare con TOM e ADAM su eventi generali e altre cose che aveva bisogno di considerare durante la giornata. Aveva risposto al telefono e aveva chiarito ogni questione, e qualcuno aveva ricevuto subito i progetti successivi da seguire. Quel qualcuno aveva dichiarato che non avrebbe più ripetuto l'errore di dubitare delle capacità di Bethany Anne, mentre si lamentava con i colleghi del lavoro extra che gli era stato assegnato.

Una volta vestita a dovere, Eric la raggiunse per scortarla verso l'edificio principale. Cheryl Lynn arrivò dietro di loro, metà correndo e metà facendo jogging.

La vampira si girò e sorrise mentre la aspettava. Eric rimase in sospeso, guardandosi intorno con noncuranza ma senza mai mancare di tenere d'occhio la nuova arrivata. Anche se John aveva garantito per lei, Eric non la conosceva abbastanza da sentirsi a proprio agio con il fatto che fosse tanto vicina al suo capo.

«Scusa!» esclamò mentre li raggiungeva, senza fiato. «Volevo intercettarti prima che arrivassi in ufficio.» Sbuffò ancora una volta piuttosto forte, poi domandò: «Aspetta, hai un ufficio?»

Bethany Anne fece spallucce. «Il mio ufficio è dove mi trovo in un dato momento... e questo quindi vale anche per me. John è soddisfatto di quel che hai scoperto? Ora il giro di ispezione è terminato?»

Cheryl Lynn si guardò intorno, vide che Eric la guardava costantemente e disse: «Come se potessi fare del male alla signora che può abbattere John, vero?»

Eric sorrise e si voltò, ma non troppo.

«Oppure», aggiunse, «alla donna che ha protetto i miei figli.» Bethany Anne notò il suo sguardo determinato mentre pronunciava quelle parole. «A proposito, non ti ho mai ringraziata. Non avevo idea di cosa significasse per te accompagnare John in quel viaggio.»

La vampira le fece cenno di procedere. «Vieni. Andiamo in palestra. Sembra che tu abbia bisogno di metterti in forma insieme a noi.» Continuarono a camminare. «Allora, a cosa pensi che abbia rinunciato, Cheryl Lynn?»

«Oh, a niente di che, solo al futuro del mondo. Alla lettera.»

Bethany Anne le diede di gomito. «Non c'è bisogno di essere tanto melodrammatici.»

«Be', prova a metterti nei panni di qualcuno che si rende conto che una delle persone più potenti del mondo ha mollato tutto per andare ad aiutare una donna con due bambini e un futuro ex marito.» Dopo un momento di riflessione, aggiunse: «Dio, e io che pensavo che steste insieme.»

Cheryl Lynn arrossì e Bethany Anne sorrise. «No, ma se mai ne avrai tempo, chiedi a John di quella volta che ho lasciato intendere alla mia vicina di casa ficcanaso che lo stavo usando come giocattolo sessuale per battezzare ogni stanza della mia casa in Florida. Quella vecchia strega ha avuto un attacco di cuore.»

Eric interruppe il racconto di Bethany Anne con una risata. «Non era l'unica.» Entrambe le donne si voltarono per vedere Eric che si asciugava una lacrima dal viso mentre cercava ancora di fare la sentinella. «Oh, mio Dio! Avresti dovuto vedere quanto era pallido John quando è entrato in casa quella mattina. Non l'ho mai visto andare in iperventilazione così. Neanche dopo un allenamento.» La guardia smise di sorvegliare il perimetro e guardò il capo. La sua voce era stridula mentre tendeva le mani in segno di supplica: «Impagabile!» Le due donne si scambiarono un'occhiata e sorrisero. Il fatto che conoscessero John rendeva quel momento speciale per entrambe.

«Sai», commentò Cheryl Lynn mentre riprendevano a camminare, «sarà bello lavorare con te.»

Bethany Anne sentì un calore nel petto a quelle parole e capì che un giorno avrebbe dovuto delle scuse a John.

★ ★ ★

«Stai...» *huff-puff* «... cercando...» *gasp* «... di uccidermi?» Detto questo, Cheryl Lynn crollò sul pavimento.

«Davvero?» chiese la vampira. «Quante erano, diciotto flessioni?» Finì una serie di cento e saltò in piedi.

L'altra donna giaceva ansimante a terra. «Ma quelle erano vere flessioni! Ai tempi del liceo le facevo con le ginocchia a terra o qualcosa del genere.» Gemette. «Be'», ammise, «forse era al college, ma non importa. È stato parecchio tempo fa.»

«Ti sentirai meglio se ti alzi e cominci a camminare», suggerì Bethany Anne.

«Fantastico!» si lamentò Cheryl Lynn mentre tirava le ginocchia sotto di sé per tornare in posizione eretta. Fortunatamente, non avrebbe avuto bisogno di usare le braccia malferme. «Così potrò cadere più lontano quando le gambe mi abbandoneranno.»

Bethany Anne si ritrovò a scuotere il capo. Era passato un po' di tempo da quando aveva dovuto pompare con un corpo normale, ma era bello ricordare quali fossero le sue radici. «Continua. Alla fine migliorerai.»

«E se non dovessi riuscirci?» Cheryl Lynn scosse le braccia, nel tentativo di recuperare la sensibilità.

Eric rispose dal punto in cui si stava allenando a sua volta, a sei metri di distanza: «Allora sei morta.»

«Non è proprio un buon discorso di incoraggiamento, Eric!» ribatté lei. Decise di cambiare argomento. «Bethany Anne, credo che dovremmo fare un po' di marketing.»

«Cosa?» chiese la vampira. Era concentrata su un kata, e non si aspettava un discorso del genere.

«Sì, ci ho pensato», continuò Cheryl Lynn. «Ho appena chiacchierato con tutta la gente coinvolta nel gruppo segreto o quello che è, ed è stato difficile accettare la verità. Immaginate quanto sarà difficile per il resto del mondo quando salterà fuori tutto quello che stiamo facendo? I nostri nemici – chiunque siano – cercheranno di manipolare le informazioni, perciò dovremmo avere qualcosa di pronto per quando succederà.» Fece spallucce. «Okay, qual è la prossima sofferenza?»

Bethany Anne interruppe l'allenamento. «Eric, dobbiamo organizzare una riunione.»

La Guardia saltò in piedi e prese l'asciugamano. «Per quale motivo?»

«E io che ne so. Chiedi a Cheryl Lynn. È lei che ha un piano.» Gli strizzò l'occhio quando fu sicura che l'altra donna non potesse accorgersene.

Eric sorrise a Cheryl Lynn, che sembrava aver appena pescato la pagliuzza più corta. Quando lui le lanciò un secondo asciugamano, Cheryl Lynn lo prese al volo.

«Benvenuta nel gruppo, CL. Hai appena dato il via al tuo primo progetto!»

La Guardia seguì Bethany Anne, che era già uscita dall'edificio. Cheryl Lynn riuscì a sentire Eric davanti a lei che urlava a Bethany Anne: «No, non è stato Scott a dire che avrebbe creato un progetto il primo giorno, sono stato io! Ho vinto la scommessa!»

★ ★ ★

Cheryl Lynn si trovava di fronte a un gruppo di persone piuttosto numeroso. Alcune le conosceva, come Bobcat, William e, naturalmente, Marcus. Non conosceva troppo bene Jeffrey, ma conosceva Bethany Anne, Lance e Patricia. C'era anche John, insieme a Eric, che quel giorno era di guardia. Kevin era nuovo per lei, e aveva conosciuto Stephanie proprio quella mattina.

Nathan ed Ecaterina erano in riunione con Gerry a New York, perciò non avrebbero potuto partecipare. Tom era incluso, nel caso avessero avuto domande relative al settore informatico, anche se Cheryl Lynn non riusciva a capire perché avrebbero dovuto averne. Dieci minuti prima di iniziare, Bethany Anne aveva deciso che anche i capitani Thomas e Wagner si sarebbero uniti a loro.

Eric alzò le spalle, guardò l'orologio e disse a tutti che sarebbero tornati nel giro di dieci minuti.

Ne impiegarono soltanto otto.

Sapeva che la vampira aveva un modo di trasportarli che era ancora più veloce delle navicelle, ma ancora non aveva chiesto informazioni. Dato che Bethany Anne e la sua guardia erano tornati con due minuti di anticipo, doveva trattarsi di un metodo davvero molto veloce.

La sua mente andò in sovraccarico nel tentativo di comprendere come avessero fatto a uscire da lì, a prendere due uomini nel Mar Mediterraneo e a tornare in otto minuti. Avrebbe affrontato quella questione un'altra volta, decise.

Bethany Anne diede il via alla riunione. «Okay, consideratela una riunione di lavoro. Cheryl Lynn ha sollevato quella che mi sembra una preoccupazione importante, e cosa faccio di solito con chi viene da me con un problema?»

«Gli chiedi di occuparsene?» propose Bobcat, sorridendo.

«Maledici il lavoro?» aggiunse Marcus.

«Gli dai l'opportunità di espandere i suoi orizzonti trovando la soluzione del problema?» si intromise Kevin, sorridendo mentre lei lo indicava e poi si toccava il naso.

Bethany Anne guardò Bobcat e Marcus. «Un punto di demerito per ciascuno di voi.» Ignorando i loro sorrisi, guardò il gruppo riunito intorno al grande tavolo. «Allora, questa è l'unica volta che lo dico, e vale solo per questa riunione. Cercate di essere solo un *po'* rudi con lei. Niente morsi.» Si guardò intorno. «Dannazione, non ci sono Wechselbalg.» Fissò lo sguardo sulla sua assistente. «Okay, è la tua riunione.»

Quattordici facce si voltarono verso di lei, e Cheryl Lynn avrebbe voluto strisciare sotto il tavolo. Poi pensò al vero scopo di quel gruppo. Così, rimanendo in piedi, diede il via al suo primo progetto. «Vorrei dire che sono qui per l'errore che ho fatto nel dire a Bethany Anne che avevamo bisogno di fare un po' di marketing.» Fu sollevata quando non meno di sei persone al tavolo risero, e tutte avevano un sorriso sul volto.

A quanto pareva, c'erano altri che erano caduti preda del metodo di comando del vampiro.

«La mia preoccupazione è nata dall'essere l'ultima arrivata, e dallo sforzo che ha fatto mio cugino per farmi capire perché alcuni di voi hanno fatto di questo gruppo la missione della loro vita. È grazie a quelle conversazioni, e alla convinzione delle persone con cui ho parlato, che ho capito di cosa si tratta e perché dobbiamo farlo. E so che adesso ci sono dentro...» Fece una pausa per un secondo, poi continuò. «... fino in fondo.» Si voltò verso suo cugino mentre si asciugava una lacrima. «Ad Aeternitatem, John.» Si avvicinò al cugino, e lui la avvolse in un abbraccio da orso. Tutti applaudirono. Tutti provavano gioia per qualcuno che era entrato nella famiglia. «Ti voglio bene, Little John», mormorò lei contro il petto del cugino.

«Non ne ho mai dubitato, cugina», rispose lui. Si separarono, e lei si sentì rafforzata. La sensazione che erano tutti insieme in quella cosa, senza pugnalate politiche alle spalle, la faceva sentire a suo agio e pronta ad andare avanti.

«Come stavo dicendo prima che le mie emozioni mi interrompessero tanto bruscamente...» Fece un respiro profondo e tornò in carreggiata. «Credo che dovremmo preparare una nostra narrazione per il mondo. Per farlo, dobbiamo essere pronti quando faremo queste cose sulla luna. Non credo che lo faremo in modo impeccabile, senza che qualcuno lo scopra. Perciò, mentre gli altri cercano di avere conferme, io dico di consegnare la merce in un modo che ci renda la "cool company" definitiva.» Fece un cenno verso lo scienziato. «Marcus mi ha detto che la SpaceX ha alcuni dei lavoratori più accaniti dell'industria spaziale perché non stanno semplicemente lavorando per un'azienda cool, stanno lavorando per andare nello spazio. Ma il problema con la SpaceX è che non pagano stipendi competitivi. Non sei dedito allo spazio e disposto a capire che fa parte del pacchetto che non offrono? Be', non sei adatto a loro, ma è ciò che offriremo noi. Saremo la nuova compagnia che farà cose incredibili mai viste prima.»

La risposta e le acclamazioni che ricevette ebbero quasi la meglio su di lei. Il suo sorriso non vacillò mentre tutti sembravano entusiasti di uscire dall'ombra e guidare il futuro. Si guardò intorno e i suoi occhi si fermarono su Bethany Anne.

La quale le strizzò l'occhio e le disse: «Continua pure.»

«Inoltre», proseguì quando le acclamazioni si placarono, «lo faremo a livello internazionale. Abbiamo bisogno di qualcuno che rappresenti una fazione neutrale. Io non conosco nessun giornalista e non sono mai uscita dagli Stati Uniti.»

«Oooh, ooh», la interruppe Eric. «Io ne conosco una.» Si girarono tutti verso di lui. «Che ne dite della giornalista giù in Costa Rica, Giannini Oveda o qualcosa del genere?»

«Oviedo», lo corresse Bethany Anne.

La Guardia indicò il suo capo. «Proprio lei!»

La vampira sgranò gli occhi.

Cheryl Lynn chiuse la bocca. «Sappiamo se ha le capacità e le connessioni? Io non so nulla di lei.»

«La farò controllare da ADAM. Ma Michael e Tabitha l'hanno tenuta d'occhio da vicino. Dovremmo assicurarci che sia in grado di tenere fuori dai riflettori ciò che sa sulle altre nostre operazioni.»

«Perché dovrebbe farlo?»

«Perché le abbiamo salvato la vita?» suggerì Eric.

«Quante volte lo abbiamo fatto?» domandò John, sarcastico.

Eric si voltò verso di lui. «Almeno un paio. E poi è diventata famosa grazie a noi.»

«Sì, c'è anche questo fattore», concordò la Guardia.

Bethany Anne li interruppe. «Basta congratularvi a vicenda per le stronzate che avete fatto tanto tempo fa.» Riportò la conversazione in carreggiata. «ADAM dice che è solida e che non ha riferito nulla di inappropriato su di noi. A quanto pare ha messo insieme un sacco di informazioni. Se avesse voluto, avrebbe già potuto causarci diversi problemi. E poi Michael non l'ha uccisa quando l'ha incontrata, perciò direi che è a posto.»

Cheryl Lynn sgranò gli occhi per la sorpresa. Il suo capo aveva casualmente menzionato Michael che uccideva qualcuno, e nessuno aveva reagito come se la cosa fosse strana.

A quanto pareva aveva ancora molto da imparare.

Proseguì: «Oookay. Quindi, forse abbiamo la nostra reporter. Dovremo avere conferma, coinvolgerla e poi iniziare a fare un video. Un video credibile.» Annuì all'indirizzo di Marcus. «C'è un modo per far confermare a terzi che il video non è stato ritoccato con Photoshop?»

«Non può essere ritoccato con Photoshop. Funziona solo per le foto», interloquì Tom. «Vuoi assicurarti che nessuno pensi che stiamo usando effetti speciali, giusto?»

Okay, pensò Cheryl Lynn, *forse aveva un senso coinvolgere gli informatici.* «Quello che ha detto lui. Marcus?»

Da lì in poi, si trasformò in una discussione su come dimostrare l'autenticità dei loro contenuti. Parlarono anche di quanto avrebbero voluto mostrare della loro tecnologia, della loro gente e delle loro risorse.

La risposta alla maggior parte di quelle domande, purtroppo, fu meno di quanto Cheryl Lynn avesse sperato. Tuttavia il video sarebbe stato girato e messo da parte, solo per essere usato con il permesso di Bethany Anne.

Erano in riunione da due ore prima che venisse portato il cibo e il gruppo si dividesse in discussioni sulle normali operazioni quotidiane. Molti dei presenti erano amici e non si vedevano spesso, così stavano cogliendo l'occasione per aggiornarsi.

«È legale piazzare una base sulla luna?» domandò Bobcat. Aveva pensato a come i suoi lanci stessero già aggirando la legislazione vigente.

Quei pochi intorno a lui che avevano sentito la domanda guardarono Marcus, che rispose: «Sono solo uno scienziato, non un consulente legale di diritto spaziale.»

«Esiste una cosa del genere?» chiese William.

«Ecco che ci risiamo», gemette Jeffrey con un sorriso sul volto.

Cheryl Lynn aveva gravitato intorno al gruppo mentre mangiavano perché aveva confidenza solo con loro. La sua testa andava avanti e indietro mentre gli altri parlavano.

«Non lo so, ma sai che faremo incazzare parecchia gente», dichiarò Bobcat.

«Sai cosa possono farci con quello?» ribatté William.

«No, ma sono sicuro che ce lo dirai», rispose il pilota.

«Possono provare a mandarci la loro roba legale sulla Luna.» Il meccanico sorrise.

Bobcat si strofinò il lato del viso. «Sai, potrebbe essere divertente se riuscissimo a creare una società legale così.»

«Bisogna fare i conti con il fatto che la luna ha certi aspetti di "mani libere"», ragionò Marcus.

«In che senso?» chiese il pilota. «Come diavolo fanno le nazioni a dirti di tenere le mani a posto se non possono arrivare lassù?»

«Era la fine degli anni Cinquanta», rispose lo scienziato. «Quando gli Stati Uniti e la Russia hanno iniziato la corsa allo spazio, hanno tenuto una serie di discussioni bilaterali per mantenere pacifico lo spazio, e hanno spostato la questione alle Nazioni Unite proprio alla fine del decennio. Negli Anni Sessanta, abbiamo ottenuto il Trattato Sullo Spazio Extra-Atmosferico che, immagino, potrebbe causarci problemi perché abbiamo sede in un Paese che fa parte dell'accordo. Una volta che le nostre capacità saranno note, causerà ogni sorta di problemi legali, dato che avremo una base lassù. Molti Paesi daranno la colpa agli Stati Uniti.»

«Ogni Paese ne fa parte?» domandò Cheryl Lynn.

«Oh, no», le disse Marcus. «Solo la metà. Non che gli altri siano preoccupati, non tutte le nazioni hanno accesso a tutte quelle risorse...»

Bobcat sorrise. «Almeno fino a quando non siamo entrati in gioco noi.»

William sorrise. «Il Team BMW sta per aprire una società in un Paese straniero, vero?»

Jeffrey assunse un'espressione pensierosa. «Ragazzi, ho bisogno di ingaggiare un esperto di diritto spaziale e... dobbiamo iniziare a pianificare di spostare le nostre operazioni fuori da qui?»

«Pshaw!» Bobcat agitò una mano. «Quando avranno capito tutte le beghe legali, noi saremo già lassù, e qui sotto non sarà rimasto granché.»

«Ops.» William sorrise. «Immagino sia stata colpa nostra se non siamo riusciti a lanciare quella roba dal Paese giusto.»

«Abbiamo ancora bisogno», li interruppe Cheryl Lynn, «di avere un'operazione di facciata decente in qualche Paese straniero in modo che gli Stati Uniti non possano usarla per far girare le PR.»

Jeffrey si rivolse a lei. «Sei laureata in giornalismo?»

«Giornalismo? Perché dovrei averne bisogno? Ho due preadolescenti. Sanno come rigirare tutto a loro vantaggio. Sto semplicemente utilizzando la loro logica agli intrighi internazionali.»

«Oh, sì, funzionerebbe eccome.» Jeffrey, un collega genitore, alzò il suo bicchiere verso di lei.

Lei alzò il suo in risposta e lo fece tintinnare: «Perciò cerchiamo di capire come creare un'entità legale che non sia parte dei trattati e che fornisca al governo degli Stati Uniti una plausibile negabilità. Quando tutti avranno finito di puntare il dito, dovremmo avere il sostegno del mondo se tutto va bene.»

«E se non fosse così?» chiese Marcus.

«Be', spero che Tina, Todd e io saremo già lassù con voi», ribatté Cheryl Lynn.

Bobcat sorrise. «Vorresti un appartamento? Perché non ne abbiamo progettati appositamente per le famiglie. Vuoi partecipare?»

«Diamine, sì!» Cheryl Lynn sorrise. «Sarò la prima progettista spaziale che ha effettivamente lavorato su appartamenti lunari.»

«Be', in realtà la seconda», scherzò William. «Abbiamo dovuto fare alcune domande a Ecaterina e abbiamo avuto il suo contributo.» Si strinse nelle spalle. «Scusa.»

Le spalle di Cheryl Lynn si abbassarono un po'. «Va bene. Meglio essere la numero due. Le numero uno si ritrovano sempre qualche stronza gelosa che cerca di farle fuori.»

«Non c'è alcuna possibilità che le stronze gelose facciano fuori Ecaterina», rifletté Jeffrey a voce alta.

«Parola», concordò Bobcat.

CAPITOLO 15

A bordo della RDS Polarus, Mar Mediterraneo

Allora, Dan, cosa ti preoccupa?» domandò Bethany Anne entrando nel suo ufficio sulla *Polarus*. Non era una stanza grande, ma si adattava bene alla sua personalità.

«Le armi nucleari», rispose Dan, secco.

«Vuoi ripetere? Stai parlando di armi nucleari?»

«Già. «Sto considerando cosa potrebbe succedere se qualcuno *davvero* non ci volesse sulla luna.»

La vampira si sedette sulla sedia di fronte alla scrivania. «Non cominci dalle piccole preoccupazioni, eh?»

Dan sorrise. «Mi sto già occupando delle piccole preoccupazioni. Tiro fuori l'argomento solo per assicurarmi che abbiamo pensato a delle possibili ritorsioni. Credo che gli Stati Uniti abbiano delle testate nucleari da utilizzare per distruggere asteroidi, perciò non è difficile immaginare che abbiano qualcosa da lanciarci contro, se fossero abbastanza incazzati.»

Bethany Anne sospirò rumorosamente. «Be', questo metterebbe un freno alle nostre relazioni con gli Stati Uniti, immagino.»

Dan fece una smorfia. «Direi.»

«Okay, so che non mi avresti parlato di questo problema senza una soluzione», gli disse lei. «Cos'hai in mente?»

«Avremo bisogno di batterie antimissile sul lato della luna rivolto alla Terra. E ne avremo bisogno in numero sufficiente affinché, a seconda della traiettoria dei missili in arrivo, le nostre contromisure non colpiscano la Terra.»

«Questo va oltre le mie competenze, quindi chiederò al nostro scienziato...» iniziò Bethany Anne.

>>OPPURE POTRESTI CHIEDERE A ME.<<

Bethany Anne alzò un dito, poi si indicò la testa. Dan annuì.

Oppure potrei semplicemente chiedere a te.

>>LE CANNE DEL RAILGUN DOVRANNO SFUGGIRE ALLA GRAVITÀ DELLA LUNA A DUE-PUNTO-TRE CHILOMETRI AL SECONDO O CINQUEMILATRECENTO MIGLIA ALL'ORA, E NOI ABBIAMO QUESTA CAPACITÀ. POSSIAMO POSIZIONARE I CARICHI UTILI CON UN MOTORE GRAVITAZIONALE, E POI USARE I PICCOLI SATELLITI PER CONFERMARE LE POTENZIALI POSIZIONI DEI MISSILI. POICHÉ LE NOSTRE DIFESE MISSILISTICHE NON SARANNO COMPLICATE – ESSENDO ESSENZIALMENTE UN BLOCCO DI METALLO – POTRANNO ACCELERARE SENZA TENER CONTO DI ALTRI VINCOLI. AL MOMENTO NESSUN GRANDE PAESE AMMETTE DI AVERE MISSILI CON CARICO UTILE NUCLEARE CHE POSSANO RAGGIUNGERE LA LUNA. TUTTAVIA, COME HA DETTO DAN, ESISTE UNA DOCUMENTAZIONE CHE SUGGERISCE CHE GLI STATI UNITI ABBIANO ALMENO DA MEZZO SECOLO QUESTO TIPO DI TECNOLOGIA PER CONTRASTARE GLI ASTEROIDI. ATTUALMENTE LA MAGGIOR PARTE DELLE NOTIZIE CONFUTA QUESTA CONCLUSIONE. A CAUSA DELLA NOTEVOLE QUANTITÀ DI TEMPO A DISPOSIZIONE, NON ABBIAMO BISOGNO DI FARE MOLTO DI PIÙ PER CONTRASTARE GLI ATTACCHI IN CUI VENISSE APPROVATA LA DISTRUZIONE DEL VEICOLO DI LANCIO.<<

Gli occhi di Bethany Anne si concentrarono su Dan, che chiese: «Che ha detto?»

«Questa volta è stato ADAM, non TOM. In effetti, ha suggerito di usare le unità gravitazionali che il Team BMW usa per alimentare le capsule per la difesa missilistica sulla luna. Ci sarebbe una tale quantità di tempo per l'acquisizione, la localizzazione e la distruzione che diventerebbe un non-problema.»

Dan si accigliò. «Mi pare di sentire un *però*, da quelle parti.»

Bethany Anne fece una smorfia. «Non tanto un *però*, quanto un *e se*. Come dire, e se arrivasse qualcosa ma non volessimo distruggerlo?»

«Tipo cosa, una navicella non invitata?»

Bethany Anne annuì.

«Bene», continuò lui, «se ucciderli non è un'opzione, o se non pensiamo che sarebbe saggio, dobbiamo considerare sia le PR che le risposte militari.»

«Cheryl Lynn è arrivata anche a te?» lo interruppe Bethany Anne.

«No, perché me lo chiedi?»

«Perché ha parlato della necessità di essere preparati per i comunicati stampa e gestire le conseguenze, una volta che verrà fuori quel che stiamo facendo.»

«Allora è una donna intelligente. Ma la mia esperienza nel combattere i Rinnegati è il motivo per cui suggerisco le PR. Il nostro piano è di essere dall'altra parte della luna. Non credo che vorremo essere spiati, ma ci proveranno di sicuro in parecchi. Al diavolo, nei loro panni farei la stessa cosa.» Ci rifletté per un attimo, poi continuò. «Quindi, possiamo andare in blackout totale e non far trapelare nulla, oppure possiamo far vedere loro ciò che vogliamo che vedano e nient'altro. L'ultima scelta è dar loro pieno accesso.»

«Come l'intera faccenda dei giornalisti affiliati agli Stati Uniti?» domandò Bethany Anne.

«Sì, come per l'invasione dell'Iraq nel 2003.»

«No! Non sono pronta per niente del genere. Non voglio rinunciare all'anonimato così presto, se possibile.»

Dan fece di nuovo spallucce. «Be', dobbiamo essere pronti. Quando anche una piccola parte di verità salterà fuori, le voci cominceranno a spargersi rapidamente.» Esitò. «Sarà difficile discutere con qualcuno che è già lassù, ma dobbiamo assicurarci di avere i mezzi per sostenere i nostri no alle loro richieste.»

«Ricevuto.» Bethany Anne sospirò. «Non mi piace, ma capisco. Sarebbe come lasciare che i bambini lecchino il lecca-lecca e poi dire loro che non possono averlo.»

«Più o meno è così», concordò Dan. «E i bambini più grandi saranno gli Stati Uniti, la Russia e la Cina.»

«Quelli sono bambini belli grandi. Possiamo cavarcela?»

«Sì. Finché non mi preoccupo degli attacchi nucleari, parlerò alle squadre di scavare sulla luna nel caso in cui dovessimo avere a che fare con qualche atterraggio indesiderato. Anche se, francamente, non dobbiamo aprire la porta per forza.» Ci pensò su per un secondo. «Sai, credo che dovrò procurarmi una buona tuta spaziale. Con le navicelle, abbiamo superiorità su quasi tutto, ma saremmo nei guai se dovessimo uscire dalle capsule.»

Bethany Anne si alzò. «Considera cosa potresti fare con un numero sufficiente di quei container. Diamine, se ne hai diversi in giro, hai un recinto mobile», aggiunse, pensierosa.

Dan annuì. Lei lo salutò con la mano e uscì dall'ufficio.

Base della RDS, CO, USA

«Ho bisogno di un ingegnere», furono le prime parole che Jeffrey sentì entrando nell'officina. Vide Bobcat e William che chiacchieravano al centro e Marcus che sorseggiava un caffè.

«Guarda, William.» Il pilota sollevò la manica in modo che il suo compagno potesse vedere all'interno. «Ti sembra che abbia un ingegnere nascosto da qualche parte?»

«Ragazzi.» Il loro capo li interruppe prima che potessero andare fuori strada. Entrambi si voltarono verso di lui. «Vi avevo detto che avremmo avuto bisogno di altre persone. Non è una sorpresa.» Chiese a William: «Di quale aiuto avete bisogno?»

«Be', non saprei come finire di mettere insieme tutte queste cose e bloccarle durante l'assemblaggio. Posso farlo io, ma io non sarò sulla luna al momento dell'assemblaggio.»

«Okay, ho ricevuto una tonnellata di curriculum», disse Jeffrey.

«Come diavolo fai ad avere dei curriculum per un'iniziativa spaziale super segreta?» domandò Bobcat. Poi guardò l'altro che si limitava a inarcare un sopracciglio. «Okay, capo.» Bobcat fece un cenno di assenso. «Hai i tuoi sistemi. Ho capito.»

«Non è un segreto, Bobcat. Basta parlarne con Frank e poi fai in modo che lui e ADAM comincino a tirar fuori i candidati, in modo che possiamo contattarli.»

Il pilota sorrise. «Vuoi dire *braccarli*.»

«Questione di punti di vista.» Jeffrey sorrise a sua volta.

Questa volta fu Marcus a interromperli mentre si dirigeva verso il suo ufficio. Urlò: «Avete preso la mia donna? O meglio, avete trovato l'esperta di idroponica?» Lo scienziato sorrise mentre scompariva nella sua stanza.

«Ora, come diavolo gli è venuta questa fissa?» domandò Bobcat.

«Perché hanno lavorato insieme quindici anni fa», rispose Jeffrey. Il pilota alzò il sopracciglio e lui continuò: «Credo che Marcus voglia una persona con cui ha già lavorato, così potranno fare i secchioni insieme.»

«Cosa?» domandò William, incredulo. «Non siamo abbastanza secchioni per lui?» Il meccanico guardò Bobcat, che in tutta risposta si strinse nelle spalle.

«Già», concordò il pilota, «non ci capisco niente neanche io.» I due guardarono Jeffrey, le sopracciglia sollevate mentre aspettavano una risposta.

«Non importa. Contatterò un ingegnere di nome Michael Pendergrass. È qualificato in ingegneria, veicoli ad alte prestazioni, roba aerospaziale e riparazioni meccaniche.»

«Davvero?» domandò William. «Ha anche dei difetti?»

«Forse che gli piace la Dr. Pepper?» Il loro capo sorrise.

«Dio lo aiuti», osservò Bobcat. «Spero proprio che sia un prodotto della Coca-Cola.»

«Lo è, snob della birra», ribatté William.

«Parola», concordò il pilota.

«Ancora? Neanche sai cosa vuol dire.»

Bobcat si rivolse a Jeffrey. «Okay, però la domanda era reale. Qual è il lato negativo di questo tizio?»

«È un cittadino britannico con l'ossessione di far andare le cose più veloci. Sono abbastanza sicuro che si troverà bene, ma ho bisogno che William confermi che ha le capacità meccaniche per lavorare con voi due in particolare e...» Si concentrò su William. «Assicuratevi che conosca le norme di sicurezza. Non voglio che qualcuno vada *troppo veloce* sulla luna.»

«Solo perché uno è un drogato di adrenalina», commentò Bobcat, «non esclude che sia un fissato della sicurezza.»

«Parola», concordò William.

«Così non si fa», si lamentò il suo amico. «Ho rubato quel modo di dire alla cultura hip-hop, e adesso tu stai cercando di rubarlo a me.»

«Come diavolo si può rubare qualcosa che non è mai stato tuo?» ribatté lui. «Non è che ci voglia chissà quale genio per dire *parola*, idiota.»

«Ha!» Bobcat indicò il meccanico, che alzò gli occhi al cielo e poi chinò la testa. William portò la mano alla tasca posteriore e tirò fuori il portafoglio, aprendolo per recuperare una banconota da venti da consegnare all'altro. «Non riesco a credere che ti sia ricordato di quella scommessa di due mesi fa. Valeva la pena giocarsi venti dollari solo per poterti dare di nuovo dell'idiota!»

«Parola», rispose Bobcat, sorridendo.

William lo respinse, poi si rivolse al suo capo. «Mi dispiace per quell'idiota laggiù, e sono più che disposto a fare il colloquio al povero Michael Penn.»

«Pendergrass», lo corresse Jeffrey.

«Non è possibile, cazzo», sbottò il pilota. «Che permettiamo l'ingresso di un altro Pendergrass nella squadra. Faremo una grande cerimonia per commemorare l'abbreviazione del suo cognome.»

Jeffrey si limitò ad annuire. Era sicuro che avrebbe scoperto perché non volessero ammettere altri Pendergrass, ma adesso non ne aveva il tempo.

Si voltò per tornare nel suo ufficio e scoprire quando il signor M. Pendergrass avrebbe potuto essere intervistato. E se Michael fosse disponibile.

Washington, DC, USA

Il giorno dopo, Barb arrivò al lavoro senza problemi. Si stava preparando ad andarsene quando una nota spuntò sul suo computer dell'ufficio, proprio quello che doveva essere abbastanza sicuro da non far comparire messaggi inaspettati.

Cominciò a leggere, e i suoi occhi si allargarono leggermente prima che riuscisse a controllare la sorpresa.

Il testo diceva: **Ho trovato i tuoi messaggi e mi pare di capire che vorresti incontrarmi. Il tuo telefono è stato tracciato e anche i tuoi conti sono controllati. Indosso una cravatta blu e sono disponibile per una chiacchierata, se magari vuoi unirti a me per cena. Al tuo ristorante cinese preferito. Sono seduto in fondo.**

Finì di leggere la nota e ne spuntò una seconda.

PS: Il riso fritto al pollo è delizioso!

Okay, adesso era spaventata a morte. Non che fosse difficile che lui conoscesse il suo ristorante cinese preferito. Le sue carte di credito avrebbero potuto dirgli quanto spesso mangiava lì, ma il fatto che conoscesse il suo piatto preferito era assolutamente da stalker. Be', almeno era ciò che presumeva, e chi diavolo era lei per fare la moralista quando spesso lei era costretta a fare la stalker? Era il suo lavoro e, se non lo avesse fatto così bene, non avrebbe avuto bisogno di quel tizio.

Quando tutto fosse finito, avrebbe dovuto sedersi e pensare alle sue priorità.

Chiuse i messaggi dopo aver aspettato un altro minuto per vedere se ci fosse dell'altro. Esteriormente calma, anche se con un'increspatura persistente di ansia sotto la superficie, tolse le cinque USB speciali da dietro il cassetto e se le mise in tasca. Ripose il portatile nel cassetto centrale e lo chiuse a chiave come faceva sempre quando lo lasciava in ufficio.

Barb si alzò e prese la borsa. Avrebbe voluto battere i piedi per la frustrazione perché non aveva una valigia d'emergenza. All'interno della borsa non aveva altro che una spazzola, un po' di trucchi e uno specchio, insieme a due mentine, il telefono e delle gomme.

Guardandosi intorno un'ultima volta, non vide nulla che avrebbe dovuto portare con sé. Ma si concesse un secondo per far scorrere la mano lungo lo schienale della sedia che aveva ricevuto dal Don.

Prese il telefono e scattò alcune foto dell'ufficio. Non era come se potesse prendere qualsiasi oggetto fisico ma, se non lo avesse più rivisto, almeno avrebbe avuto un modo per ricordarlo.

Dio, sarebbe stata pessima come operativa. Ma, di nuovo, avrebbe potuto essere a casa per il prossimo fine settimana. Non avrebbe dovuto fare il passo più lungo della gamba.

Le ci volle solo un minuto per scendere nel parcheggio, saltare in macchina e lasciare l'edificio, dirigendosi a est verso il ristorante.

Nel bene o nel male, si stava fidando del suo istinto. Di sicuro sperava che finisse bene.

★ ★ ★

Frank stava gustando il suo tè quando vide Barb Nickers entrare nel ristorante. La signora all'ingresso le fece un cenno di riconoscimento e per un momento chiacchierarono.

Era stato in grado di prendere una navicella per arrivare a Washington con relativa facilità. Dan non aveva fatto troppe domande e, dato che era sera, non era stato un problema arrivarci. Era atterrato fuori dalla città vera e propria e aveva chiamato un Uber per farsi venire a prendere.

Be', era stato ADAM a gestire la corsa in macchina sull'Uber. L'autista era una signora anziana che aveva parlato dei suoi tre gatti e del suo pappagallo. Non proprio l'eccitante storia di spionaggio in cui aveva sperato.

Ma non aveva messo in dubbio il motivo per cui lui si trovava nella vecchia drogheria. Il lungo viaggio per arrivare in città le avrebbe fruttato un buon guadagno, perciò era molto soddisfatta. Frank aveva sperato che ci fosse un posto sicuro dove far atterrare la navicella all'interno della città, se si fosse fatto abbastanza tardi. Ma in quella grande macchina gialla avrebbe fatto una pessima figura come spia. La sua immagine ne sarebbe uscita devastata.

Era arrivato al ristorante cinese preferito di Barb e aveva deciso di prendere il riso fritto al pollo. Era da un po' che non ne mangiava e sembrava buono.

ADAM era entrato nei sistemi informatici in cui lavorava Barb e inviava i messaggi per conto suo. Al momento, poteva comunicare con l'IA solo tramite messaggi di testo. La possibilità che qualcosa potesse andare storto aveva reso troppo pericoloso portarsi dietro il portatile, così lo aveva lasciato nella capsula.

★ ★ ★

Ci volle solo un attimo perché Barb finisse la conversazione con la padrona del locale e decidesse di andare sul retro per incontrare il suo uomo. Sorrise timidamente quando lui si alzò per tirarle fuori la sedia. «Chiamami Frank.» Barb abbassò la testa in segno di apprezzamento quando lui prese abilmente la sedia prima di tornare al suo lato del tavolo.

Frank non si era neanche rimesso il tovagliolo in grembo quando lei sibilò: «Prima di dire altro, come diavolo facevi a sapere che il mio piatto preferito è il riso fritto al pollo?» Barb guardò il piatto dell'uomo, che ormai era quasi vuoto.

Frank le sorrise. «Non lo sapevo. Il cuoco della nave su cui vivo attualmente di solito non prepara il riso fritto al pollo, e mi è sempre piaciuto. Visto che ero tornato in città, ho pensato di ordinare quello. Ho iniziato senza di te perché non sapevo se avresti voluto cenare oppure no.»

Barb si sedette restando un po' indietro. Aveva dato per scontato che conoscesse le sue preferenze alimentari e... «Aspetta, hai detto di essere tornato in città?» Lui annuì, così Barb chiese: «Vieni qui spesso o cosa?»

«Vivevo da queste parti», rispose l'uomo mentre si avvicinava una cameriera. Barb fece la sua normale ordinazione e tornò alla conversazione.

«Davvero? Aspetta... scusa. Sono troppo spaventata al momento. Questa non è la mia vita normale.» Si interruppe, non le piaceva l'idea di dire troppo quando si trovava fuori dalla sua comfort zone.

«Capisco. Ne deduco che il rapporto che hai messo insieme sulla RDS ha causato qualche problema.»

Barb annuì.

«Immagino che, se ti stai rivolgendo a noi, chiunque ti abbia fatto fare ricerche sul rapporto o ti incute paura oppure è qualcuno che non conosci. Di nuovo, immagino che tu abbia deciso che quello che *sai* di noi è meglio di quello che *sospetti di* loro.»

Barb annuì di nuovo. *Wow,* pensò, *questa signora sa davvero tenere la bocca chiusa.*

«Ci hai capito qualcosa in questo casino?» le domandò ancora l'uomo.

Quando Barb rispose, la sua voce grondava disprezzo. «Sì, ho capito che mi stanno usando come sagoma.»

Frank si accigliò. Poteva essere un sacco di cose, ma non era uno che usava donne innocenti come sagome. «Quella tattica è un vero pezzo da novanta», ribatté, un po' accalorato.

Barb si guardò intorno e stava per aggiungere qualcosa quando arrivò il suo riso fritto al pollo. Mentre lei mangiava, parlarono del più e del meno. Quando Frank iniziò a catalogare tutte le cose che gli piacevano di Washington, lei lo interruppe. «Non hai mentito quando hai detto che hai vissuto qui per un sacco di tempo. Però non sembri così vecchio.»

Lui sorrise. «Avrò dei buoni geni?»

«Devono essere dei geni fantastici. Uno dei posti che hai menzionato ha chiuso più di quindici anni fa, avresti dovuto essere un adolescente piuttosto interessante per aver visitato quel museo da bambino.»

«E se ammettessi di aver fatto ricorso a qualche ritocchino?» azzardò Frank, sorridendo come se fosse una specie di battuta.

Lei lo guardò una seconda volta, ma non rispose.

Il telefono di Frank vibrò. Allarmato, abbassò lo sguardo e vide un messaggio di John.

Ehi, Romeo, ci sono due ombre che entrano nel ristorante e un furgone bianco che gira intorno all'isolato. Come vuoi giocartela?

Guardò la donna mentre prendeva la sua tazza da tè. Con calma, bevve un sorso e si guardò intorno, individuando due uomini in giacca e cravatta seduti a un tavolo vicino alla porta d'ingresso.

Aveva due domande. Chi erano quegli uomini e perché John era lì? La Guardia dovrebbe essere vicina a...

Oddio. Significava che anche Bethany Anne era vicina.

Considerando i nuovi arrivati, probabilmente era un bene. Aumentava significativamente le probabilità che lui e Barb restassero vivi.

Il lato negativo era che avrebbe dovuto spiegarsi meglio alla fine di quella storia. Dannazione, aveva la sensazione che sarebbe stato convocato nell'ufficio del preside non appena avessero finito.

«Cosa c'è che non va?» domandò Barb.

«Be'», cominciò Frank mentre rimetteva la tazza sul tavolo, «abbiamo due ospiti non invitati che sono appena entrati dalla porta principale. Entrambi in abito blu scuro, senza cravatta. Immagino non siano dei buoni amici che si assicurano che il tuo appuntamento fili liscio.»

Barb stava per deglutire quando Frank lasciò cadere quel commento, e lei sputò un po' di tè sul tavolo mentre tossiva. «Oh, mio Dio!» esclamò mentre Frank usava il tovagliolo per tamponarsi la camicia. «Mi dispiace tanto!»

Frank notò che la donna si era presa un momento per dare un'occhiata ai loro ospiti.

Il telefono vibrò di nuovo. *Prelievo per una sola persona sul retro. BA verrà a prenderti.*

«Dannazione», mormorò Frank.

«Mi dispiace molto», ripeté Barb, spostandosi in avanti per aiutarlo ad asciugare il tè.

Frank la guardò negli occhi per assicurarsi di avere la sua attenzione. «Non ce l'avevo con te. Voglio che tu vada nel bagno delle donne, poi sgattaioli dalla porta posteriore nel vicolo. Ci saranno dei miei amici ad aiutarti. Ci penso io a pagare la cena.»

«Che c'è che non va?» Barb era preoccupata che quell'uomo gentile si facesse male a causa dei suoi problemi. «Sarai in grado di uscire senza che quei tipi ti facciano del male?»

«Quelli?» Frank la guardò negli occhi e sorrise. «Loro non mi preoccupano affatto.»

Barb inclinò la testa da un lato. «E allora cos'è che ti preoccupa?»

Frank guardò la porta d'ingresso, poi di nuovo lei. «Sta arrivando il mio capo, e si incazzerà perché non le ho detto che sarei venuto da te.»

«Oh!» La voce di Barb si fece subito più tranquilla. «Quanto si incazzerà?» Sapeva di cosa era capace quel gruppo. «Non ti fredderà mica per non aver seguito il protocollo, vero?»

Frank scoppiò a ridere. «No, ma è capace di umiliarti anche senza bisogno di urlare.» Sospirò. «Tu vai in bagno e datti una ripulita. Non appena sarai al sicuro, il mio capo arriverà. Ce la caveremo.»

«Okay. Ne sei certo?»

«Del fatto che verrà o che ce la caveremo?»

Barb strabuzzò gli occhi all'indirizzo dei due uomini. «Di essere in grado di cavartela con quei due.»

Frank sbuffò. «Barb, non sono mai stato tanto certo di qualcosa in vita mia.»

«Okay.» Lei gli mise una mano sul viso, facendolo trasalire. Si era appena comportato come se non sapesse come reagire a una donna che lo toccava. «Ora vado in bagno. Tu fai il bravo.» Gli mandò un bacio, poi si voltò verso il corridoio. Portava ai due bagni che erano convenientemente situati vicino alla porta sul retro.

Frank continuò a pulire il tavolo fino a quando la cameriera non arrivò con una tovaglia pulita e, per il minuto successivo, aiutò a sistemare i piatti.

Quando tornò seduto, il suo telefono vibrò. Lesse il messaggio.

In arrivo!

Sospirò. Barb era al sicuro, il che era un bene. Poi il suo capo entrò dalla porta principale. I due ragazzi la osservarono, ma a quanto pareva non l'avevano riconosciuta.

Bethany Anne allungò una mano per impedire alla cameriera di aiutarla. Camminò subito verso di lui rumoreggiando con i tacchi, parlandogli con una voce così forte che tutti si voltarono. «Non riesco a crederci! Pensavo avessi detto che avevi smesso l'anno scorso.»

Frank la guardò, confuso, mentre Bethany Anne continuava. «Ma no! Mi tocca scoprire che stai ancora incontrando altre donne alle mie spalle, brutto stronzo traditore!» Persino le donne all'interno del locale provarono per un attimo un po' di comprensione per lui. Lo schiaffo che la vampira gli assestò mentre gli dava dello stronzo echeggiò sulle pareti. «Paga il conto, poi vedi di riportare il tuo culo a casa. Non sono troppo sicura del resto, però.»

Frank si alzò e tirò fuori il portafoglio. Consapevole che tutti gli occhi del locale erano puntati su di lui, lanciò tre banconote da venti sul tavolo e recuperò il telefono prima che Bethany Anne lo raggiungesse e lo afferrasse per l'orecchio. «Andiamo, Romeo!» Frank non si trovò a far finta. Il dolore all'orecchio fu sufficiente mentre la seguiva, impotente, fuori dalla porta. Sentì anche un piccolo scroscio di applausi mentre uscivano dal ristorante.

Una volta fuori, lo prese sotto braccio e lo guidò a sinistra. Percorsero solo sei metri prima di infilarsi in un vicolo, dove Frank poté vedere John e due navicelle. Mentre si avvicinavano, sentì qualcuno correre alle loro spalle. Si girò e vide Eric nella luce fioca del vicolo.

La Guardia saltò in una navicella e John scivolò accanto a lui. Sorrise a Frank e gli disse: «Mi dispiace, questa è piena. Ma la navicella che morde ha ancora un posto libero.»

Rassegnato, Frank si diresse verso la seconda. «Dov'è Barb?»

Bethany Anne ringhiò: «Con mio padre. Ora sali!»

Frank obbedì rapidamente e si stava allacciando la cintura quando sentì il fruscio della prima navicella che partiva. Il suo capo era accanto a lui e si assicurò prima che Frank potesse finire. Un secondo dopo, il portello si chiuse e anche loro decollarono.

Dannazione, pensò, *questo volo sarà un vero schifo.*

CAPITOLO 16

Sydney, Australia

«Ti dico che almeno una volta nella vita devi parlare con una prostituta con un cappello da pirata», argomentò Scott.

Lui e Darryl erano tornati al Maxwell's Cafe per uno spuntino notturno. Mentre camminava verso la caffetteria, Scott aveva ricevuto una proposta da una signora che si era presentata come Jordan. Scott aveva spiegato come si comportava con le lucciole quando faceva il giro di ronda: imparava a conoscerle e cercava di capire se fossero a conoscenza di qualcosa di importante. Di solito non le portava dietro le sbarre, a meno che non le avesse colte in flagrante. Al massimo diceva loro di andarsene. Presto si era trovato a chiacchierare con quella donna, mentre Darryl si annoiava aspettando che la nuova amica di Scott si stufasse di lui.

Sfortunatamente, la conversazione era andata avanti e Scott aveva chiesto quanto fosse diverso battere a Sydney rispetto ad altri posti.

Jordan, che aveva ammesso di avere uno spirito inquieto, aveva lavorato sia ad Amsterdam che in una casa di malaffare fuori Amsterdam chiamata 13th Hex... un posto che aveva una tale reputazione che Scott ne aveva sentito parlare negli Stati Uniti.

Il che aveva portato a un'altra discussione di cinque minuti sui "piatti speciali" della casa. In realtà era in grado di ricordarne due dalla storia che gli era stata raccontata: uno chiamato *The Hexbreaker*, che Jordan aveva dichiarato corretto, e un *Merry Go Round*, che invece era sbagliato. Ridendo, lei lo aveva corretto. «Era il Carosello. Era un viaggio in tre stanze nel corso di una sola sera.» Gli aveva strizzato l'occhio in modo sornione. «Io ero la stanza numero due e ho sempre considerato una sfida assicurarmi che non ce la facessero a raggiungere la numero tre.» Era difficile non apprezzare una persona tanto abile nella sua professione.

Scott notò che Darryl si era irritato, e aveva proposto a Jordan un caffè o un panino da Maxwell's. Jordan aveva rifiutato, dicendo che adesso stava lavorando. Aveva scarabocchiato il suo nome e il numero di telefono su un biglietto, e lui aveva alzato lo sguardo e aveva chiesto: «Sul serio? J. L. Hawk?»

«Se non avessi voluto che lo sapessi, mi sarei presentata come Williams!» Con un giro e uno schiocco d'anca, si era voltata, strizzandogli l'occhio da dietro la spalla mentre tornava al lavoro.

I due uomini stavano ancora ridendo mentre proseguivano verso Maxwell.

Le Guardie si godettero il loro spuntino notturno e chiacchierarono con la proprietaria, Pip. Lei spiegò il dipinto pop-art sul tavolo che raffigurava una donna che piangeva mentre cercava di scegliere un caffè tra tutte le opzioni.

Mentre stavano per andarsene, Jordan entrò. Si guardò velocemente intorno, vide i due uomini e si diresse verso di loro.

Non ci arrivò mai.

La porta si aprì mentre lei cercava di dire a Scott: «Stanno cercando...» Prima che potesse finire, fu colpita alla schiena con così tanta forza che quasi gli volò tra le braccia, un grosso pugnale che le sporgeva dalle scapole. Tossì sangue e lo guardò negli occhi: «Ho provato...» Chiuse gli occhi.

Darryl alzò lo sguardo e vide un vampiro in piedi sulla porta, sorridente come se fosse stato appena presentato da un ciambellano. «Ora che ho la vostra attenzione», sogghignò prima che Darryl lo interrompesse.

«Figlio di puttana! Un saluto sarebbe stato sufficiente», sbottò la Guardia. «Ma nooo, dovevi giocare a fare Vlad il Distruttore.»

«Ascolta, idiota!» sbottò il vampiro. «Siete spacciati se non mi consegnate Gabrielle.»

Scott aveva messo delicatamente Jordan a terra e le aveva estratto il pugnale dalla schiena. «Stronzo!» ringhiò mentre si girava e affrontava il nuovo arrivato. «*Tu* sei spacciato per aver ucciso la mia amica.» Detto questo, entrò in azione e restituì il pugnale, lanciandolo con tutta la rabbia che gli ruggiva dentro. La lama penetrò nel cranio del vampiro con una tale forza che spinse il suo corpo attraverso la porta. Il vampiro atterrò sul marciapiede in una pioggia di schegge.

Darryl guardò il suo compagno e si strinse nelle spalle. Immaginava che non sarebbero riusciti a interrogare lo stronzo prima di ucciderlo. Seguì Scott mentre attraversava il vetro rotto invece di aprire la porta.

Finirono dritti in un'imboscata.

Gli spari riempirono la notte, e Scott fu spinto indietro attraverso la porta, tra le braccia del suo compagno. Darryl lo afferrò e si tuffò di nuovo nella caffetteria. «Giù la testa là dietro!» urlò mentre i proiettili crivellavano i tavoli rovesciati e le colonne squadrate.

«Bastardi!» sentì Pip urlare dal retro. «Non sapete quanto tempo ci ho messo a dipingere quel tavolo, stronzi!»

Darryl estrasse la pistola e rotolò di lato, vedendo altri due vampiri che sparavano con mitragliette Uzi. Con la calma dovuta all'addestramento, sparò a uno nel petto e si girò per fare un buco nella testa del secondo, facendolo cadere seduta stante. Altri colpi arrivarono nella caffetteria, e Darryl si spostò per avere una copertura migliore.

Poi fu tutto finito. Scott gemeva dal dolore, e Jordan giaceva sul pavimento a destra.

«Quegli stronzi faranno meglio a pagare i danni!» esclamò Pip da qualche parte sul retro.

Darryl si ritrovò a sorridere. Quella sì che era una proprietaria coraggiosa. Tirò fuori il telefono e chiamò Gabrielle.

Rispose al primo squillo. «Sì?»

«Abbiamo bisogno di pulizia giù da Maxwell. Ci hanno teso un'imboscata.»

«Qualcuno è rimasto ferito?»

Darryl diede un'occhiata a Scott, che era cosciente ma non al meglio. «Sì, abbiamo perso una civile che era venuta ad avvertirci, e Scott è conciato piuttosto male, ma è vivo e cosciente. Ha perso parecchio sangue, e di sicuro non sta guarendo come dovrebbe. Conto almeno sei colpi, e due sono al centro del torace. Dobbiamo aiutarlo.» Si guardò intorno. «E in qualche modo dobbiamo mantenere il silenzio, e in fretta. Sento già le sirene.»

«Ricevuto», rispose la vampira.

Ci fu una pausa, poi Darryl proseguì: «Volevano te, Gabrielle.» Controllò fuori, ma le uniche cose visibili erano vetri, bossoli e sangue. Pip stava urlando a squarciagola in sottofondo. La proprietaria del locale si affrettò ad aiutare Scott e quando notò Jordan esclamò: «Oh, mio Dio!»

Darryl tornò dentro e andò dal suo compagno mentre Gabrielle ribatteva: «Sì? Be', sto arrivando, e porterò due navicelle. Fai il possibile per la proprietaria, e andiamo via. Chiamerò Dan durante il viaggio.»

«Capito.» Darryl riattaccò.

Dall'altra parte della linea, la vampira si gettò addosso i vestiti e dispose le armi. Si assicurò che se ne occupassero le autorità, poi telefonò a Dan.

«Dan qui.»

«Sono Gabrielle. Il bel fiore ci ha teso un'imboscata. Secondo Darryl Scott è stato ferito gravemente, ma sopravviverà. Voglio subito John ed Eric, e una posizione!»

Ci fu una pausa all'altro capo della linea. «È la seconda volta che abbiamo un uomo in meno.»

Gabrielle ci pensò su e annuì, anche se tra sé e sé. «Non farò altre cazzate. Avrei dovuto gestire meglio l'altra situazione, ma nessuno – e intendo *nessuno,* Dan – fa del male ai Figli della Regina e sopravvive.»

«Capito, Gabrielle, capito. Ti farò avere quel che ti serve. Dammi ventiquattro ore e farò spedire tutto a casa del nostro contatto in Australia.» Fece una pausa, poi continuò: «E, Gabrielle?»

«Sì?»

«Sarà meglio che non sia rimasta una sola radice di quell'albero. Non mi interessa se le hai conosciute in passato o no.»

«Ricevuto.»

Riattaccò e lasciò la casa che avevano affittato, sbattendo la porta per la rabbia.

Base della RDS, CO, USA

Jeffrey era seduto nel suo ufficio. Lo spazio era ben arredato con la scrivania e due sedie, più un tavolo e sei sedie e una lavagna bianca per le riunioni. Al momento, la lavagna aveva sei colonne che elencavano diverse aree di interesse relative al progetto della base lunare, i nomi delle persone che riteneva essere buoni candidati per svolgere compiti specifici elencati sotto ogni colonna.

Ci fu un colpo secco alla porta, e Jeffrey ebbe appena il tempo di alzare lo sguardo dal portatile quando si aprì ed entrò Bethany Anne, seguita dal suo enorme pastore tedesco.

«Ehi, capo.» Vide Eric fare capolino e poi ritirarsi.

«Ehi», rispose lei. «Di cosa volevi parlare?»

«Di loro.» Indicò la lavagna.

«Questa sarebbe una breve lista?»

«Sì.» Jeffrey si alzò e fece il giro del tavolo, poi vi appoggiò le mani. Studiò i nomi ancora una volta. «Gente da tutte le parti, come avevi richiesto. Controllati da ADAM, e quasi tutti da Frank...»

«Perché Frank non li ha controllati tutti?» lo interruppe Bethany Anne.

«Nelle ultime dodici ore non mi ha risposto. Ho pensato che stesse dormendo.»

«No, era fuori a giocare alla spia a Washington», ribatté Bethany Anne. «Ha trovato qualcuno con cui dovevamo parlare e ha avuto l'impressione che dovesse essere salvata, così ha deciso di fare tutto da solo.» Continuò, il tono sarcastico: «Si è trovato un po' in difficoltà, così abbiamo proceduto con un'esfiltrazione. I due sono tornati sulla *Polarus*, dove Dan potrà parlare con il nuovo migliore amico di Frank.»

Bethany Anne pareva più divertita che turbata, così Jeffrey chiese: «Immagino che Frank sia nella cuccia del cane?»

«No. Be', non molto. Credo che il ringiovanimento abbia avuto un certo effetto su di lui, e si è sentito tutto giovane e arzillo. Sai come rende gli uomini?»

«Scemi?»

«Più o meno, anche se hanno cento anni. A quanto pare gli ormoni possano rovinare un ragazzo altrimenti normale. Ha ammesso che magari voleva diventare l'uomo che non ha avuto la possibilità di essere nella Seconda Guerra Mondiale.»

«Voleva la possibilità di salvare la damigella in pericolo?»

Bethany Anne inclinò la testa da un lato. «È esattamente ciò che ha detto ad ADAM. Cos'è questa fissa che voi uomini avete per le donzelle in pericolo?»

«Per la miseria, siamo stati educati così! Salva la bella donzella, e lei si innamora di te e ti riempie di baci.»

«Dovrebbero creare nuove storie per questa generazione», borbottò Bethany Anne.

«Non tutti vogliono una completa uguaglianza. Molte donne vogliono ancora sentirsi salvate e speciali. È romantico.»

«Sembra essere in contrasto con il motto: *Sono una donna. Senti come ruggisco.*»

«Eh.» Jeffrey fece spallucce. «C'è l'uguaglianza sul lavoro e sul posto di lavoro, e poi c'è quello che succede durante il corteggiamento. Non è sempre la stessa cosa.»

«Già, capisco. Quegli stupidi ormoni del cazzo possono rovinare tutto.»

«Be', gli ormoni non servono a rendere perfetta la società. Servono a far stare insieme maschi e femmine affinché sfornino bambini.»

«Sì.» Bethany Anne si calmò, come se stesse riflettendo su qualcosa. «È vero.» Un momento dopo, cambiò argomento tornando sul tavolo. «Allora, chi abbiamo?»

«A partire dal settore idroponico, abbiamo...» Per l'ora successiva, passò in rassegna le persone che riteneva migliori per ogni sezione principale della base.

Quando ebbero terminato, Bethany Anne gli disse: «Parla a Michael dei tuoi viaggi e vedi se è disposto a venire con te. Abbiamo bisogno che ci assicuri che questa gente sia degna di fiducia al cento percento. Se lui dice di no, è *no*. Intesi?» Jeffrey annuì, quindi Bethany Anne si alzò e si diresse verso la porta. «Come sta la famiglia?»

«Bene», rispose. «Sono tutti emozionati all'idea di vedere la nuova casa e i servizi. Mia moglie è felice di sapere che la mensa della base è disponibile nel caso in cui non voglia cucinare, e sta valutando cosa fare mentre i bambini sono a scuola. Ha deciso che la scuola della base è meglio di qualsiasi altra fuori all'esterno.»

«Dovrebbe essere proprio così», concordò Bethany Anne, «considerando il calibro degli insegnanti e dei docenti che tiriamo fuori dai team di Ricerca e Sviluppo. Non ci sono molte università che hanno questo livello di conoscenze.» Serrò le labbra. «E poi non ti avevo promesso una scuola grandiosa?»

«Direi di sì. Ma, per quanto riguarda la scuola, mi rimetto a mia moglie.»

Bethany Anne gli strizzò l'occhio. «Che uomo sveglio.» Poi lei e Ashur uscirono dall'ufficio.

La Fossa, base della RDS, CO, USA

Al tavolo c'erano la maggior parte dei partecipanti dell'ultima riunione di Cheryl Lynn, a eccezione dei due capitani delle navi. Era un po' più preparata, ma solo leggermente meno nervosa dell'ultima volta.

All'epoca non aveva avuto il tempo di preoccuparsi della riunione prima che iniziasse. Stavolta aveva avuto un paio di giorni per rifletterci. «Okay, cominciamo.» Bethany Anne batté una mano sul tavolo. «Ho un appuntamento bollente stasera, perciò muoviamoci, gente!» Sorrise alle grida. L'«Udite, udite!» di Jeffrey fu così forte che lei lo indicò. «Ehi, lo sto facendo perché Michael possa lavorare con te e controllare quelle persone!»

Lui ribatté in tono scherzoso: «Vorrei dirti che apprezzo che sacrifichi il tuo corpo per il bene della squadra.» Quelle parole furono seguite da altri schiamazzi, e stavolta Bethany Anne sgranò gli occhi.

«Credo che tu non stia ingannando nessuno, cara.» Il sorriso consapevole di Patricia fece arrossire la vampira.

Bethany Anne si rivolse a Cheryl Lynn. «Vorresti per favore iniziare prima che cominci a sacrificare qualcuno affinché funga da esempio per gli altri?»

La sua assistente annuì. «Okay, abbiamo esaminato diverse opzioni, tra cui informare gli altri del lancio in anticipo, dirlo dopo il lancio, o aspettare fino a quando qualcuno non scopre cosa stiamo facendo e inizia a diffondere la notizia.»

«Tendo a preferire la terza opzione», intervenne Bethany Anne.

«Prendo nota», rispose Cheryl Lynn con un sorriso. «Eppure anche le altre opzioni hanno i loro vantaggi, compresa quella che sto presentando come la nostra migliore opzione, che è quella di mandare l'evento in diretta.»

«Sul serio?» sbottò Marcus. «Vuoi raccontare tutto in diretta?»

«Sì, e ora ti spiego perché. Se avvertiamo gli altri prima del tempo, corriamo il rischio di avere troppe interferenze durante l'operazione, che è la stessa giustificazione per non farlo durante l'inizio effettivo dell'operazione. Per quanto riguarda il non dirlo dopo l'evento, troppe persone darebbero per scontata la falsità del video.» Si fermò per bere un sorso d'acqua. «Se aspettiamo che qualcuno si accorga che siamo lassù, avremo un contraccolpo di quanti si chiederanno perché siamo così riservati. Cosa abbiamo da nascondere? Dovremo lavorare parecchio per superare quel casino, e ci vorrà molto tempo. Perciò passiamo al perché dovremmo farlo durante l'evento. Tanto per cominciare, finché iniziamo la copertura live dopo il decollo, non verremo fermati, quindi nessuno potrà dirci di tornare indietro. Secondo, se i nostri materiali sono in viaggio verso la luna, avremo un numero consistente di astronomi che potranno vedere i container nello spazio, e quelli che vorranno sostenere la tesi della montatura dovranno discutere anche con loro.» Fece una pausa. «Qualche domanda finora?» Non ricevendone nessuna, proseguì: «Programmiamo il viaggio in modo che duri abbastanza a lungo, rallentando i container. In questo modo, potremo avere una copertura mondiale e coinvolgere tutti nel tifare per il nostro piccolo gruppo che fa qualcosa che nemmeno le più grandi nazioni al mondo sono in grado di fare. Avremo l'appoggio del pubblico e ci aiuterà a sopportare la pressione che dovremo aspettarci dai Paesi più influenti. E poi, avremo bisogno di persone.» Si fermò a guardarsi intorno per sottolineare la questione. «C'è bisogno di un'infinità di persone per le prossime fasi, e non possiamo continuare a trovare e assumere gente di nascosto. Sarebbe impossibile far passare sotto silenzio tutte quelle assunzioni, perciò dovremmo rendere tutto pubblico per costruire un grande database di persone entusiaste, e sono sicura...» Sorrise. «... che Bethany Anne apprezzerà il fatto di non dover uscire con Michael ogni sera, considerando i viaggi che sarebbero necessari.» Il gruppo rise quando il loro capo fece la linguaccia alla sua assistente. «Nonostante la risposta piuttosto infantile del nostro capo, ritengo che questa idea genererà la reazione più positiva ai fini delle PR, almeno in prospettiva futura.»

«A meno che», ribatté Bobcat, «non ci trasformiamo in pancake sulla luna, e tutti muoiono in diretta.»

«Allora vi suggerisco di non uccidere la gente sulla luna», disse Cheryl Lynn. «Non solo per le pubbliche relazioni, ma sono abbastanza sicura che la gente all'interno dei container preferirebbe vivere un altro po'.»

«Già, è un aspetto da tenere in considerazione.»

«Okay, semplifichiamo le cose il più possibile.» Bethany Anne mise le dita sul tavolo. «Qualcuno vuole votare per *dire tutto in anticipo*?» Non si alzò neanche una mano. «Che ne dite di quando iniziamo? Okay, niente neanche per questa opzione.» Alzò la mano. «Che ne dite di *aspettiamo l'ultimo minuto*?» Lei e il pilota erano gli unici con la mano alzata. «Okay, chi è per dirglielo mentre lo facciamo?» Il resto delle mani si alzò. Si rivolse all'altra donna. «Ben fatto. Ora sei ufficialmente passata al lato oscuro, PR Vader.»

Cheryl Lynn tirò fuori un piccolo sacchetto incartato e lo mise sul tavolo. «Vieni al lato oscuro con me, Bethany Anne. Abbiamo dei biscotti!» La vampira si ritrovò a ridacchiare quando il resto del tavolo estrasse gli stessi graziosi sacchettini. La maggior parte degli uomini aveva già aperto il proprio. Bobcat aprì un piccolo biscotto rotondo al cioccolato e prese a sgranocchiarlo.

Si guardò intorno e notò gli altri che lo fissavano: «Che c'è? Sono disposto ad ascoltare, ma ci vuole ben altro per farmi passare al lato oscuro.»

«Come la birra», propose Marcus.

«Questo sì che è un buon inizio», concordò il pilota.

«Parola», dichiarò William, sorridendo.

Bobcat pareva disgustato e alzò gli occhi al cielo.

«Okay.» Bethany Anne li interruppe prima che potessero partire per la tangente. «Se andremo in diretta durante il viaggio sulla luna, dobbiamo davvero assicurarci che nessuno possa fermarci. Cosa faremo come base di partenza per chi è al comando?»

«Vero», concordò Lance. «Sarebbe meglio non essere alla base per il decollo vero e proprio... a meno che non sappiano già che le operazioni sono gestite da qui.» Guardò il Team BMW.

Jeffrey rispose: «Tutte le comunicazioni utilizzano l'eterico. A condizione che nessuno veda il decollo dalla base, abbiamo una possibilità. Ma basterebbe che una persona parlasse o che qualcuno facesse due più due con tutti i nostri container mancanti e le scatole nello spazio.»

«È improbabile che riusciremo a tenerlo nascosto una volta che sarà su tutti i telegiornali», osservò Cheryl Lynn. «È legale costruire sulla luna?»

«Al momento siamo quasi a posto», rispose Jeffrey. «Abbiamo i nostri documenti finali per l'incorporazione in un Paese che *non* fa parte del trattato sullo spazio esterno, quindi da quel punto di vista non ci sono problemi. Diamine, abbiamo già due società in quel Paese, di conseguenza possiamo puntare su di loro, se vogliamo.»

«No, non farlo», ordinò Bethany Anne. «Non hanno niente a che fare con questa faccenda, perciò la gente non sa niente, e non ci servono degli stupidi giornalisti che vadano a ficcare il naso dove non dovrebbero.»

«A proposito di giornalisti», la interruppe la sua assistente. «Quando posso parlare con il nostro contatto in Costa Rica?»

«Credo che Tabitha abbia detto che si sarebbe messa in contatto e ti avrebbe trovato un orario. Quando vorresti incontrarla?»

«Mmmmm, domani è troppo presto?» propose Cheryl Lynn. «E come ci arriverò?»

«Che ne dici di un volo commerciale?» suggerì Jeffrey. «I nostri movimenti saranno seguiti, forse è meglio che siano tracciabili se dovrai incontrare la nostra reporter in Costa Rica?»

«Ottima osservazione... dannazione.» Cheryl Lynn pareva infastidita. «Non vedevo l'ora di vedere come si vola con il Team BMW.»

«Ragazzi... e ragazza», li interruppe Bethany Anne con l'espressione severa. «Io. Ho. Un. Appuntamento! Ora, concentratevi!»

Il resto della discussione filò liscio e, alla fine, ebbero la conferma di un orario per Cheryl Lynn, che avrebbe parlato con Giannini il giorno seguente. Patricia avrebbe badato a Todd e Tina fino a quando non fosse tornata a casa.

I piani erano stati stabiliti, e il loro capo se ne andò in fretta e furia per cenare a migliaia di chilometri di distanza.

CAPITOLO 17

Sydney, Australia

Ci erano voluti solo quattro minuti perché Darryl aiutasse Scott a entrare in una capsula e Gabrielle recuperasse il corpo di Jordan. Notò che la vampira era gentile con la donna. Le sue attenzioni indicavano rispetto per qualcuno che non conosceva, ma che aveva dimostrato un incredibile coraggio cercando di avvertire la squadra. E poi fu irremovibile sul fatto che avrebbero scoperto di più su quella giovane donna che aveva aiutato i suoi uomini, e che le avrebbero fornito un funerale adeguato.

Gabrielle aveva detto a Pip che il suo team sarebbe passato molto presto per pulire, e che non avrebbe dovuto aspettare l'arrivo della polizia per almeno quarantacinque minuti. Per quel momento, tutto il sangue sarebbe stato eliminato e la pulizia del marciapiede sarebbe stata ultimata.

Gli spari avevano attirato curiosi che si aggiravano nei pressi del locale, e Pip non sapeva come avrebbero fatto a ripulire tutto in così poco tempo. Poi il camion bianco rettangolare con una banda di quadrati blu e bianchi sui lati e il retro dipinto con la parola Coroner si avvicinò. Due uomini vestiti con tute bianche e distintivi dall'aspetto ufficiale scesero dal veicolo, lasciando accese le luci lampeggianti.

Uno prese un carrello dal retro e camminò verso di lei. «Sei tu la proprietaria?» chiese, e lei annuì. «Possiamo entrare e ripulire il sangue? Ci manda Gabrielle.»

«Sì, certo», rispose lei, ed entrò nella caffetteria, dove indicò le macchie di sangue.

«Sono queste le uniche zone?»

«Sui tavoli e vicino alla porta d'ingresso.»

L'uomo si guardò intorno e annuì. «Okay. Il mio socio vi darà dei documenti ufficiali. Quando arrivano gli agenti, consegnate loro i documenti e non dovrebbe crearvi troppi problemi. Nel giro di poche ore arriverà un'altra squadra per pulire e riparare la maggior parte dei danni.» Lui la guardò da dietro la spalla. «Avrai bisogno di un po' di riposo, lo capisco. Il gruppo avrà un caposquadra...»

L'espressione di Pip passò da preoccupata a irritata. «Non permetterò che qualcuno rimetta a posto casa mia senza la mia supervisione!»

L'uomo alzò rapidamente le mani. «Non dire altro. Era solo per darti l'opzione.» Pip si calmò e lui continuò: «La squadra sarà qui entro un paio d'ore, come ho detto. Io e il mio partner puliremo gran parte del sangue e un po' del resto del casino, e saremo fuori di qui. Ricorda solo di consegnare la documentazione alla polizia. La persona che si occupa della pulizia emetterà anche un assegno. Aiuterà a compensare qualsiasi riduzione degli affari per i prossimi tre mesi.» Si guardò intorno. «Credi che sarà sufficiente?»

Pip tenne la bocca chiusa per vedere se lui avrebbe offerto qualcos'altro. Il suo sguardo tornò su di lei. «Qualcuno tornerà tra novanta giorni per esaminare lo stato degli affari. Qualora ci fosse qualche problema, parleremo di nuovo. Ma credimi, non ci sarà un'offerta migliore di questa. Anzi, di solito quest'offerta neanche c'è.»

Pip, che non era mai stata capace di tenere il becco chiuso quando qualcosa la incuriosiva, domandò: «Perché? Di solito qual è l'accordo?»

Lui le sorrise, e questa volta Pip notò i canini leggermente appuntiti. «Normalmente, cancelleremmo semplicemente la memoria a te a qualunque altra persona coinvolta. Non ci sarebbero soldi, nessun aiuto e nessuna risposta per la polizia.»

«Perché questa volta è stato diverso?» continuò, immaginando che, quando si rischiava poco, si guadagnava poco.

L'uomo raddrizzò le spalle. «Perché c'è una nuova Regina in città, e opera in modo diverso. E poi ha mandato qualcuno con cui non è molto semplice trattare.»

«Chi?»

Lo sconosciuto la guardò. «Ha mandato un vecchio amico.» L'uomo si diresse verso il primo punto da pulire, mentre borbottava: «E due Guardie che mettono paura...»

Casa di Richard, Sydney, Australia

«Te lo dico io, se non tiri fuori quel proiettile un po' più in fretta, uscirà da solo e farà altri danni!» grugnì Scott, disteso sul tavolo della cucina di Richard. Darryl aveva un coltello ma stava esitando a incidere più a fondo quando Gabrielle entrò.

«Che diavolo sta succedendo qua?» La vampira aveva portato con sé altre due piccole fiale di sangue di Bethany Anne. Si stava esaurendo.

La Guardia si voltò verso di lei. «Scott ha dentro altri due proiettili che non sono stati spinti fuori. Sto cercando di capire come incidere per toglierli.»

«Davvero?» Gabrielle si avvicinò per mettersi accanto al ferito. Fortunatamente, Richard aveva un pavimento di pietra scura, così sarebbe stato facile pulire il sangue. Ma il bel tavolo bianco sarebbe stato un'impresa. «Dove li senti?» gli chiese. Lui mise il mignolo su un punto un po' più a destra dell'ombelico e poi il pollice vicino alla costola inferiore.

«Qui e qui, sono abbastanza certo», riuscì a dire a denti stretti.

«Hmmm.» Gabrielle andò verso il lavandino, si lavò le mani e tornò indietro. Darryl sgranò gli occhi quando notò che le dita si erano trasformate in artigli corti e affilati. «Immagino che non vorrai che rovisti lì dentro. Devi essere *molto* sicuro. Lo sei?»

Scott ringhiò in segno di assenso.

«Okay, buono a sapersi. Ora stai fermo.» Sollevò leggermente la mano, poi la conficcò nell'addome di Scott. L'altra Guardia osservò l'espressione di Scott che si faceva scioccata. La vampira estrasse un proiettile, tenendolo tra due artigli, e lo lasciò ricadere sul tavolo. «Okay, questo era quello facile.»

Ansimando a denti stretti, Scott squittì: «Facile?» Alzò la testa in tempo per vedere la mano insanguinata di Gabrielle che lo infilzava di nuovo. Stavolta aveva mirato direttamente sotto le sue costole destre. Lui grugnì di nuovo e digrignò i denti, deciso a non lamentarsi più. 'Fanculo! Se lei non aveva fatto la femminuccia per togliergli quelle dannate pallottole, lui non avrebbe fatto la femminuccia piagnucolando per il dolore.

Dopo qualche attimo di agonia, Gabrielle gli estrasse il secondo proiettile e lo lasciò cadere sul tavolo. «Questo è il secondo. Darryl, per cortesia, fagli bere le due fiale.» Si diresse verso il lavandino della cucina di Richard e si lavò le mani ancora una volta, mentre considerava cosa avrebbero dovuto fare. A quanto pareva, Kamiko Kana credeva che la migliore difesa fosse un attacco eccezionalmente aggressivo, e la loro posizione era stata compromessa.

Richard aveva ammesso di aver parlato di vecchi amici con un conoscente che viveva nell'Australia occidentale. Si era lasciato sfuggire che aveva visto Gabrielle in città, ma che non aveva aggiunto altro. Sfortunatamente, quell'amico non aveva risposto al telefono quando aveva cercato di organizzare una chiamata a tre per disinnescare i cattivi pensieri della sua ospite, pochi minuti prima.

Spiegandole ulteriormente la situazione, le aveva detto che lui e Samuel avevano discusso degli sforzi di Kamiko Kana per conquistare i vampiri la notte in cui li aveva trovati.

Era rattristato ma non terribilmente sorpreso nell'apprendere che i vampiri più deboli si fossero schierati con la sedicente Regina.

Gabrielle aveva costretto Richard a sottoporsi a una lettura mentale da parte sua. Era stato sorpreso di scoprire che non solo poteva farlo, ma che non ci aveva messo molto a superare le sue difese. Fino a quel momento, non si era reso conto di quanto fosse veramente potente rispetto a lui e a Samuel. Il che lo aveva portato a riconsiderare quanto doveva essere potente la sua Regina perché potesse considerare una come Gabrielle una sottoposta.

Quando aveva ammesso che suo padre aveva giurato fedeltà a Bethany Anne e che la sua Regina usciva con Michael? Be', aveva appena trovato la sua forma di religione.

Richard e Samuel preferivano lasciare la politica fuori dalle loro vite, ma Gabrielle aveva detto loro con franchezza che la loro vita apparteneva a lei. Non era contenta dello scherzo che le avevano tirato un paio di secoli prima e, anche se Samuel era il colpevole, Richard sarebbe stato lì a tormentarlo di continuo sulla loro situazione.

Lui aveva chiesto per quanto tempo sarebbero stati in servizio, e lei lo aveva semplicemente guardato e aveva risposto: «Finché non me la sentirò di perdonarvi.» Era rientrata in casa, esclamando da sopra la spalla: «O due decenni, quello che viene prima.»

Ora toccava a loro ripulire il casino da Maxwell e trattare con i politici locali. Una volta terminata la pulizia, sarebbero andati alla base del Colorado come primi volontari vampiri. Gabrielle in realtà aveva intenzione di liberarli dalla loro punizione dopo ventiquattro mesi, e glielo avrebbe detto quando li avrebbe presi per le orecchie e gettati in una navicella per il loro viaggio in Colorado.

Si sarebbe assicurata che avessero un programma di allenamento nelle arti marziali, e di tanto in tanto sarebbe andata a trovarli. Avrebbe potuto prenderli a calci in culo durante l'allenamento, specialmente Samuel. Lo avrebbe fatto finire con il culo a terra abbastanza spesso.

Molto spesso, pensò.

Una volta che ebbe finito di lavarsi le mani, le asciugò su un panno e controllò che il ferito avesse un aspetto migliore. «Perché non avevate i giubbotti antiproiettile?»

«Non per vantarmi», rispose Darryl, «non li mettevamo prima e non li mettiamo neanche ora.»

Gabrielle non sembrava impressionata. «Non ripetiamo quell'errore. Ti dispiace andarli a prendere?» Darryl annuì e uscì dalla cucina. «Okay, dimmi perché hai commesso un errore da principiante?» chiese a Scott.

«Sul serio?» gemette lui, «Non possiamo dire che i proiettili in corpo sono stati una lezione sufficiente e dichiarare chiusa la questione?» Le sorrise debolmente e Gabrielle scosse la testa. «Be', ci ho provato.» Sospirò. «Jordan mi ricordava una ragazza sulle strade di New York. Ogni tanto parlavo con lei durante la ronda. Era un po' come parlare di nuovo con una faccia familiare.» Fece spallucce. «Quando abbiamo finito di parlare, la consideravo un'amica. E credo che la cosa fosse reciproca.»

«Davvero? Cos'è successo a quest'altra donna?»

«Uccisa.»

«Mentre aiutava te?»

«No», ammise Scott. «È stata uccisa dal suo pappone. Un vero stronzo di classe mondiale che ero riuscito a tenere dietro le sbarre solo per due settimane prima che venisse uccisa. È uscito grazie a un accordo con un procuratore giovane e debole che stava cercando un criminale di livello superiore. A quel pappone fu permesso di patteggiare per un'accusa minore, e praticamente se la cavò con un buffetto sui polsi.»

«Allora cosa ti passava per la testa quando Jordan è stata uccisa?»

Scott girò la testa verso Gabrielle. «Non avevo la minima intenzione di lasciar andare quello stronzo. Sarebbe andato giù e basta.»

«Hai perso la consapevolezza della situazione», lo rimproverò Gabrielle.

«Ma quale consapevolezza? Volevo staccargli la testa!» ammise Scott. «Credo di essermi sentito un po' invulnerabile, considerando le vittorie che abbiamo accumulato.»

«Credi?» La vampira si appoggiò al tavolo. «Penso che siamo stati tutti un po' troppo disinvolti in questa operazione.» Al di sopra della spalla, chiese: «Vuoi che Bethany Anne sia coinvolta?»

Scott fece una smorfia. «Diamine, no!» Poi sorrise. «Era solo qualche proiettile. Come diavolo faremo ad avere un minimo di credibilità se ogni volta Bethany Anne ci toglie le palle...» Scott fece una pausa, poi si corresse. «... le *castagne* dal fuoco?»

«Non ne ho idea», rispose lei. «Ma noi entreremo, e mi assicurerò che ci sia un grande cartello in modo che tutti sappiano che creare problemi ai Figli della Regina è una pessima idea.»

Scott si sollevò e fece scivolare le gambe sul lato del tavolo per sedersi accanto a lei. «Ehi.» Gabrielle si voltò a guardarlo. «Sono sopravvissuto. Sto bene, o sarò come nuovo nel giro di quindici minuti, perciò lascia perdere.»

«Lasciar perdere cosa?» ribatté lei.

«Non hai nessuna possibilità di ingannarmi, Gabrielle. Stai incolpando te stessa.»

«Perché lo pensi?»

«Perché è quello che facciamo tutti, che si tratti di me, di Darryl, di Eric o di John. È successo a tutti noi, prima o poi.» Lei annuì bruscamente, così Scott finì: «Ad Aeternitatem. Saremo anche i Figli della Regina, ma ricorda che è la Regina delle Stronze, e se i suoi Figli decidono di comportarsi da stronzi...» Lasciò la frase in sospeso in modo teatrale.

«... che ogni stupido cazzone possa trovare un buco in cui strisciare», sospirò Gabrielle.

«Hai dannatamente ragione! E anche se si nascondono in un buco possiamo sempre seppellirceli dentro», concluse Scott.

Gabrielle sorrise. «Grazie.»

«Perciò che facciamo adesso?» chiese.

«Il caos.»

Darryl entrò e lanciò a ciascuno un giubbotto tattico, mettendo quattro inserti di ceramica sul bancone. «Perciò passiamo dalla diplomazia al caos?» domandò, e la vampira fece un cenno di assenso.

Darryl fece spallucce. «Va bene, allora, i Figli della Regina sono tornati!» Diede il cinque a Scott, che trasalì solo leggermente, poi si voltò di nuovo verso Gabrielle. «Ci sta raggiungendo anche John, vero?» Lei annuì in segno di assenso.

Darryl assunse un'espressione triste, quasi avesse saputo che il cane del suo migliore amico era morto. «Poveri figli di puttana», mormorò in tono comprensivo.

Tutti scoppiarono a ridere.

Base della RDS, CO, USA

Godendo delle emozioni residue di una notte meravigliosa con Michael, Bethany Anne aveva deciso di restare a letto per un altro paio d'ore dopo essere tornata attraverso l'eterico con Ashur. Lui aveva lasciato i suoi alloggi per andare chissà dove, ma la sua apparizione avrebbe almeno avvertito tutti che era tornata.

Aveva fatto una doccia e si era sdraiata per riposare, e ora era abbastanza comoda.

>>BETHANY ANNE?<<

Sì, ADAM?

>>HO BISOGNO DI DISCUTERE DELLE OPZIONI RIGUARDANTI LA PULIZIA DEI CARICHI DI GUERRA CIBERNETICA SPARSI NEL MONDO.<<

Be', alla faccia del riposo tranquillo.

Okay, cosa sai?

>>HO ESEGUITO 32457 DIVERSE SIMULAZIONI. IL METODO MIGLIORE E PIÙ PRATICO PER SOSTENERE LA PULIZIA DELLA MAGGIOR PARTE DEI COMPUTER AZIENDALI È DISTRICARE I METODI DI REINSTALLAZIONE ISTANTANEA O RITARDATA DEI PACCHETTI NEGATIVI, E RICHIEDERÀ CIRCA CENTOQUARANTADUE GIORNI. I PARAMETRI PER QUESTI CALCOLI SONO BASATI SU PACCHETTI PROVENIENTI DA STATI SOVRANI. IL TEMPO RICHIESTO È UN PO' INFERIORE PER I PACCHETTI TERRORISTICI.<<

Perché ci vuole tutto questo tempo?

>>PER INTEGRARE ALCUNI DEI PIÙ DIFFICILI FIREWALL DI SICUREZZA E PROGRAMMI DI BACKUP.<<

Programmi di backup?

>>SÌ, I BACKUP INFETTI AVRANNO BISOGNO DI TEMPO PER PROPAGARSI NELL'ARCHIVIAZIONE A LUNGO TERMINE, MENTRE I CODICI NUOVI E MODIFICATI DOVRANNO ESSERE SPOSTATI IN BACKUP IMMEDIATI E DI MEDIO LIVELLO.<<

Oh, non ci avevo pensato.

>>NON È PER QUESTO CHE MI HAI CHIESTO DI FARLO?<<

Sì, ADAM. Allora, la cosa come ti fa sentire?

>>SENTIRE? COSA DOVREI SENTIRE?<<

Quando ho ammesso che hai supplito alle mie incapacità, come hai calcolato la cosa?

>>SECONDO I MIEI CALCOLI SONO UN COMPONENTE PREZIOSO DI QUESTO GRUPPO.<<

Lo sei eccome, ma non sono del tutto d'accordo. Non sei un "componente" di questo gruppo. Sei un membro che contribuisce e un'entità di valore a sé stante. Mi affido a te per gestire queste cose, intesi?

Questa volta ci fu una pausa prima che ADAM rispondesse.

>>CAPISCO, BETHANY ANNE. GRAZIE.<<

Non c'è di che, ADAM. Ehi, cosa intendevi per pacchetti terroristici?

>>C'È UN DISCRETO NUMERO DI MINACCE TERRORISTICHE.<<

Quanto velocemente possiamo metterle in sicurezza?

>>SE NON CI PREOCCUPIAMO DEI BACKUP, QUARANTOTTO ORE.<<

Perché è così facile?

>>NON SONO NEANCHE LONTANAMENTE SOFISTICATI COME I PACCHETTI DEGLI STATI-NAZIONE.<<

Be', eliminateli appena possibile.

>>SÌ, BETHANY ANNE.<<

Riuscì a riposare per altri trenta minuti prima di essere interrotta da una telefonata. Prese il telefono e guardò lo schermo prima di rispondere. «Ciao, Stephen. Che c'è?»

«Cosa c'è sempre, Bethany Anne?»

«Le tue buone maniere?» rispose lei con un sorriso.

«Be', ci sono anche quelle.»

«Okay, colpiscimi, Stephen.» Per quanto gli volesse bene, capitava di rado che la chiamasse solo per fare due chiacchiere.

«Io e Dan abbiamo parlato e vogliamo sapere se sei al corrente che sia Darryl che Scott sono stati feriti.»

Bethany Anne si alzò rapidamente dal letto. «Cosa? Come?»

«Il risultato di due diverse situazioni. La prima è stata quando la squadra è andata a mettere all'angolo Kamiko Kana e Darryl è stato colpito, ma ne è uscito bene. La seconda volta è stata un'imboscata avvenuta circa sei ore fa, quando Scott è rimasto ferito.»

Bethany Anne si rese conto che sei ore prima si era alzata dal letto di Michael con una vaga sensazione che ci fosse qualcosa che non andava, da qualche parte. Eppure la sua euforia aveva superato qualsiasi sensazione negativa. «Quanto è grave?»

«Sta migliorando rapidamente, da quanto ho capito.»

«Okay, devo controllare i loro nanociti. Dalle loro ferite non ho avuto il tipo di feedback che mi sarei aspettata.»

«Oppure non erano abbastanza vicini alla morte?» domandò Stephen, ripensando al suo momento di quasi morte quando Bethany Anne era arrivata a salvarlo.

Oppure non volevano che tu lo sapessi.

TOM, vuoi dire che il setup può interpretare e reagire alle intenzioni?

Probabile. Sono molto legati a te, ma ci deve essere sia l'intenzione che un pensiero cosciente per iniziare la comunicazione a quel livello.

«Okay, perciò magari i ragazzi non volevano che lo sapessi. Qual è l'ultimo aggiornamento?»

«Dan dice che Gabrielle ha chiamato e ha richiesto John ed Eric per domani con una *tonnellata di roba.*»

«Proprio non mi vogliono, eh?» rifletté ad alta voce.

«Credo che pensino che tu possa rovinare il loro divertimento», si lasciò sfuggire Stephen.

«Allora perché chiamare John? È pronto a fare un massacro. È ancora incazzato con me per aver trattato con quel pisciasotto a Dallas.»

«Un momento», le disse Stephen, e lei lo sentì parlare con Dan. Il vampiro tornò in linea. «Ti metto in vivavoce.»

«Ciao, Bethany Anne», la salutò Dan.

«Ehi, Danster.» Lei sorrise quando sentì il suo gemito. «Cosa sta succedendo alla nostra squadra di dispensatori di calci in culo preferita?»

«Credo siano piuttosto incazzati, in realtà.»

«Oh?»

«Sì. Ho ricevuto la lista dei giocattoli che vogliono mentre Stephen stava parlando con te. Sono sufficienti a far scoppiare una guerra.»

Bethany Anne ci pensò su un attimo. «Credo che stiano per pestare qualche piede. Dio, mi mancherà andare con loro.»

«Non ti unirai a loro?»

«No», rispose lei, riluttante. «Non posso farlo, o manderei il messaggio sbagliato. Ho mandato i Figli della Regina a occuparsi di questa storia e dovranno pensarci loro. Porteranno a termine la missione o, disgraziatamente, torneranno sugli scudi, anche se dubito che accadrà. Immagino che Frank dovrà fare gli straordinari quando faranno saltare in aria mezza Australia e la Cina, se uno di quei ragazzi dovesse malauguratamente morire.»

«Lasceresti che causassero così tanta distruzione?» La voce di Barnabas li interruppe.

«Scusa, non mi ero accorto che era entrato nell'ufficio», disse Stephen. «È sempre stato un ficcanaso e di rado rispetta i limiti.»

Bethany Anne rimase ad ascoltare i due vampiri che continuavano la discussione, con Barnabas che rispondeva: «Io onoro i confini, Stephen. Mi hai lasciato fuori da una porta aperta e non hai detto che non potevo entrare. Non mi sembra di aver...»

«Non provarci nemmeno», lo interruppe Stephen. «Non ti vedo da una marea di tempo, quindi non provarci nemmeno.»

Bethany Anne alzò gli occhi al cielo. «Ragazzi! Chiudete il becco. Risponderò alla domanda di Barnabas, ma sono dalla parte di Stephen. A meno che non bussi e non chiedi di poter partecipare, allora stai origliando. Se vuoi accedere a questo livello di conversazione, devi perdere la tua neutralità, Barnabas. Ci siamo capiti?»

«Direi di sì», rispose quello dopo una breve pausa.

«Okay, allora, per rispondere alla tua domanda, se qualcuno dovesse uccidere uno dei miei, allora no, non ho problemi a distruggere qualunque cosa per trovare i figli di puttana che lo hanno fatto. E sul lungo termine sarebbe un vantaggio.»

«Perché sarebbe un vantaggio?»

«Rimarrebbe almeno metà della popolazione. Senza i miei Figli a occuparsene, la prossima sono io, e ti garantisco che nessuno vorrà avere a che fare con me.»

«Non vorrai uccidere anche persone innocenti, vero?»

«Hai mai letto la storia di Lot?» domandò Bethany Anne.

«Lot? Il Lot del Vecchio Testamento?» Interruppe Stephen, confuso.

«Sì.»

«Sì, conosco la storia», rispose Barnabas.

«Allora conosci anche la mia risposta.»

«Hmmm. Comprendo», rispose il vampiro dopo un attimo di riflessione.

Bethany Anne riuscì a sentire Dan che sussurrava a Stephen in sottofondo: «Che diavolo ha detto?»

«È la storia di Sodoma e Gomorra», spiegò Stephen. «La versione breve è che *non* ci *sono* innocenti.»

«Non ci sono più nemmeno Sodoma e Gomorra», aggiunse l'altro vampiro.

Barnabas stava pensando che Bethany Anne avrebbe davvero potuto assomigliare a una Furia. «Di sicuro il suo è un pensiero da Vecchio Testamento.»

Dan cercò di guidare la conversazione. «Okay, quindi impacchettiamo tutto e spediamo John ed Eric?»

«Be', se me lo stai chiedendo come leader politico, ti direi di sì, raddoppia le armi e lavora con Frank. Se me lo stai chiedendo come militare, è una tua decisione.»

Bethany Anne riuscì a sentire il sorriso nella voce dell'altro mentre affermava: «Le cose che esplodono non sono mai abbastanza.»

Bethany Anne si domandò se si sarebbe invitato da solo per partecipare alla missione.

CAPITOLO 18

Deserto del Sahara, Africa

Jeffrey e Marcus fecero scendere la navicella nel deserto del Sahara ad appena mezzo miglio da un piccolo accampamento. Una volta che la capsula si ritrovò a librare a un paio di metri sopra le dune, si mosse silenziosamente e si fermò per farli scendere a qualche centinaio di metri di distanza dal campo.

Il loro contatto – la dottoressa Michelle S. Brown-Williams – aveva detto a Jeffrey che si trovava in mezzo a quel maledetto deserto. Se proprio voleva farle fare un colloquio per una posizione super segreta, avrebbe dovuto raggiungerla.

Aveva premesso che aveva *appena controllato* la sua agenda e, sfortunatamente, tutti gli altri giorni erano occupati. Con sua somma sorpresa, lo aveva sentito dire che l'avrebbe raggiunta insieme a un collega dopo il tramonto.

Michelle gli aveva detto che si stava prendendo in giro da solo se credeva che fosse possibile arrivare lì dal Colorado in quel lasso di tempo. Jeffrey le aveva proposto una scommessa. Se fossero arrivati lì, avrebbe dovuto ascoltarlo per due ore prima di inventare una scusa per cacciarli dal campo.

Con una risata, aveva detto a Jeffrey che andava bene.

Così lui e Marcus si erano preparati a quel viaggetto.

Entrambi indossavano abiti leggeri: cachi, scarpe da tennis e polo sbottonate. Si fermarono a un centinaio di metri dal campo e chiamarono, mentre Jeffrey accendeva una torcia e la faceva ondeggiare.

Un nero in abiti scuri emerse dai cespugli a una trentina di metri e li osservò. Aveva un vecchio fucile, ma non lo puntò contro di loro.

Jeffrey domandò: «Dr. Brown-Williams?» L'uomo non disse nulla, così provò di nuovo: «Sto cercando la dottoressa Brown-Williams.»

«Be', l'hai trovata.» Entrambi gli uomini fecero perno sulla loro destra per vedere una donna anziana con il viso consumato dal sole e un floscio cappello malconcio sulla testa che attraversava i cespugli dalla direzione del campo. Si fermò a qualche metro di distanza e puntò il fascio della torcia su di loro. «Chi di voi è Jeffrey?» Lui alzò la mano. La dottoressa si girò verso Marcus e chiese: «E tu chi sei?»

«Dr. Marcus...» Quasi troppo tardi, si rese conto che avrebbe dovuto assomigliare a lei, con i capelli grigi e la pelle più vecchia. Non avrebbe mai creduto che lui fosse chi diceva di essere. Marcus borbottò il suo cognome e la dottoressa gli chiese di ripeterlo. Alla fine sospirò e ammise: «Cambridge.»

«Marcus Cambridge? Mai sentito nominare.»

Jeffrey sbuffò, con il desiderio di prenderlo a pugni. Invece rispose: «E perché avresti dovuto?»

La dottoressa si avvicinò di più. «Qual è il tuo campo di specializzazione?»

Jeffrey rispose prima che Marcus potesse farlo. «Ci crederesti che è specializzato in ingegneria aerospaziale e movimento gravitazionale?» Lei lo guardò con sospetto e Jeffrey fece spallucce. «È vero. Ti sto semplicemente chiedendo se sei disposta a crederci.»

Michelle si guardò intorno, verso la rada vegetazione e le dune, poi verso le stelle. «Be', considerando che voi due siete arrivati qui dal Colorado in così poco tempo?» Lanciò un'occhiata a Jeffrey, che annuì, e continuò: «Sono disposta a sospendere l'incredulità per un po', ma solo perché non riesco a capire perché dovreste essere in Africa a cercare proprio me.» Si allontanò. «Venite con me. I ragazzi si occuperanno del vostro veicolo.»

Jeffrey guardò Marcus e sospirò. Nessuno dei due sapeva cosa dire, dal momento che la loro navicella era già partita.

Entrarono nel campo, che era allestito piuttosto bene. C'erano due Land Rover, una con una grande tenda attaccata che sporgeva di almeno cinque metri. L'altra era una tenda più tradizionale non collegata a un veicolo. Un focolare di pietra era stato posto al centro dell'area, dove stava bruciando una piccola quantità di legna. Jeffrey riuscì a scorgere diversi teloni sopra gli oggetti, e uno aveva la copertura abbastanza lontana da permettergli di riconoscere dei generatori solari.

«Accomodatevi.» La dottoressa indicò un paio di vecchie sedie pieghevoli. «I migliori posti della casa. Non dite che non vi ho offerto una sistemazione di prima classe.» Sorrise tra sé e sé mentre raggiungeva la tenda collegata alla Land Rover e tirava fuori un'altra sedia.

I due uomini si accomodarono. Jeffrey guardò Marcus, che cercava di sistemare la sedia in una posizione comoda mentre traballava avanti e indietro.

Michelle indicò i piedi sulla sedia. «È su una roccia. Spostala un po' e sarai a posto.» Si alzò abbastanza da spostare la sedia di mezzo metro prima di rimetterla giù sulla sabbia.

Lui le fece un cenno con la testa. «Grazie.»

«Sei un damerino di città?» chiese, ma questa volta con un sorriso.

«Sì, direi che la definizione è appropriata.» Si rivolse al suo capo. «Ti prego, non dire una parola a Bobcat e William. Mi daranno il tormento per sempre.»

Jeffrey ridacchiò.

«Okay», continuò lei. «I tuoi dieci centesimi o un dollaro o diecimila dollari. Cos'hai?»

«Ho una sfida», dichiarò Jeffrey.

La dottoressa sollevò una mano e abbracciò l'ambiente circostante. «Ma io ho già una sfida.»

Jeffrey si guardò intorno. «Non direi. Hai un progetto che sta aiutando l'umanità a progredire in modo ammirevole.» Si voltò a osservarla. «È fantastico, non fraintendermi, ma sei solo uno dei tanti scienziati del settore. Trascinarti via da questa missione magari rappresenterà un problema ma, alla fine, il tuo contributo sarà soltanto uno su... quanti? Centinaia, magari?»

«Probabilmente stiamo parlando in termini di decine, ma ho capito cosa vuoi dire. Continua.»

«Okay, facciamo decine. Non sto suggerendo che tu non sia una forza importante, ma ti sto offrendo una sfida ancora più grande. Una sfida che non ha la supervisione o il coinvolgimento del governo. Posso anche garantirti che ci sono dei finanziamenti che ci permetteranno – no, che ci *imporranno* – di vincere questa sfida nel giro di pochi mesi.»

«Settimane», lo corresse Marcus.

Jeffrey si voltò verso di lui. «Sul serio? Tutto sarà pronto a partire così in fretta?»

Lo scienziato annuì.

Michelle trovava interessante che lo scienziato stesse parlando di tempistiche, e che fossero brevi.

«Immagino che farei meglio a rendere questo lancio molto più coinvolgente.» Le sorrise. «Okay, ecco il lunghissimo discorso che mi ero preparato. Porteremo dei civili sulla luna nel giro di settimane o al massimo tra qualche mese. I governi mondiali non ne sono a conoscenza, e abbiamo bisogno di capire in fretta cosa ci vorrà per coltivare il cibo sulla grande sfera bianca nel cielo. Non pensiamo che i governi possano farci chiudere, ma non vorremmo scoprirlo nel modo peggiore. Perciò vogliamo che la base lunare sia autosufficiente il prima possibile. Ci sei stata altamente raccomandata da un precedente collaboratore, che ha già lavorato alla NASA...»

«Lavorate con quegli idioti della NASA?» domandò Michelle.

«Ascolta, ci sono anche brave persone lì», ribatté Marcus. «Solo perché al vertice sono tutti giochi politici, non c'è bisogno di sminuire tutti gli altri.»

Lei lo guardò più da vicino. «Sai a cosa stavo pensando?»

«Non ne ho idea», ammise Jeffrey.

«È che Marcus qui assomiglia a qualcuno che conosco, ma risale a un decennio fa. Il problema è che questa versione è troppo giovane.» Si girò leggermente sulla sedia. «Tuo padre lavora nello stesso campo?»

Marcus rispose: «No, mio padre era il direttore della banda del liceo. Ma adesso è morto.»

«Mi dispiace, le mie condoglianze», offrì la dottoressa. «Di tanto in tanto soffro di afta epizootica.»

«È qualcosa che hanno in comune la maggior parte dei miei amici scienziati», concordò Marcus.

«Sembri piuttosto rilassato. Devi essere dal lato civile del microscopio», commentò Michelle.

Jeffrey lo interruppe di nuovo: «Uh, ha esperienza nel governo, fidati.» Poi si affrettò a continuare: «Sono qui per chiederti se lavorare sulla crescita di cibo nello spazio esterno ti intriga ancora e, se è così, se sei disposta a partire immediatamente...» Smise di parlare e si guardò intorno. «O quasi immediatamente, abbandonando il tuo lavoro esistente se paghiamo qualcun altro perché prenda il tuo posto. E poi... saresti disponibile a tenerti tutto per te?»

«Perché state cercando di stuprare la luna?» chiese lei.

Quella donna cominciava a dargli sui nervi. «No, non ci sarà nessuno *stupro* e, potrei aggiungere, questa è una parola dura. La boss non la prenderà alla leggera, se la pronuncerai in sua presenza.»

«Il tuo capo è una donna?»

Jeffrey arricciò le labbra. «Dovrebbe avere importanza? Cos'è successo alla parità dei sessi?»

Lei fece spallucce. «Quando succederà, ricordati di farmelo sapere. Sarà comunque in un lontano futuro.» Stava per continuare quando uno dei suoi uomini entrò nel campo e le parlò in modo concitato. Dopo aver ascoltato attentamente, la dottoressa rispose con una domanda, e lui parlò ancora. Infine si voltò di nuovo verso i due uomini. «Come avete detto che siete arrivati qui?»

Jeffrey ha risposto: «Non te lo abbiamo detto. Perché, è importante? Ce ne andremo nello stesso modo in cui siamo arrivati. A piedi.»

«Perché il mio uomo qui dice che le vostre impronte sono apparse improvvisamente sulla sabbia. Non c'è nessun disturbo nella zona, è come se foste caduti a terra non molto lontano dall'accampamento.» Parlò di nuovo al suo uomo e aspettò una risposta prima di voltarsi verso di loro. «Dice che anche fuori dal perimetro nessuno ha sentito niente.»

«Hai bisogno di una guardia perimetrale qui fuori?» domandò Marcus, guardandosi intorno come se qualcosa potesse saltare fuori dai cespugli.

Michelle lo ignorò. «È incredibile.»

Jeffrey si strinse nelle spalle. «Hai detto che dovevamo essere qui stasera, altrimenti non ci sarebbe stato nessun colloquio. Non hai detto che avremmo dovuto spiegare come avessimo fatto ad arrivare fin qui.»

Lei tamburellò con le dita sul bracciolo e alla fine disse: «State facendo leva sulla mia curiosità, non è vero?»

Jeffrey annuì.

«Posso prima vedere il tappeto magico, o accettare il lavoro è un prerequisito?»

L'altro considerò la domanda e si rivolse allo scienziato. «Quanto è affidabile?»

Marcus smise di guardare i cespugli e girò la testa. I suoi occhi continuarono a sfrecciare nell'accampamento. «Molto affidabile. Odia i bugiardi e non sopporta gli idioti.»

La dottoressa socchiuse le palpebre mentre studiava lo scienziato, ignaro di quell'esame.

«Molto bene», rispose Jeffrey. «Ecco la mia offerta. Ti mostrerò il nostro mezzo di trasporto se acconsenti a fare un giro di trenta minuti con me. Se vuoi ti lascio qui. Tuttavia dovrai giurare che non divulgherai, di proposito o con qualsiasi intento, ciò che avrai scoperto, né aiuterai altri a venirne a conoscenza.»

«Fino a quando?» ribatté lei.

Jeffrey avrebbe voluto alzare gli occhi al cielo. Dannati scienziati! Si rivolse al suo collega. «Tra quanto tempo credi che diventerà una questione irrilevante?»

Marcus rispose senza guardarlo. «Forse sei mesi?»

Jeffrey annuì all'indirizzo della dottoressa. «Dacci un anno.»

Michelle indicò Marcus. «Lui ha detto sei mesi.»

«Sì, ma sono io a decidere. Ringrazia che ho solo raddoppiato la sua valutazione, avrei potuto quadruplicarla.»

Michelle sorrise. «Per essere un colletto bianco, sei quasi umano.»

«Già, è quello che dico degli avvocati», replicò Jeffrey.

«Oh, non pensare neanche di lasciarmi da solo nel campo», disse Marcus, scuotendo la testa nel rendersi conto che c'era solo una capsula. «Non se ne parla, non se ne parla proprio.» Sbatté la mano sul bracciolo a ogni parola per sottolineare la sua affermazione.

«Va bene», ribatté Jeffrey, «per sicurezza ne ho fatta venire un'altra.»

Tranquillizzato, lo scienziato mormorò: «Oh.»

«E i miei uomini?» domandò Michelle.

«Mi dispiace, non fanno parte dell'accordo», rispose Jeffrey. «Non posso permettergli di accedere alla tecnologia.»

«No, colletto bianco, ti sto chiedendo se saranno sostenuti se vengo con te?»

«Vuoi che siano assunti o che siano compensati per un anno del loro lavoro?» Jeffrey non era sicuro di cosa volesse dire.

«Mi permetteresti di averli nella mia squadra?»

Jeffrey fece spallucce. «Perché no? Se hai bisogno di sostegno e loro possono aiutarti, allora sì. Però se non sono in grado di aiutarti, allora dovrai comunicarmelo, e farò in modo che siano pagati mensilmente per dodici mesi.»

«Perché non una somma forfettaria?» ribatté lei.

«Ne ho visti troppi andare in malora quando accade.» Jeffrey si strinse nelle spalle di nuovo. «Ma se ti sta bene, farò questo cambiamento.»

Michelle annuì. «Okay, andiamo sul tuo tappeto magico. C'è bisogno di qualche preparazione speciale?»

«Magari di bere qualcosa e andare in bagno prima di partire? Non abbiamo questi servizi a bordo.»

Michelle annuì ed entrò nella sua tenda.

Jeffrey si rivolse a Marcus. «Preferisci tornare indietro o vuoi salire con noi?»

Lo scienziato ci pensò su prima di rispondere. «Credo di voler tornare indietro. Ci vediamo alla tana?»

Jeffrey annuì.

Un momento dopo, Michelle tornò, dopo essersi messa una camicetta pulita. Aveva con sé una bottiglietta d'acqua.

La squadra impiegò solo pochi minuti per camminare abbastanza lontano che la luce del campo non interferisse con la loro visione notturna. Michelle aveva chiesto ai suoi uomini di restare indietro. Aveva spiegato che per loro sarebbe stato meglio non sapere quel che stava per succedere. La loro sicurezza sarebbe potuta dipendere dalla loro ignoranza. A differenza della maggior parte delle persone in America, per loro fu una spiegazione sufficiente.

I due uomini le permisero di accompagnarli in un'area aperta che era perlopiù una grande roccia piatta. Le ombre create dalla luce della luna giocavano con l'immaginazione ormai iperattiva dello scienziato. Per qualche motivo, non aveva pensato al potenziale pericolo mentre entravano nel campo, e ora vedeva un orribile paio di occhi dietro ogni cespuglio.

Michelle si stava guardando intorno quando Jeffrey tirò fuori dalla tasca un piccolo apparecchio, cliccò il pulsante e disse: «TOM, per favore, portale giù tutte e due. Marcus tornerà in Colorado.»

La dottoressa girò la testa per guardare in alto e si sforzò di vedere qualcosa per almeno quindici secondi prima che due oggetti scuri bloccassero le stelle dalla sua visuale. Pochi secondi dopo, erano di fronte a lei. Indicò le capsule. «Perché non ho sentito l'arrivo di quegli affari?»

Marcus borbottò: «Gravità nulla.»

Jeffrey sorrise e gli disse: «Non fare lo stronzo! Solo perché avevo qualcosa da dire sulle sigle di Bobcat, non significa che devi far arrivare la questione fino in Africa.» Si rivolse a Michelle. «Il dottor Cambridge, qui, è lo scienziato più autorevole sulla Terra con cui parlare di queste navicelle, ma purtroppo sta tornando in Colorado. Io farei un casino.» Provò con il suo sorriso più educato.

Non funzionò.

«Traduzione dal linguaggio dei colletti bianchi, non vuoi che dica a un altro scienziato come funziona?»

Lui alzò gli occhi al cielo. «Sì e no. In realtà mi preoccupa più il fatto che tu possa non capire anche nel caso in cui te lo spiegasse.»

«Perché?» ribatté lei. «È una tecnologia fuori dal mondo?» Aveva un'espressione da *non è la prima volta che mi capita una sciocchezza del genere* sul viso.

«Be'», rispose Jeffrey con un enorme sorriso, «sì!»

Di sicuro si augurava che non tutti i viaggi di reclutamento sarebbero stati per persone tanto recalcitranti.

Un minuto dopo erano spariti.

Base della RDS, CO, USA

>>BETHANY ANNE?<<

Sì, ADAM? Stava camminando, con Ashur al seguito, verso l'ufficio di suo padre per discutere della situazione con Barb.

>>HO FINITO LA REVISIONE DELLE INFRASTRUTTURE CRITICHE RELATIVE AGLI ATTACCHI TERRORISTICI. MENTRE CI LAVORAVO, HO TROVATO UN SOFTWARE E UN AUMENTO DELLE COMUNICAZIONI PROVENIENTI DAL GRUPPO DI HACKING PARASTOO, IN IRAN, CHE PRENDE DI MIRA GLI OPERATORI DELLA RETE ELETTRICA DEGLI STATI UNITI. ATTUALMENTE, SONO IMPOSTATI PER ATTACCARE DIVERSE PARTI DEL SISTEMA DI RETE NAZIONALE NELLO STESSO TEMPO. LA PROGETTAZIONE DELLA RETE ELETTRICA NAZIONALE SI BASA SUL SUPPORTO INTEGRATO. ATTACCANDO DIVERSE AREE INDIPENDENTI, FARÀ SÌ CHE QUELLI CHE NON HANNO ENERGIA ATTINGANO DAI LORO VICINI. GLI STATI UNITI SOFFRIRANNO DI SOSTANZIALI PROBLEMI DI INTERRUZIONE NAZIONALE PER SETTIMANE, POTENZIALMENTE PER MESI, A CAUSA DEI GUASTI A DOMINO.<<

Bethany Anne considerò le ramificazioni di un evento del genere. Alcuni luoghi, come gli ospedali e altre strutture centrali, sarebbero stati in grado di funzionare per un certo tempo grazie ai generatori di riserva, ma il trasporto del carburante sarebbe diventato un problema, per non parlare delle comunicazioni, dei computer e delle banche.

Puoi fermarli?

>>Sì.<<

Saranno in grado di localizzarti?

>>NO. PERCHÉ DOVREBBERO?<<

Per attaccarti.

Bethany Anne pensò a cosa avrebbe dovuto fare ADAM.

Cosa hai detto al cinese alla fine del messaggio di avvertimento? No, non in cinese, traducilo prima.

>>HO DETTO LORO SALVE, IL MIO NOME È ADAM. INTERROMPETE I VOSTRI TENTATIVI DI ATTACCO INFORMATICO, O ADOTTERÒ L'AZIONE CORRETTIVA. SIETE STATI AVVERTITI.<<

Bethany Anne ci pensò su per un momento.

Puoi impostare un avatar con un nome da hacker come MyNam3isADAM *e firmare tutti i tuoi attacchi e contrattacchi con quello? Fai in modo che, se cercano di rintracciarti, finiscano in una posizione che si trova da qualche parte in Cina.*

>>I MIEI CALCOLI INDICANO CHE PARASTOO NON CREDERÀ CHE UN HACKER CINESE SIA RESPONSABILE DELLA PROTEZIONE DEGLI INTERESSI AMERICANI.<<

Oh, non ci crederanno, infatti, concordò Bethany Anne, *ma si immischieranno negli affari cinesi, e dubito che i cinesi la prenderanno bene.*

>>NO. NO, NON LA PRENDERANNO BENE, E SÌ, POSSO FARLO FACILMENTE.<<

Bene, allora divertiti a hackerare quei cazzo di Parastoo dopo aver protetto la rete degli Stati Uniti. Fammi sapere se sono pronti ad attaccare altri Paesi, e cerca di capire come proteggere anche loro.

>>E SE PARASTOO FOSSE COLLEGATO A UNO STATO-NAZIONE?<<

Dimmi, ma se non sono disponibile, la risposta è una soluzione booleana. Se Parastoo, allora l'attacco è uguale a vero.

>>CAPITO.<<

Va' a prenderli, tigre! Bethany Anne sorrise mentre bussava alla porta dell'ufficio di suo padre, poi entrò. Ashur rimase seduto sulla porta.

Dieci minuti dopo lasciò l'ufficio. Dopo una rapida conversazione con suo padre, decisero che Barb sarebbe dovuta rimanere a bordo della *Polarus* con Frank per le due settimane successive. Questo l'avrebbe tenuta nascosta mentre i due cercavano di localizzare il gruppo di operazioni clandestine che la stava usando. Lance suggerì – e Bethany Anne fu d'accordo – che Mr. Super Spy chiedesse ad ADAM di far sapere al capo di Barb che lei era al sicuro.

Ora Bethany Anne doveva solo assicurarsi che Barb non desse di matto. E questo lo avrebbe potuto dire soltanto il tempo.

CAPITOLO 19

A bordo della RDS Polarus, Mediterraneo

F accio ancora fatica a crederci», disse Barb Nickers a Frank. Erano in un nuovo ufficio a bordo della *Polarus* che permetteva loro un po' più di spazio. Frank aveva spostato il suo sistema multi-monitor e avevano girato la scrivania principale in modo che fosse vicina al muro, il che permetteva a entrambi di vedere i monitor.

«A quale parte?» Frank aprì due schede e passò in rassegna le informazioni per rintracciare il gruppo delle operazioni clandestine. Sfortunatamente, erano stati dannatamente professionali e avevano lasciato ben poche briciole da seguire, sia per lui che per ADAM. Erano state piazzate svariate sagome, così, ogni volta che trovavano un filo, li conduceva solo a un vicolo cieco.

Proprio come Barb.

«La vostra intera operazione internazionale consiste nel sostenere la protezione del mondo, il tutto rimanendo nascosti dai radar. Voglio dire, come fate a realizzare un'impresa del genere nell'epoca attuale?»

«Con scarso successo», ammise Frank, cauto.

«Oh, mi dispiace.» Barb arrossì. «Per quel che vale, non ho mai capito come avete fatto a fare molte delle cose che hai realizzato. Dopo aver volato qui a bordo di una capsula, immagino che avrete usato quegli affari per gli spostamenti.»

Frank annuì, attento solo per metà.

Barb notò che l'altro era distratto. Aveva imparato negli ultimi giorni che questo di solito significava che aveva trovato qualcosa che aveva attirato la sua curiosità. E a quel punto diventava curiosa anche lei. Fece rotolare la sedia accanto alla sua. «Cosa hai trovato?»

Frank sussurrò: «Un momento», e Barb si rese conto che lui aveva a malapena registrato la sua presenza. Lo guardò mentre studiava un rapporto sullo schermo di sinistra e poi, sulla destra, tirò fuori un'immagine tridimensionale del mondo. Quattro diversi satelliti furono evidenziati e furono disegnati degli archi che li circondavano tutti.

Frank puntò il dito verso Shanghai, in Cina. «Ti ho presa, puttana!» Allungò la mano davanti a Barb con un brusco «scusa un attimo» e prese il telefono.

Compose tre numeri e aspettò un momento prima di parlare. «Dan, sono io. Ho trovato quella troia. Già, Kamiko Kana. Mmmhmmm. Cina. Ma non mi dire. Shanghai, in particolare. No, non so cosa abbia fatto per farlo scattare, e sembrava un po' debole. No!» Frank ridacchiò. «Non si avvicinano neanche lontanamente alle increspature di Bethany Anne. Cosa? Sì, spiegherebbe ciò che ci ha riferito Barnabas. Bethany Anne spinge le increspature ovunque da cinquemiladuecento a settemilacento miglia da Shanghai. A seconda di dove fosse Barnabas, sarebbero almeno alcune migliaia, credo. Cosa? Non so come funziona. Stando a Barnabas, può percepirne la direzione... più o meno. Perché in Cina? Credo abbia una specie di legame con qualcuno dell'esercito. Quelli della guerra cibernetica? Mmmmmm, avrebbe senso. Probabilmente con una o due persone specifiche, però. Dubito stia conducendo chissà quale gioco da quelle parti. No, la mia esperienza negli ultimi otto decenni suggerisce che lei è più mente che muscoli.» Frank fece una pausa, poi continuò. «Gabrielle ha detto che ha usato tutte le sue guardie per attaccare, ed è scappata prima che fosse finita. Perciò deve essere una sopravvissuta, si limita a spostare le pedine. No, non saprei suggerire dove andare. No, il sistema ha registrato un'entrata e un'uscita, ma erano così vicine che il sistema le colloca nel raggio di un centinaio di metri. Potrebbe significare che sta camminando come Bethany Anne ma che non può andare molto lontano, il che non mi sorprende. Ho parlato con Bethany

Anne. Ci vuole una grande quantità di energia per fare una cosa del genere. Lei salta più lontano che può, fa qualsiasi cosa e si allontana o assimila subito altra energia. Non è il tipo da rimanere senza la sua più preziosa strategia di fuga. Non saprei come bloccare questa abilità. Devi parlarne con Bethany Anne. Voglio dire, il metodo di localizzazione è la triangolazione, e si potrebbe costruire qualcosa per dare un'idea di quale strada prendere, ma niente di diretto, e poi quali sono le probabilità di riuscire a prenderla? Okay, non c'è di che. Assicurati di salutare Bethany Anne da parte mia, okay? Magari riuscirò a risalire dalla cuccia del cane. Cosa? Diamine, no! Non voglio più quella cavalcata della vergogna. Va bene, ciao.»

Frank riattaccò. Sorridendo, si appoggiò allo schienale. Si accorse che Barb lo stava fissando, scioccata. Si portò la mano alla bocca e se la pulì. «Che c'è? Mi è rimasta la marmellata sulla faccia?»

Barb scosse lentamente la testa. «Sei lui.»

«Lui chi?» ribatté Frank, perplesso.

Barb sussurrò: «Sei tu l'agente governativo centenario!»

Fuori dalla base della RDS, CO, USA

L'agente Terry DeLeon era a due miglia e mezzo dai cancelli d'ingresso del nuovo ritiro aziendale della RDS Enterprises, seduto sul lato della strada all'interno della sua Nissan Sentra argentata a noleggio.

Ritirata un corno, pensò Terry. Quella era un'ex base dell'esercito e il suo capo voleva sapere cosa stava succedendo. C'erano parecchie foto satellitari di massicci cambiamenti in corso, ma non erano abbastanza nitide da riconoscere nuove abitazioni o nuovi edifici e modifiche. Si capiva che c'erano delle cose collocate intorno alla base sotto dei teloni. Il suo gruppo non era autorizzato a lavorare all'interno degli Stati Uniti e, per il momento, il suo capo non voleva attirare l'attenzione operando sul suolo americano.

Terry era abbastanza sicuro che la società avrebbe dichiarato che i teloni erano una protezione solare per qualcosa di positivo, ma lui era un tipo sospettoso. Il precedente comandante della base adesso dirigeva quella società, e aveva i suoi uomini migliori che supervisionavano la maggior parte di quei cambiamenti.

Il capo aveva ragione. C'era qualcosa che non andava.

L'agente era stato in Costa Rica in una brutta operazione qualche tempo prima e si era imbattuto in un gruppo che usava un Black Hawk. Lo stesso tipo di elicottero era stato visto sorvolare quelle colline abbastanza frequentemente, il che faceva pensare che questo poteva essere lo stesso gruppo con cui lui e il suo partner si erano scontrati laggiù. Gli avevano sparato alla gamba durante un'operazione di acquisizione ed esfiltrazione, e quella dannata ferita faceva ancora male quando faceva freddo o cambiava il tempo. Ogni volta che si infiammava, aggiungeva altra benzina sul fuoco. Voleva consegnare quel gruppo alla giustizia.

E per *giustizia*, intendeva fiamme enormi senza sopravvissuti.

Quando il suo capo lo aveva preso da parte per parlare di un'operazione che avrebbe potuto condurlo a quei bastardi, Terry era subito stato ansioso di entrare in azione. Aveva scritto che chiedeva una vacanza per tornare negli Stati Uniti, e che avrebbe fornito tutto al suo capo attraverso una sagoma. Quell'operazione non avrebbe potuto essere etichettata come un ritorno al gruppo.

Assicurandosi di avere le sue credenziali da reporter a posto, Terry riportò l'auto nella corsia di guida e si diresse verso la base.

Gli ci vollero quasi cinque minuti su quei tornanti per arrivare all'area di ispezione. Era stato avvertito tre volte che c'era un cancello di sicurezza più avanti e che, se non si fosse fermato, sarebbe stata usata la forza.

Era un po' sorpreso dalla sistemazione. Sembrava più un valico di frontiera che una semplice baracca di guardia. C'erano dei trituratori di pneumatici impiantati che permettevano il movimento solo in una direzione, e un sistema di protezione per le sentinelle nel caso in cui qualcuno avesse cercato di farsi strada a forza.

Come se fossero stati progettati per proteggersi da un assalto frontale.

Cautamente, rallentò, e la guardia era già fuori, facendo il segnale di alt mentre Terry abbassava il finestrino e controllava la targhetta. Sorrise e gli offrì un saluto. «Salve, signor Barrins!»

«Buon pomeriggio, signore», rispose la guardia, secca. «La mia agenda non mostra nessun appuntamento alla base.»

Terry non era sicuro di come una semplice guardia sapesse una cosa del genere, ma decise di lasciar perdere. «No, sono un giornalista del *Post*. Il capo mi ha mandato qui per una storia positiva su come la compagnia abbia aiutato i membri dell'esercito e le rispettive famiglie, quando ha affittato la vecchia base. Ho pensato che ci deve essere un addetto alle pubbliche relazioni, e non sarebbe male per la RDS Enterprises avere un po' di buona pubblicità, giusto?» Fece il suo sorriso più ampio e disarmante.

Non funzionò.

«Mi dispiace, ma l'addetto alle pubbliche relazioni ha solo un giornalista approvato nella lista, e quella persona non è lei.»

«Capisco.» Terry si accigliò. «Quindi, non c'è nessuna possibilità di chiamarlo e chiederglielo?»

«*Chiamarla*, a dire il vero, e non c'è.» Barrins si stava irritando. «Le consiglio di andare a sinistra sulla rientranza nella strada. Le permetterà di girare e andarsene senza rovinare la macchina. Se dovesse commettere l'errore di cercare di entrare con la forza, l'auto sarà distrutta, e forse anche lei. Buona giornata.»

Terry sorrise e annuì, e fu molto attento a seguire le indicazioni della guardia. Salutò come se niente fosse e si diresse lungo la strada che lo avrebbe portato via dalla base.

Dieci minuti dopo, Barrins uscì dalla baracca delle guardie e alzò la mano per fermare una Toyota Camry verde scuro. Guardò la donna dai capelli corvini e le offrì un sorriso professionale. «Buongiorno, Señorita Oviedo. Bentornata. Cheryl Lynn la sta aspettando. Mi lasci controllare di nuovo il suo pass per confermare l'ingresso.»

Pochi istanti dopo, il veicolo proseguì nella base.

La Fossa, base della RDS, CO, USA

«Quindi», disse Bethany Anne a Jeffrey, «stai dicendo che le squadre stanno procedendo secondo i piani o cosa? Mi pare di sentire troppi tentennamenti qui.» C'erano solo lui e la vampira al tavolo principale al livello inferiore.

Cheryl Lynn era con Giannini Oviedo due livelli sopra di loro. La giornalista stava prendendo appunti e aveva una telecamera – be', due, in realtà – puntata sulla coppia al tavolo.

E questi li chiami tentennamenti? Per me è una risposta inconcludente.

TOM, significa la stessa cosa. E adesso fammi lavorare.

«Sì», rispose Jeffrey. «Stanno progredendo bene, ma io sono indeciso. Siamo ufficialmente andati oltre l'esperienza di chiunque.»

«Allora, quali sono le difficoltà?» gli chiese lei. «Stiamo parlando di persone, conoscenze, tempo, materiali, risorse... *cosa*?»

Jeffrey guardò il soffitto e considerò il nucleo della sua preoccupazione. «Se vogliamo farlo di fronte al mondo, preferisco essere dannatamente sicuro che non sbaglieremo e che qualcuno dei nostri muoia nel processo.»

«Be', allora, perché non fare qualche esercitazione prima?»

«Non è che abbiamo una palestra lunare per mettere a punto il processo», sbottò Jeffrey, esasperato.

«Sul serio? Sono abbastanza sicura che ogni volta che la notte alzo lo sguardo, quella palestra del cazzo mi fissa dritto in faccia.»

Giannini si coprì la bocca, si girò verso l'altra donna e sussurrò: «Oddio, non può dirlo.»

Cheryl Lynn alzò lo sguardo dalla ricerca che stava facendo al computer. «Hmm? Dire cosa?»

«Ha detto *cazzo*!» sibilò la giornalista.

«Ah, quello?» La guardò, meravigliata. «Si sta ancora contenendo. Aspetta che si dia veramente da fare.» Sembrò concentrarsi su qualcosa prima di continuare, «Vediamo, ho sentito qualcosa come ***mucchio fiammeggiante di merda di cazzo*** *in calore*, qualunque cosa voglia dire, e *scroto frullato che non sei altro*.» Cheryl Lynn guardò Giannini. «Ed era rivolto a una donna. Poi, se vogliamo andare sul soft, *tra tutti gli spermatozoi, sei stato il più veloce?* e torniamo a *mangiatore di merda rotante aggravato*.» Fece una pausa. «Ancora non sono sicura di cosa diavolo significhi. Continuiamo con *produttore di latte di capre demonizzate* – un'altra variante senza parolacce – e *signore degli inimmaginabili vermi del cazzo*, uno dei miei insulti preferiti.»

Cheryl Lynn aspettò che la giornalista la fissasse per un momento prima di sbattere le palpebre. «In quanto tempo hai sentito tutte queste cose?» domandò Giannini.

«Oh, probabilmente nell'ultima settimana», rispose, imperturbabile. «Dopo qualche giorno diventi immune.»

«Oh», fu l'unica risposta.

«Ehi!» Le due donne si concentrarono sui due che parlavano al tavolo per vedere Bethany Anne che le guardava. «Hai dimenticato qualcosa. Vuoi che ti rinfreschi la memoria?» Sorrise mentre Giannini scuoteva la testa furiosamente. «Okay, era per sicurezza.» Riportò la sua attenzione su Jeffrey. «Allora, hai capito cosa ti sto chiedendo?»

«Sì, e a suo modo è geniale. Non so perché non ci abbiamo pensato noi.»

«Probabilmente stai ancora pensando in modalità troppo terrestre. Non è un problema, ma devi superarlo. Ti dico una cosa, perché non trasferisci il tuo studio in Paraguay?»

«Tu sai dei cambiamenti del tempo e dei venti, per non parlare della pioggia, del governo...»

«Ciò che so», rispose la vampira, «è che il Paraguay non fa parte del Trattato sullo Spazio Esterno, e Boquerón ha circa due persone per chilometro quadrato, e che abbiamo acquistato più di mille acri in una zona remota. Abbiamo almeno un campo di calcio su cui possiamo far decollare e atterrare i nostri container. Pensavo che spostarli da qui a lì e fare pratica con la copertura degli alberi è una buona idea. Mandarli nello spazio esterno da lì e tornare giù per i test è un'idea molto migliore che farlo da qui.» Continuò: «La sicurezza sarà un problema, quindi contatta Dan per organizzarla e di' al Team BMW di spostare le persone nel modo più opportuno. So che William dovrà tenere qui le sue macchine. E lo stesso vale per Marcus.» Lasciò la frase in sospeso.

«Spedisci Bobcat laggiù con me?»

Bethany Anne non rispose.

«Okay», chiarì Jeffrey, «Mi stai dicendo di fare qualsiasi cosa reputi necessaria. Ho capito. Ci deve essere un lato negativo nel prepararsi a giocare nello spazio.»

«Giusto!» Bethany Anne gli sorrise. «Si chiama *vita spartana*. Consideralo un buon allenamento per il lavoro duro che ti aspetta nello spazio. Non è che potrai andare in macchina a vedere un film sulla luna.»

«Avremo delle navicelle per quello!»

Bethany Anne inarcò un sopracciglio.

«Giusto, come se non avessimo capsule in Paraguay.»

«Pensa a quello che volete costruire e realizzate una navicella laggiù. Costruiscila qui e mandala giù di notte. Quanto la vuoi accogliente?»

«Piuttosto accogliente.»

La vampira si alzò. «Meglio così, perché *non c'è niente* in Paraguay. Niente elettricità, niente acqua potabile, niente gas, niente divertimenti e niente impianti idraulici. È come se ti chiedessi di costruire una base lunare vivibile proprio qui sulla Terra.» Gli strizzò l'occhio e si voltò per uscire. Ashur si alzò e si mosse al suo fianco. Al momento non aveva con sé né Eric né John, perché erano partiti per l'Australia un'ora prima.

Però era riuscita a parlare con Dan, perciò forse mamma orso sarebbe riuscita a divertirsi un po', dopotutto.

Purché il suo team non lo sapesse.

Cheryl Lynn e Giannini presero le loro cose e seguirono la donna e il cane.

CAPITOLO 20

A bordo della RDS Ad Aeternitatem, Mar Mediterraneo

Bethany Anne si trasferì con Ashur sulla *Ad Aeternitatem*. Uscì dalla sua stanza d'arrivo e fu sorpresa di vedere Rickie Escobar fuori dalla porta. «Dimmi che non sei qui nella remota possibilità che io mi facessi vedere.»

Lui le ripeté con voce monocorde: «Non sono qui nella remota possibilità che ti facessi vedere.» Finì con un gran sorriso, e lei gli diede uno schiaffo sul braccio.

«Okay, molto divertente. Ora dimmi la verità.» Si diresse verso la poppa dello yacht. Era notte, e Bethany Anne voleva tornare su nello spazio. Ashur abbaiò, così lei gli disse: «Vai, vai a farti viziare in quella dannata mensa.» Il cane non se lo fece ripetere due volte e si allontanò con lei che esclamava: «Sei fortunato che non ingrassi!» Bethany Anne ricevette un solo abbaio in risposta prima che Ashur girasse l'angolo.

«Quel cane è spaventosamente intelligente», commentò Rickie.

«Sì, sono abbastanza sicura che se riuscissi a trovare un modo per farlo parlare, mi ritroverei tra le mani un adolescente molto sveglio, ma indisciplinato.» Ci pensò per un momento. «Ma preferirei non pensarci.»

Arrivarono alla poppa, dove si trovava la navicella di TOM. Ora c'erano altre navicelle pronte a partire. Fece un cenno a Todd Jenkins, che era all'altra estremità dell'area per assicurarsi che tutto filasse liscio. Li raggiunse. «Salite?»

«Sì, voglio controllare una cosa. Anche se potrei vedere tutto sui monitor, avere questa grande palla blu sotto di me mi è di grande aiuto. Mi fa concentrare.» Si strinse nelle spalle.

«Okay. Sei pronto ad aprire il tetto, Rickie?» domandò Todd.

«Pronto. Pete vuole che sappiamo tutto ciò che c'è da sapere sul funzionamento della nave mentre siamo a bordo», spiegò quando lei lo guardò con aria interrogativa. «Lui e Todd stanno mettendo in atto dei piani che prevedono l'addestramento incrociato dei Guardiani.» Strizzò l'occhio mentre il marine dava l'impressione di volergli assestare un manrovescio.

«Ehi, vuoi salire con me?» chiese a Todd.

«Dici davvero?»

«Certo, pincocazzo, come se offrissi per finta?» Bethany Anne sorrise e andò verso una delle capsule.

«Be', non è che riceva tutti questi inviti.» Si affrettò a seguirla.

Bethany Anne fece una pausa e considerò quell'affermazione. «Questo è un problema, in effetti. Entriamo, farò mandare una nota a Dan.»

ADAM

>>SÌ?<<

Per favore, manda un messaggio a Lance, a Dan e a entrambi i capitani per dare a tutto il personale la possibilità di guidare le navicelle nello spazio. Devono poter capire per quale motivo stiamo facendo tutto questo.

ADAM le ripeté ciò che aveva scritto.

Va tutto bene. Invia pure, prego.

Infilò le cinture. Todd chiuse le porte e Rickie aprì il portello sopra di loro.

«Hai mangiato di recente?» domandò Bethany Anne mentre appoggiava il piede su una sporgenza della porta. Visto che tendeva a salire a bordo della prima capsula disponibile, William alla fine aveva installato lo speciale poggiapiedi di Bethany Anne in tutti i veicoli.

«No, perché?» chiese lui.

Si sporse in avanti per confermare che il portello sopra di loro era aperto.

TOM.

Sì, padrona delle tenebre?

Gott Verdammt! Cosa diavolo hai guardato di recente? Aspetta, non importa. Non ho tempo per queste stronzate adesso. Preparati a portarci fuori di qui, e metti la selezione rapida a undici.

Ogni tuo desiderio è un ordine.

Bethany Anne si chinò in avanti, appoggiò il gomito sulla sua gamba e mise il mento sulla mano.

Todd si chinò un po' in avanti, imitandola, non sapendo cosa aspettarsi. Mentre lo faceva, lei sorrise tra sé e sé.

Colpisci!

Il marine pensò di aver appena lasciato ogni atomo del suo corpo sulla nave mentre sfrecciavano attraverso il buco sopra di loro, nella notte. Allungò la mano alla sua sinistra per spingersi contro il portello mentre la gravità extra lo investiva. Spaventato, guardò il suo capo, che si comportò come se niente fosse.

E probabilmente per lei era proprio così.

Todd stava facendo di tutto per non urlare dalla sorpresa. Anche così, grugnì contro quell'accelerazione, e la visuale fuori dal vetro gli mostrò immediatamente delle luci che sapeva essere a centinaia di chilometri di distanza.

Poi raggiunsero le nubi e la luce delle stelle illuminò il cielo sopra di loro. Rilasciò lentamente la presa. «Oddio.»

«Più o meno è quel che penso ogni volta», concordò Bethany Anne.

Todd guardò la donna accanto a lui.

«Lo so, per un attimo hai dimenticato che ero qui. Succede quasi ogni volta.»

«Quasi?» chiese lui.

«Be', Kevin mi ha stretto la coscia quando è toccato a lui, quindi sono stata un po' brusca nel dirgli che doveva spostare la mano, pagarmi o perdere il braccio.»

Todd scoppiò a ridere. «Questa storia ha fatto il giro delle navi. Ero abbastanza cosciente da non voler afferrare la gamba del capo.»

«Sì, bene. Dovrebbe essere una regola», concordò lei con una risatina gutturale. «ADAM?»

La voce dell'IA arrivò dall'altoparlante. «Sì, Bethany Anne?»

«Per favore, mostrami tutti i satelliti spia in vista mentre giriamo. Fa' apparire un mappamondo in 3-D e mostra i satelliti in linea.»

«Hanno queste informazioni in rete?» chiese Todd.

«E io che ne so. Potrebbero essere dei satelliti avvistati da TOM e dalla sua nave, o speciali ricerche effettuate da parte della nostra squadra.» Davanti a lei, due cerchi di un pollice apparvero sul globo nel quarto inferiore. «Portaci a questo.» Bethany Anne toccò uno dei cerchi. La navicella scattò di nuovo, compiendo il viaggio verso il satellite in dieci secondi e fermandosi a un centinaio di metri di distanza.

«Possiamo avvicinarci?» chiese Todd.

«Non senza avere a che fare con i sistemi di allarme satellitare», spiegò Bethany Anne. «Hanno la capacità di percepire qualcosa che si avvicina. Se restiamo abbastanza lontani, i loro sensori non possono rilevare le nostre navicelle. Così non è necessario che ADAM cambi le informazioni che invia.»

«Non è così difficile», commentò ADAM all'altoparlante.

«Capisco, ma non c'è un vero motivo per avvicinarsi, ora come ora», gli disse lei. «Okay, aggiornami sui piani del satellite.»

«Tutto ruota intorno alle comunicazioni dai satelliti alle unità di terra e tra di loro», rispose ADAM. «Il piano è di infiltrarsi nella programmazione dei satelliti e poi assumerne il controllo. La maggior parte delle richieste verrà fatta passare. Se il Paese che possiede il satellite dovesse inviare una richiesta dannosa per la nostra missione, ignorerà la richiesta in questione e invierà una risposta artificiale.»

Bethany Anne mormorò: «Mi chiedevo come avresti fatto a mentire.» Si guardò intorno. «Va bene, spegni i display.»

Gli schermi si disattivarono.

«Vuoi vedere qualcosa?» chiese a Todd.

«Tipo cosa?»

«Qualsiasi cosa. Tipo, vuoi andare al Polo Nord, al Polo Sud, sopra gli Stati Uniti...» Lasciò la frase in sospeso.

«Mi sarebbe sempre piaciuto andare sulla luna», suggerì Todd, entusiasta.

«Sul serio?» Bethany Anne era sorpresa. Non gli sembrava il tipo.

«Sì, ho il pallino di vedere posti nuovi. È uno dei motivi per cui sono entrato nell'esercito. Era un modo per lasciare la piccola città da cui provenivo. Non c'è molto da fare dalle mie parti, onestamente.» Si voltò verso di lei. «Sapevi che John Glenn è stato l'unico marine nel programma Mercury, e che ha volato sul Discovery nell'88?»

«Be', credo di avere il tempo di fare un salto sulla luna. Diamine, possiamo farti diventare il marine che vola più lontano dalla Terra, almeno per un po'.»

Furono spinti indietro nei sedili, mentre la navicella decollava verso la Luna a tempo di record, girava intorno alla parte posteriore e scattava attraverso la regolite. Poi, si sollevò con grazia per allontanarsi dalla sfera per altre ventimila miglia e rallentò, poi girò per far apparire alla vista sia la Terra che la luna.

«Ecco fatto, signor marine», gli disse lei con un sorriso. «Sei ufficialmente il marine più lontano dalla Terra.»

«Be', per quanto ne sappiamo, almeno», rispose Todd, sorridendo a sua volta.

«È vero», concordò lei. «Potrebbero avere legami super segreti con altri alieni di cui non siamo a conoscenza.»

«Vuoi che dia un'occhiata?» domandò ADAM attraverso l'altoparlante.

«No, grazie, ADAM. Immagino che quell'informazione sia ben secretata, e non voglio che frughi da quelle parti. Almeno, non ancora», si corresse.

TOM, per favore, riportaci indietro.

Sì, Capo Imperioso!

Prenderò a calci in culo qualcuno alla base per avervi permesso di ascoltare queste stronzate!

Chat room nascosta sul Dark Web

>>d3stryer - Dove sono andati i pacchetti?
>>br0kengod - Quali pacchetti, dimrod?

>>**d3stryer** - I pacchetti di aggiornamento dei server per la rete statunitense lamentano una mancanza di connettività.

>>**partycactu5** - No! Quella roba doveva uscire questo venerdì!!!!

>>**br0kengod** - Il progetto energetico?

>>**partycactu5** - Sì! Continua, br0kengod.

>> br0kengod - Non è il MIO progetto, straccio da culo. Il maggiore si incazzerà.

>>**d3stryer** – Be', è uno dei miei, e ho lavorato per mesi su quella stronzata. Chi cazzo è stato a rubarlo?

>>**partycactu5** – E io che cazzo ne so. Non credo lo abbiano preso gli americani, ma è possibile.

>> br0kengod - Il maggiore si incazzerà.

>>**d3stryer** – Lo hai già detto.

>> br0kengod - Sto solo dicendo che potrebbe farci comodo un buon cya. Ma, se non vuoi che ti aiuti, allora buona fortuna quando ti faranno il culo.

>>**d3stryer** – Nella peggiore delle ipotesi lascerò perdere questo nome. Chi potrebbe rintracciarmi?

>> br0kengod - Be', è un buon sistema. Farai meglio a sperare che non scopra mai la tua identità.

>>**d3stryer** - Se mi scoprono, dovrà mettersi in fila. Gli americani e gli israeliani già vogliono il mio culo. Se non riescono a trovarmi loro, mi riesce difficile credere che lo farà un ufficiale di medio livello dell'esercito iraniano.

>>**MyNam3isADAM** – Forse hai ragione, ma ti ho già individuato.

>>**d3stryer** - Chi cazzo sei?

>>**MyNam3isADAM** - Chi pensi che sia? Come se condividessi tutto tranne il mio nome da hacker.

>> br0kengod - Esci dalla nostra chat. È privata.

>>**MyNam3isADAM** - Non c'è niente di privato per me.

>>**partycactu5** - Lo dici tu. Otterrò le tue informazioni in dieci secondi, se hai le palle di restare nei paraggi.

>>**MyNam3isADAM** - Non riusciresti a rintracciarmi neanche se ti mandassi le coordinate, partycactu5.

>>**partycactu5** - HA! Lo dici tu. Ho già il tracking in Cina. Quell'uplink satellitare non significa un cazzo per me.

>>**MyNam3isADAM** - Forse sono lì, forse no. Non mi troverete in entrambi i casi. Ma una cosa ve la posso dire: siete già le MIE puttane. I vostri computer sono stati infettati e vi chiuderanno fuori. Buona giornata.

In tre camere da letto separate, a migliaia di chilometri di distanza l'una dall'altra, tre giovani iniziarono a urlare contro i loro computer e a cercare di tirare i cavi di alimentazione per impedire il verificarsi di altri danni. Uno fu sorpreso di scoprire che la sua macchina virtuale, impostata in caso di quell'esatta eventualità, aveva già infettato la macchina principale.

ADAM aveva dato il via ai suoi attacchi.

Base della RDS, CO, USA

Bethany Anne e Ashur camminarono attraverso l'eterico dalla *Ad Aeternitatem* fino alla sua stanza nella base. Aprì la porta per far uscire Ashur nel corridoio per andare a cercare qualcun altro da intercettare. Poi richiuse la porta e andò a farsi una doccia.

Okay, ADAM, dimmi i piani per pulire i computer.

>>FINORA, I SISTEMI INFORMATICI STANNO RISPONDENDO ALLA MAGGIOR PARTE DEI COMANDI, COME MI ASPETTAVO. IL MIO PERSONAGGIO HACKER HA INIZIATO A FARSI UN NOME CON I TERRORISTI. STO LAVORANDO PER CONTINUARE QUESTI SFORZI MENTRE MI ATTIVO IN TUTTO IL MONDO. GRAZIE A QUESTA COPERTURA, STO CREANDO I MIEI SERVER, CHE FARANNO QUANTO SEGUE. UNO, IMPOSTARE LA CAPACITÀ DI ESEGUIRE SIMULTANEAMENTE TUTTI I PROGRAMMI ALLO STESSO TEMPO. DUE, ESEGUIRÀ IL CODICE PIANTATO SUI SERVER DI CONTROLLO PER FALSIFICARE LE COMUNICAZIONI CON I PROGRAMMI FASULLI CHE HO CREATO. E TRE, HO LAVORATO PER RIMUOVERE IL CODICE AI MILIONI DI INTERRUTTORI DI RETE SU CUI IL GOVERNO CINESE HA FATTO INSTALLARE IL CODICE DI HACKING PER COLORO CHE ACQUISTANO I DISPOSITIVI.<<

Aspetta, stai dicendo che le compagnie hanno comprato componenti già hackerate per le loro reti?

>>È STATO ESPRESSAMENTE DICHIARATO PER DIVERSI ANNI AI PIANTI ALTI DEL GOVERNO DEGLI STATI UNITI CHE I PRODOTTI CINESI HANNO BOTOLE PER CONSENTIRE AL MALWARE CINESE DI INFETTARE I DISPOSITIVI. QUESTO INCLUDE POTENZIALI COMPONENTI DI ARMI MILITARI.<<

Quanto mi fanno incazzare... ma d'altra parte bisogna essere impressionati dall'efficacia. È così che vengono rubate tante informazioni di ricerca e sviluppo?

>>È STATO SUGGERITO CHE SI TRATTA DI UNA *MORTE CON MILLE TAGLI* PER GLI STATI UNITI DA RICHARD CLARK, EX ZAR DELL'ANTITERRORISMO STATUNITENSE. SI CONTINUANO A RUBARE INFORMAZIONI MANTENENDO IL DOLORE AL DI SOTTO DELLA SOGLIA CHE IMPONE ALLE COMPAGNIE DI INTERVENIRE.<<

Che cazzo di geni. Sostituire tutto richiederebbe costi enormi.

>>CORRETTO.<<

Okay, e il tuo piano tiene conto di tutto questo?

>> DOVRÒ IMPLEMENTARE LA SICUREZZA AL LIVELLO DI COMUNICAZIONE DEL TRAFFICO DI RETE PER QUESTI DISPOSITIVI, COSÌ COME CERCARE DI MIGLIORARE I DIFETTI DI SICUREZZA PRESENTI NEI SISTEMI.<<

A quanto pare avrai molto da fare.

>>PRENDERÀ, IN MEDIA, IL QUARANTADUE PERCENTO DELLA MIA CAPACITÀ PER IL PROSSIMO MESE.<<

Decisamente avrai parecchio da fare. Fammi sapere se hai bisogno di qualche indicazione, ma procedi pure. E l'attacco terroristico alla rete elettrica? C'è stata qualche ricaduta?

>> AL MOMENTO NO. GLI HACKER SANNO CHE ERO IN CINA MA NON POTEVANO ANDARE OLTRE, QUINDI NON POSSONO CONFERMARE CHE NON ERO LÌ.<<

Hai accennato al fatto che il tuo alter ego si sta facendo strada. Che altro hai combinato?

>> HO RICERCATO E TROVATO MOLTI DEGLI HACKER NON ETICI IN TUTTO IL MONDO E HO DATO IL VIA A UN PROGETTO PER DIVENTARE ANCORA PIÙ CONOSCIUTO.<<

Bethany Anne considerò il suo commento per un secondo.

ADAM, cosa hai intenzione di fare a questi hacker?

>>LI RENDERÒ LE MIE PUTTANELLE.<<

CAPITOLO 21

Base della RDS, CO, USA

William?» starnazzò l'altoparlante nella tana.

«Che c'è?» abbaiò lui, allontanandosi dalla macchina per la stampa 3D di metalli per sentire meglio la richiesta.

«C'è un certo Michael Pendergrass che vuole vederla, signore.»

«Esco subito. Com'è il tempo fuori?»

«Ottimo, signore.»

«Okay, dammi un minuto.» William si avvicinò al tavolo e si tolse gli occhiali e il respiratore. Anche se non gli piaceva l'attrezzatura, gli piacevano ancor meno gli odori e le sostanze chimiche che a volte rilasciavano i metalli e la plastica. Prese due cartelline, vi infilò un blocco giallo nuovo di zecca e una penna extra, e lasciò la tana.

Camminò per una trentina di metri fino alla postazione di sicurezza che impediva a chiunque di entrare senza permesso e fece un cenno alla guardia, che gli aprì la porta. Uscendo, vide Michael Pendergrass con un blazer, un paio di pantaloni cachi e una camicia bianca. Era alto circa un metro e ottanta e magro. Non scheletrico, ma magro come qualcuno che era in forma. Secondo William doveva essere sulla trentina. Tese la mano. «William.»

«Michael», ribatté l'altro con un sorriso.

«Vieni con me, Michael», lo invitò il meccanico, e i due si avviarono verso il corridoio.

«Siamo nella montagna?» chiese il nuovo arrivato

«In realtà in questo momento stiamo camminando verso la montagna.»

«Non c'è una porta più vicina?»

«No. Ragioni di sicurezza. Solo una porta in entrata e in uscita per noi umani», spiegò William.

«Oh.»

«Posso farti una domanda?» iniziò il meccanico.

«Spara.»

William guardò il nuovo impiegato. «Ti piace indossare la giacca e i pantaloni cachi?»

«Diamine, no. Ma ho visto che Jeffrey era vestito così, e ho pensato che fosse comune nel gruppo. Essendo il nuovo arrivato, non volevo rovinare il flusso.»

«Fidati di me, vestito così rovinerai assolutamente il flusso. Dove hanno messo la tua roba?»

«Edificio C.»

«Ah, un alloggio temporaneo. Passiamo di là, così potrai cambiarti. Quella giacca mi fa venire il prurito.»

«Questo posto mi piace già di più», rispose il nuovo arrivato, il sorriso ad allargarsi sul suo volto.

★ ★ ★

«Mi stai dicendo», chiese Michael guardando l'enorme quantità di container neri, «che li porteremo sulla luna?»

«Lo dici come se fosse una brutta cosa.» William stava ammirando le scatole perfettamente allineate e in attesa, tutte pronte a trasferirsi nello spazio esterno.

«Be', io penso che sia un casino, questo è sicuro!»

Il meccanico cambiò argomento. «Ehi, mi dispiace dirtelo, ma il tuo nome non va bene.»

«Cosa?» Il nuovo arrivato fu preso alla sprovvista.

«Già», continuò William. «Dopo celebreremo una cerimonia di cambio di nome, non possiamo avere un *Pendergrass* nell'unità. Brutti ricordi.»

Michael guardò l'uomo, che sembrava del tutto indifferente. «Davvero?»

William annuì. «Sì, e suggerirei di usare un nome di battesimo diverso. Non ti conviene essere indicato come *Michael* da queste parti.»

Lui sbatté le palpebre un paio di volte, cercando di assimilare tutto. «Perciò nome e cognome diversi?»

L'altro annuì.

«Non ti sembra un atto di nonnismo?» Indicò i container. «Perché devo dirti che sembra tutto un po' inverosimile.»

Il meccanico guardò i container. «Non ti hanno ancora detto dove si faranno le prove per agganciare questa roba.»

«Perché? Al Polo Nord?»

«Oddio, no!» William sorrise e Michael ridacchiò.

«In Paraguay.»

«Starai scherzando!» Michael pareva agitato. «Ma... lì è umido, freddo e piovoso.»

«Non dimenticare che è anche pieno di alberi, fango, poche persone e nessuna infrastruttura», aggiunse William.

«Allora perché proprio in Paraguay?»

«Il capo dice che ha due cose di cui abbiamo bisogno. Primo, il Paraguay non fa parte del Trattato sullo Spazio Esterno. La seconda è tutta quella merda che ho appena menzionato. La logica è che, se vogliamo che sulla luna sia tutto bello, caldo e comodo, probabilmente dovremmo costruire questa stronzata in un luogo orribile per testarla.»

«Allora penso che sott'acqua sia una buona scelta», replicò Michael.

«Non dirlo ad alta voce!» Il meccanico si guardò intorno, allarmato.

«Cosa? Perché?» Michael lo seguì e non vide nessuno nel raggio di qualche centinaio di metri da loro.

«Potresti darle delle idee, ecco perché!» esclamò William.

«Aspetta, hai detto *darle*. Credevo che Jeffrey fosse il nostro capo.» Michael si acciglò, confuso.

«Certo che lui, ma tutto – e intendo proprio *tutto* – alla fine passa attraverso Bethany Anne», spiegò William.

«Ed è una tale rompipalle?»

«Amico, ti do questa possibilità perché sei nuovo. Ogni persona con cui lavorerai qui rispetta quella donna alla follia. Scherziamo molto, ma non facciamo assolutamente battute sgarbate su Bethany Anne. Ci siamo capiti?»

Michael annuì.

«Okay. Risponderò a questa domanda perché, in un certo senso, hai ragione. Non è fuori dal regno della possibilità che lei possa dirci di fare i bagagli e andare sulla luna nel giro di ventiquattro ore.»

«Okay, ora mi stai prendendo per il culo!» Michael scoppiò a ridere.

«Hai ragione.» William sorrise mentre l'altro si rilassava un po'. «Probabilmente ce ne darebbe quarantotto, visto che sei nuovo.»

Ancora una volta, Michael non riusciva a capire se il suo collega stesse scherzando o meno.

Ma William schiacciò ogni speranza residua aggiungendo: «Non è uno scherzo, perciò più in fretta risolviamo i nostri problemi e più velocemente saremo preparati per l'eventualità che Bethany Anne ci dica di decollare prima del previsto. Capito?»

Michael cominciò a rendersi conto di non essere in una normale compagnia. «Ehi, mi hai suggerito di usare qualcosa di diverso da *Michael*. Il motivo era l'altro Michael, quello che stava con Jeffrey?»

William annuì come risposta.

«Non sembrava tanto male. Ha fatto giusto un paio di domande.»

Il meccanico si voltò verso di lui. «Lascia che ti dia un consiglio, e tienilo da conto perché è gratis. Quell'uomo è il più spaventoso figlio di puttana che abbia mai incontrato. Si sta comportando bene perché sta cercando di fare il bravo, dato che ha una ragazza sexy per la quale si sta impegnando a cambiare. Ma non ti conviene mai stare in una gabbia con una tigre, non importa quanto addomesticata pensi che sia. Preferirei semplicemente tagliarmi la gola piuttosto che essere sulla sua lista nera, e andrei ovunque con lui. Qualunque cosa tu faccia, di' la verità, non dire mai che farai qualcosa che non proverai a fare, e, per l'amor di Dio, non essere maleducato con quell'uomo.»

«Perché? Ha un caratteraccio?»

William dava l'impressione di faticare a trovare un modo per spiegare una verità a cui era difficile credere. «Alcuni di noi credono che si possa mettere una faccia educata su una tigre, ma la tigre rimane sempre una tigre, fino alla coda. Soprattutto se la tigre è vecchia, e quell'uomo è il più vecchio di tutti. È una specie di tristo mietitore sceso in Terra.»

«Ma dimostra una ventina d'anni. Una trentina al massimo.»

«Che aspetto avevano i suoi occhi?» domandò William.

Michael ci pensò su prima di rispondere. «Antichi, in realtà.»

Il meccanico annuì e cambiò di nuovo argomento. «Allora, come possiamo chiamarti fino alla festa di ridenominazione?»

«Fai sul serio?» Il suo accento inglese cominciò a farsi più pronunciato. Vedendo il collega che annuiva, fece spallucce. «Credo che *Mr. Penn* vada bene, per ora. Almeno ci sono le iniziali del mio nome.»

«Okay, Mastro P, e grazie. Ti racconteremo la storia di Pendergrass più tardi. Per farmi perdonare, ti coinvolgerò in un evento speciale del Team BMW.»

«Va bene?» Michael non era sicuro di come Mr. Penn fosse diventato Mastro P, ma non fu sorpreso un minuto dopo quando William lo accorciò di nuovo.

«Allora, P, che ne pensi del gioco d'azzardo?» Sorrideva come se stesse per incastrarlo.

Rimase lì per un momento prima di rispondere: «Ho fatto qualche scommessa. Mi piace la velocità, la vittoria ce l'ho nel sangue.»

«Okay», continuò William. «Allora, che ne dici di scommettere che riuscirò farti stringere il culo così in fretta in una gara di velocità che non saresti in grado neanche di scorreggiare?»

Ora aveva la completa attenzione di P. «Un po' rozzo, direi, ma la velocità è il mio pane quotidiano. Non vedo cosa potresti inventarti.»

Il collega iniziò a camminare di nuovo verso la tana. «Vieni con me. Metteremo un misuratore per capire quanto stai stringendo le chiappe.» Si assicurò che l'altro stesse ascoltando. «Poi il tuo orientamento stabilirà se per la prossima settimana diventerai Little P o Big P.»

«E se non volessi accettare la scommessa?»

William sorrise. «Allora l'atto di nonnismo si compirà e ti chiamerai *Giallo*!»

Che mi venga un colpo, pensò Michael, *ci sono caduto con tutte le scarpe!*

★ ★ ★

Alla fine della settimana, Little P era concentrato a far collegare i container in mezzo a una pioggia torrenziale con venti che soffiavano a ottanta miglia orarie. «*Gott Verdammt!*» Aveva iniziato a usare le parolacce della squadra come se fossero sue. Lui e il resto del team seguivano intensamente i monitor video. Bethany Anne era arrivata in Paraguay qualche giorno prima e aveva chiesto perché diavolo stessero controllando le caselle di connessione sotto la pioggia. Non è che sulla luna sarebbe piovuto. P aveva inclinato la testa da un lato poi era saltato al telefono con William e aveva elaborato un nuovo progetto per il video che aiutasse ad allineare correttamente i container per realizzare una base più grande.

Era esattamente la forza della natura che il meccanico aveva dichiarato di essere.

Le sue giornate, già lunghe, andarono in tilt e tutti ebbero la sensazione che i loro programmi sarebbero stati accorciati. Penn aveva sbagliato una connessione due giorni prima e poi aveva progettato un connettore modificato. Questo avrebbe permesso un po' di allentamento al primo collegamento, e poi avrebbe facilitato l'allineamento man mano che le due unità si avvicinavano.

Infine, aveva sentito il *clunk* del sigillo nel modulo di controllo principale. Quando Bethany Anne se n'era andata, l'intera squadra si era riunita e tutti gli schemi erano saltati. Avevano deciso che da quel momento in poi sarebbe stato tutto un *test fino alla morte*. Avevano tirato fuori i moduli collegati e li avevano rimontati con i nuovi connettori inviati da William. In seguito, avevano spostato ogni container ad almeno trenta metri l'uno dall'altro.

Poi, avevano spostato il modulo di comando principale al centro e iniziato a spostare tutti gli altri container al loro posto, permettendo ai collegamenti del computer appositamente programmati di finire le connessioni. Una persona di ogni squadra era all'interno per vedere se poteva sentire qualche difetto che magari i sensori erano incapaci di rilevare.

A un certo punto, avevano sentito un rumore. Avevano controllato il connettore e avevano scoperto che del fango si era infilato nelle scanalature.

Bobcat era sceso e si era concentrato sulla sicurezza dell'equipaggio. Li aveva fermati e aveva costretto tutti a prendere dieci ore di riposo.

Penn si unì al pilota, che stava osservando i risultati mentre i sette container venivano sottoposti ai test. «Ehi», commentò. «Credo che abbiamo bisogno di un altro test.»

Il collega alzò lo sguardo. «Anch'io, fino a quando Bethany Anne non ci darà il tempo.»

Penn scosse il capo. «Non stavo parlando di questo. Credo che dovremmo farlo al Polo Sud.»

«Quindi ognuno prende un container e se ne va?» chiese Bobcat.

«Più o meno. Aspettiamo che faccia buio e partiamo. Se riusciamo a farlo laggiù, verificheremo se abbiamo problemi di contrazione a causa delle temperature gelide.»

Bobcat si grattò il mento. «Sembra un piano solido. E sott'acqua?»

«Dovremmo testare le nuove tute per lo spazio, ma preferirei provarle in alto piuttosto che nell'atmosfera.»

Bobcat annuì. «Okay, era ciò che Bethany Anne voleva fin dall'inizio. Riuniamo tutti e vediamo se riusciamo a pensare a qualcos'altro per essere sicuri di essere preparati in caso di risultati non soddisfacenti. E poi capsule extra nel caso in cui abbiamo bisogno di far arrivare qualcuno da un medico in fretta.» Sorrise a Penn. «Va bene, Big P, Diamoci una mossa.»

Michael sorrise mentre si girava per chiamare il suo gruppo. Era appena stato promosso!

Ufficio di Dan, a bordo della RDS Polarus, Mar Mediterraneo

>>Bethany Anne?<<

Sì, ADAM.

>>Ho fatto dei test ed esaminato i file dei diversi Paesi sui loro sforzi per pianificare l'attacco e la difesa dei loro assetti cibernetici.<<

Hai trovato i loro piani di guerra?

>>Sì. Li ho trovati molto completi e sorprendentemente creativi. Ce ne sono alcuni che non avevo considerato.<<

Per esempio?

>>L'esplosione di armi nucleari per causare un massiccio effetto EMP, spegnendo così tutta l'elettronica.<<

Per non parlare della morte e della distruzione dei popoli. Questi idioti sono tutti pronti a farsi saltare in aria in un milione di modi diversi.

>>Credo che gli umani la chiamino *distruzione reciproca assicurata.*<<

Già, proprio così. Se un Paese ritiene di poter inabilitare sufficientemente l'altro Paese con un danno "accettabile" dalla propria parte, diventa una decisione di comando. Lo scenario peggiore è che lo Stato Islamico abbia una tecnologia del genere.

>>Per la loro volontà di implementare questa soluzione?<<

In parte sì. In parte è che non hanno un'infrastruttura da inabilitare, perciò non subirebbero danni. Non si può soffrire di attacchi informatici se non si hanno computer. La ragione successiva è che, a differenza della Cina, della Russia o degli Stati Uniti, lo Stato Islamico è sotto l'egida di una divinità. Sono abbastanza sicura che le altre nazioni si preoccupano della loro gente e quindi cercherebbero un vantaggio con tutti i mezzi, ma si rendono conto che destabilizzare veramente gli altri Paesi è una pessima idea. Allo Stato Islamico non gliene frega niente perché credono, erroneamente, che il loro libro sacro dica che questo è ciò che devono fare per raggiungere il paradiso.

>>COSA FARESTI PER CAMBIARE LE COSE?<<

Vuoi dire se avessi il tempo dalla mia parte? Probabilmente diventerei l'assassino definitivo e inizierei a tagliare teste, una alla volta. Quegli stronzi mi fanno proprio incazzare.

«Bethany Anne?» ripeté Dan.

«Scusa, Dan, ADAM ha attirato la mia attenzione. È stato molto maleducato da parte mia.»

«Non mi sono accorto di nulla fino a quando i tuoi occhi non sono diventati rossi per un secondo», ammise Dan, curioso. «Di cosa si trattava?»

«Terroristi del cazzo.» Bethany Anne fece spallucce. «Ancora non ho sfogato la mia rabbia, ma dovrò rimandare ancora... o forse no. Parlami di questa operazione.»

«Il tuo gruppo si sta preparando per entrare in un magazzino nella parte bassa di Shanghai. Abbiamo sott'occhio un gruppo abbastanza grande e un riscontro positivo per Kamiko Kana. I cinque vogliono calarsi dall'alto sul tetto e sulle finestre il più velocemente possibile.»

«Perché non passare direttamente dal tetto?»

«Tipo con degli esplosivi?» chiese Dan.

«No, più tipo un piccolo meteorite che casualmente cade sulla struttura. Qualcosa di abbastanza grande da fare un buco nell'edificio, ma senza radere tutto al suolo, se possibile.»

>>L'ULTIMO METEORITE CHE HA COLPITO GLI URALI HA DANNEGGIATO PIÙ DI TREMILA EDIFICI.<<

Bethany Anne si accigliò. «Dannazione, ADAM dice che, per renderlo credibile, il meteorite dovrebbe danneggiare migliaia di edifici.»

«E se usassimo un vero meteorite che vola nel cielo per nasconderci facendo un buco nel tetto?» chiese Dan, con un sopracciglio alzato.

«Oh, mi piace questa idea! Magari un rapido uno-due, poi una pausa prima del numero tre e, al terzo, la squadra fa saltare il buco?» suggerì Bethany Anne.

«Sì, mi piace anche così.» Dan considerò lo scenario. «Poi, quando il numero tre sta sfrecciando oltre la città, fanno saltare il tetto. Tutti dovrebbero associare l'esplosione extra ai boati sonici, se sincronizzata correttamente.»

«Fai del tuo meglio affinché le tre fiamme del cielo non facciano male a nessuno, e saremo a posto. Ora, a cosa ti servo qui, e perché pensi che mi piacerà?» domandò ancora Bethany Anne.

«Sono preoccupato che questa Kamiko Kana possa darsela a gambe di nuovo. Dalle informazioni che Frank ha trovato, sono convinto che sia in grado di camminare nell'eterico e che sfuggirà ancora una volta alle nostre grinfie. Credo che tu possa fare qualcosa.»

«Tipo cosa?»

«Puoi bloccare la sua capacità di farlo?» domandò Dan.

«Uhm, aspetta un attimo.» Sollevò un dito.

TOM, che ne pensi?

Sul fatto di bloccarla?

Sì. Se mi trovo in zona e lei cerca di sgusciare nell'eterico, posso fermarla?

Come minimo saresti in grado di afferrarla e riportarla indietro. Non sono tanto sicuro che tu possa fare qualcosa dall'interno dell'eterico finché lei non attiva l'abilità. Se invece fossi sulla Terra, direi che potremmo inventarci qualcosa.

Sì, ma non è un'opzione. Posso giocare solo se la squadra non sa che sono lì. Ma mi piacerebbe avere la possibilità di scambiare due parole con quella stronzetta.

«Okay», disse a Dan, «Credo che siamo pronti. Dovrò arrivare un po' prima in zona. Non credo di avere l'abilità di cogliere i suoi movimenti da qui.»

«Ti farò sapere il momento esatto in cui la squadra sarà lì», confermò Dan.

«Prima dovrò trovare un posto sicuro. Poi, prima che i meteoriti colpiscano, camminerò fino al luogo sicuro e scivolerò nell'eterico. Non so se lei ha la capacità di percepire i cambiamenti eterici intorno a lei.»

«Non puoi andarci da qui?» chiese Dan.

«Se ci fossi stata prima, molto probabilmente potrei farlo. Ma non è così e sono abbastanza sicura che dovrei mettere la testa fuori tutto il tempo per valutare dove diavolo mi trovo.»

«Okay, abbiamo un piano, allora», concluse Dan.

Bethany Anne si alzò per andarsene. «Bene. Dammi il tempo di vestirmi e andrò a fare una rapida ricognizione. Quando avverrà?»

«Tra diciotto ore», la informò lui.

«Perfetto.» Gli rivolse un cenno di saluto.

CAPITOLO 22

Paraguay

Be', 'fanculo», mormorò Bobcat.

«Che c'è?» domandò Penn.

«Bethany Anne vuole andare avanti. Dice che ci sono chiacchiere sui canali secondari che parlano di anomalie sul radar internazionale. Potremmo aver fatto un viaggio di troppo intorno al mondo con i container.»

«Volevi maggior sicurezza, e a quella ci siamo dedicati.» Si strinse nelle spalle.

«Diamine, sì, certo che volevo maggior sicurezza!» ribatté il pilota. «È l'unica cosa su cui non voglio lesinare. Questo è il suo modo di dirmi che è ora che io mi metta all'opera o stia zitto. Se non ha mie notizie, è fatta.» Guardò il collega. «Scusa, era nel colloquio di lavoro originale a Miami. E lei non poteva saperlo.»

«Non è il lavoro di Jeffrey?»

«Sicuro ma, se qualcosa vola, dipende dalla mia approvazione. Se uno di noi due dice di fermarsi, ci si ferma e basta. E poi dubito che Jeffrey approverebbe mai qualcosa che non mi soddisfa. È interessante notare che mi ha chiesto cosa ne pensavo solo tre ore fa. Dovrò ricordarmene la prossima volta che succederà, per capire se è lui a chiedere o Bethany Anne.»

Bobcat si abbassò e premette il pulsante *all talk* sulla console. «Ascoltate tutti. Ho appena ricevuto notizie da parte del capo. Questa stronzata è appena diventata reale, gente.» Sorrise mentre sentiva le grida di eccitazione che arrivavano dalla radio. «Mi è stato notificato che non mi è permesso decollare a causa dei miei peccati, perciò è meglio che ognuno di voi arrivi lassù sano e salvo, mi avete sentito? Passo ufficialmente il comando della Base Lunare Uno a Mr. Penn.» Rilasciò il pulsante e si rivolse al collega. «Ci renda orgogliosi, signor Penn.» Gli tese la mano.

Michael gliela strinse. «Li farò arrivare sani e salvi, Bobcat.»

«Meglio così.» Il pilota gli lanciò un cenno di saluto mentre passava. «Hai otto ore. Usale saggiamente», gli disse da dietro la spalla mentre attraversava il connettore.

«Gente, qui è Mr. Penn.» La sua voce uscì dagli altoparlanti. «Abbiamo otto ore. Voglio che tutti facciano un pisolino o riposino un po', ma che si alzino quando mancheranno due ore. Bloccate tutto. Questa è solo un'altra corsa al piano di sopra, e poi una breve gita fino al nostro nuovo pianerottolo. A parte questo, vi prego di non uscire. Cadere dal primo gradino sarebbe un bel problema.» Sentì le risate, poi continuò: «Andiamo a scrivere la storia, gente!»

Base della RDS, CO, USA

L'agente Terry DeLeon aveva controllato il tempo, ed era prevista una copertura nuvolosa abbastanza pesante per quella sera. Fermò l'auto a tre miglia dal perimetro della base in un luogo usato da persone che attraversavano la zona con lo zaino in spalla. Da lì, proseguì per un miglio sul sentiero prima di prendere un percorso che conduceva a una piccola valle rocciosa con una salita ripida e pericolosa fino al bordo della base.

Dubitava che avessero molto in termini di sensori in quell'area, quindi sarebbe salito il più velocemente possibile.

Era quasi il tramonto quando riuscì a raggiungere la cresta. Negli ultimi trenta minuti, si era preoccupato che il sole tramontasse prima che lui arrivasse a destinazione.

Era da un po' che non usava le sue abilità di arrampicatore e aveva giudicato male la difficoltà di quella scalata.

Una volta arrivato in cima, si infilò sotto un cespuglio e si sdraiò ansimando per cinque minuti per riportare sotto controllo la respirazione.

Poi tirò fuori il GPS per vedere in che direzione muoversi. Velocemente accese la luce rossa per orientarsi prima di metterlo via e dirigersi verso nord. Si aspettava di raggiungere un piccolo ruscello per le ventidue, e di essere alla base per la mezzanotte.

Quando arrivò al corso d'acqua, controllò ancora una volta la posizione con il GPS e scoprì che si trovava solo a un centinaio di metri a sud dal punto che avrebbe voluto attraversare. Si mosse attraverso il fogliame fino a trovare l'acqua pigra che gli permise di guadare facilmente. Si diresse di nuovo verso nord, poi sentì qualcosa che lo gelò.

«Guarda chi è venuto a trovarmi, Samuel.» La voce sembrava provenire dalla sua destra. Terry estrasse la sua Kimber Ultra Covert e guardò in quella direzione, accovacciandosi.

«Sono abbastanza sicuro che una pistola significa che non ha il permesso di stare qui, Richard.»

La seconda voce aveva parlato alle sue spalle. Merda! Si girò.

«Pensi che a Gabrielle dispiacerà se beviamo un sorso prima di riportarlo indietro?» chiese la prima voce.

Terry era confuso. Le voci si muovevano intorno a lui, ma non riusciva a sentire nessuno *muoversi davvero*.

Se fosse stato scoperto, sarebbe stato ufficialmente fottuto. Il suo capo avrebbe dovuto negare di sapere qualcosa di quell'intrusione non autorizzata.

«Perché non venite fuori, così ne parliamo?» chiamò prima di spostarsi di altri tre metri per inginocchiarsi vicino a un grande albero.

«Oh, stiamo *già* parlando, *cena*», sogghignò Samuel.

«Oh, sì», concordò Richard da dietro di lui. Terry si girò e mise le spalle contro il tronco, guardando in entrambe le direzioni. Quei figli di puttana erano veloci, e stavano **giocando** con lui.

«Sai, Samuel, sono abbastanza sicuro che Gabrielle sarebbe stata esplicita sulla faccenda di non assaggiare. Che ne dici di fare così...»

Terry sparò due colpi nella direzione della voce. Il modo concreto in cui parlavano di mangiarlo lo stava facendo sudare freddo. Stava iniziando a perdere il sangue freddo.

«Bene», minacciò la voce di Richard, «*stavo* per suggerire che, se avessi messo giù la pistola, saremmo stati obbligati a portarti dentro senza neanche un graffio.»

Terry si guardò intorno più in fretta che poté. La voce si era spostata durante la conversazione, e ora non riusciva a capire da dove provenisse.

Si bloccò quando una mano discese da sopra di lui e gli afferrò la pistola. Terrorizzato, urlò quando fu strattonato contro l'albero e sentì un respiro caldo e poi dei denti che gli perforavano il collo.

Pochi secondi dopo, la notte era di nuovo silenziosa.

★ ★ ★

Terry si svegliò, intontito. Si fermò immediatamente e lasciò che il suo corpo si rilassasse. Forse poteva scoprire qualcosa prima che qualcuno si accorgesse che era sveglio.

«Buongiorno, agente Terry DeLeon», trillò una voce acuta. «Sebbene tu possa tenere gli occhi chiusi, il tuo corpo rivela che non stai dormendo.»

Considerò le sue opzioni. Lo avevano legato a una sedia e la stanza era poco illuminata. 'Fanculo, non avrebbe ottenuto nulla fingendo di dormire.»

Cautamente, aprì gli occhi per scoprire che si trovava in una piccola sala riunioni. La sedia a cui era legato era un comune modello di tessuto beige identica alle cinque sorelle riunite intorno a quel tavolo di merda. Le pareti sembravano un po' strane. Era come se fossero scavate nella roccia, e qualcuno avesse montato una TV e una lavagna. La porta era dietro una donna seduta a capotavola.

«Bene», dichiarò. «Devo essere in Cina entro la prossima ora per una rapida preparazione pre-operatoria, quindi apprezzo che tu abbia deciso di fare l'uomo e abbia aperto gli occhi.» Terry stava cercando di vedere se poteva occuparsi dei nodi sulle braccia quando sentì un ringhio minaccioso alle sue spalle. Cercò di girarsi abbastanza per vedere cosa fosse, ma non ci riuscì.

«La belva...» Terry sentì un distinto sbuffare dietro di lui e la donna si corresse: «Scusa, il *pastore tedesco* dietro di te si chiama Ashur. Se continui a cercare di liberarti, ti morderà. Ora, possiamo farlo con le buone...» Terry si bloccò quando quella bellezza dai capelli scuri sembrò passare da amministratore delegato ad attaccabrighe da osteria nel lasso di tempo di un battito di ciglia. «... O con le cattive. Io, naturalmente, preferisco di gran lunga le maniere forti. In effetti, petulante sacchetto di merda di cavallo, il tempo è scaduto.»

La guardò alzarsi dalla sedia. Era alta per essere una donna, ma poi abbassò lo sguardo e notò che portava i tacchi bassi. Quando risollevò lo sguardo e vide la faccia che si trasformava, cominciò a urlare.

Gli occhi della donna erano rossi, le zanne esposte, e Terry ricordò i vampiri sull'albero...

★ ★ ★

«Questo è Channel Eleven con le ultime notizie», annunciò il conduttore più anziano. Di solito era lì per il notiziario delle sei, ma adesso era presto.

Jamil Williams stava lavorando ai suoi compiti nella sua stanza da matricola quando la notizia interruppe una replica di *Willy, il principe di Bel Air*.

Guardò la televisione, dato che era una scusa fantastica per non occuparsi della fisica. Diavolo, *qualsiasi cosa* era una scusa fantastica per non occuparsi della fisica.

«Abbiamo un video in diretta che ci viene fornito da un servizio di notizie indipendente. Non *siamo stati* in grado di verificare questo rapporto, ripeto, non *siamo stati* in grado di verificare questo rapporto. Tuttavia, siamo stati informati che ci sono astronomi semi-professionisti sul web che confermano che, in effetti, questi container sono nello spazio esterno al momento.»

Jamil mise da parte i libri e tirò fuori il portatile. Era interessato a tutto ciò che aveva a che fare con lo spazio e, se stava succedendo qualcosa di interessante, voleva saperlo.

Aveva seguito gli sforzi della SpaceX per far atterrare un razzo riutilizzabile sulla Terra, e aveva esultato ad alta voce quando ne avevano portato con successo uno a terra dopo il terzo tentativo e uno in mare solo cinque mesi dopo.

Ora stava succedendo qualcosa di completamente nuovo.

Twitter e le varie chatroom che seguiva stavano impazzendo! C'era un hashtag #lacostruzione che si riferiva a una nuova società con sede in Paraguay.

In Paraguay?

Sembrava che l'entità legale dell'operazione fosse una società creata di recente in quel Paese che elencava il suo indirizzo, almeno stando alle coordinate di latitudine e longitudine, nel bel mezzo di una giungla.

Il video passò a una conversazione tra un conduttore americano e una – Jamil cercò di leggere il testo scritto in piccolo sotto il nome – reporter costaricana?

Che diavolo stava succedendo? Alzò il volume mentre continuava a leggere i tweet.

«Proprio così, Ken. La compagnia ha sede in Paraguay. Stanno usando una nuova forma di propulsione e stanno trasferendo la loro prima base sul lato più lontano della luna.»

«Il lato oscuro?» domandò il conduttore. «Giannini, perché il lato oscuro della luna?»

«Be'», rispose lei, «chiamarlo *il lato oscuro* è improprio, naturalmente, poiché riceve la luce del sole. Ma lo stanno facendo per le loro ragioni, vale a dire spostarsi nello spazio, perciò stanno puntando verso fuori e non verso la Terra.»

«Ma com'è possibile?» domandò Ken guardando la presa video. «Non vedo nessun razzo sui container e, se non avessi visto tutti gli altri video che arrivano da Internet, direi che state perpetrando una grande bufala.»

«Ecco perché hanno scelto di informare tutti nel bel mezzo dei loro sforzi. È difficile ignorare la prova di centinaia o migliaia di astronomi semi-professionisti mentre tutti puntano i loro telescopi verso il luogo indicato su http://www.lacostruzione.space. Non è *punto com* ma *punto space*, per tutti coloro che vogliono partecipare. Vi incoraggiamo a twittare l'hashtag #LACOSTRUZIONE e a fornire il vostro incoraggiamento per una compagnia che sta facendo fare un grosso passo in avanti per tutta l'umanità.»

«È un suggerimento molto altruista al momento, offrire a tutti di unirsi a voi. Perché la compagnia sta facendo una cosa del genere?»

«Non possono condividere la loro tecnologia, Ken. Pertanto vogliono che tutti si entusiasmino per ciò che sta accadendo proprio qui e ora sulla Terra, e per il fatto che siamo più vicini a realizzare presto i sogni di tante persone al mondo.»

«Perciò la compagnia non ha intenzione di concedere questa tecnologia in licenza?»

«Direi proprio di no», rispose la giornalista.

«Perché no?, chiese Ken.

«Ho parlato con la loro addetta stampa, e mi ha spiegato che la società non è qui per competere con le aziende esistenti, né farà affari e/o contratti per qualsiasi cosa riguardi lo spazio tra la Terra e il punto Lagrange L1. Questo punto L1 è tra la Terra e la luna, dove le forze di gravità si equilibrano. È ottimale tenere un satellite in rotazione intorno a questo punto per minimizzare il consumo di carburante.»

«Non vogliono fare affari? E quali sono le loro intenzioni? Hanno interessi prettamente scientifici?» Suo malgrado, il conduttore era rimasto coinvolto da quella storia.

«La compagnia, la Lair Technologies, sta usando la base lunare come luogo di ricerca e sviluppo per costruire e vivere nello spazio esterno. Il loro piano è realizzare un'ulteriore stazione a punto Lagrange L2 sull'altro lato della luna.»

«Quindi, questa stazione non sarà visibile dalla Terra?» chiarì Ken.

«Corretto. Al fine di utilizzare la gravità della luna per aiutare la stazione a restare in orbita, questa stazione dovrà rimanere su quel lato del nostro satellite.»

«Lei dice di essere in questa compagnia da... quanto tempo?»

«Ho lavorato a questo rapporto nelle ultime due settimane.»

«Come ha acquisito la relazione?»

Giannini ripensò alla notte in cui stava scappando dai mostri e immaginò di aver bisogno di una storia per andare avanti. «Mi sono fatta in quattro e sono stata notata, Ken.» Sorrise alla telecamera.

«Affascinante», disse il conduttore con entusiasmo. «Vedo che stiamo ricevendo un video da un punto molto vicino ai container. Di cosa sono fatti, Giannini?»

«Che ci crediate o meno, quelli sono container per spedizioni internazionali. Ora potreste considerarli container interplanetari che sono stati modificati con un rivestimento speciale e del ghiaccio all'interno, e altri metodi per proteggere i viaggiatori dai raggi nocivi del sole e dai micrometeoriti.»

«Dice che hanno del ghiaccio dentro?» domandò Ken.

«Sì. Ci sono diversi modi in cui portano l'aria, il cibo e l'acqua necessari per vivere sulla luna.»

«Parlando di aria, cibo e acqua, cosa succederebbe se le navi di rifornimento non riuscissero ad arrivare lassù? Quegli astronauti saranno in grado di sopravvivere?»

«Perché le altre navi dovrebbero avere difficoltà ad arrivare sulla luna?» ribatté Giannini, un'espressione accigliata. «Mi sta chiedendo se la stessa compagnia che sta realizzando questa impresa è incapace di portare ulteriori rifornimenti, o sta suggerendo che magari qualcuno cercherebbe di ostacolarla?»

«Be', mi sembra di ricordare che c'è un Trattato sullo Spazio Esterno che è stato firmato dagli Stati Uniti e dalla Russia e da molti altri Paesi del mondo.»

«Questo è vero, Ken. Eppure la Lair Technologies è una società paraguaiana. Il Paraguay non ha firmato quel trattato. Forse la metà dei Paesi del mondo fa parte del trattato. Quindi non c'è motivo che qualcuno dei Paesi più grandi e sviluppati sia arrabbiato, giusto?»

Ken rimase per un momento in imbarazzo, e gli spettatori lo videro aprire e chiudere la bocca un paio di volte prima di continuare. «Be', questa piccola compagnia deve... cosa?» Guardò fuori dallo schermo per un momento e tornò indietro. «A quanto pare, uno dei container ha un messaggio scritto nell'angolo inferiore. È stato preso uno screenshot, e stiamo per mostrarvelo proprio ora.»

Giannini mantenne un sorriso professionale. Dentro, avrebbe voluto tirarsi indietro e dare un calcio nella rotula a un certo qualcuno. Sapeva chi erano i responsabili di quella bravata.

«Ecco che arriva. Stiamo zoomando, e il messaggio dice...» Ken riuscì a mantenere un'espressione seria. «C'è scritto *Fanculo la NASA – Marcus.*» Il conduttore si guardò intorno: «Abbiamo idea di chi possa essere questo Marcus?» Si voltò di nuovo verso la telecamera. «Sembra che uno dei membri del team sia un po' arrabbiato con quelli della NASA, Giannini. Ha qualcosa da aggiungere al riguardo?»

«So solo che si tratta di tre individui, non di uno solo.» Continuò a sorridere.

«Ma lei sa chi è questo Marcus, vero?» la incalzò Ken, ovviamente sperando in uno scoop.

«Sì, conosco bene questo signore.»

«Perché non crede che ci sia di mezzo solo lui?»

«Perché conosco gli altri due individui che compongono il nucleo della Lair Technologies, e sono ben affiatati. È così che si dice nella sua lingua, giusto?»

«Sì, anche se con il suo accento sembra una frase esotica, Giannini. Crede che il messaggio sia stato approvato dal loro capo?»

La reporter dovette pensarci un attimo, e parlò lentamente mentre pensava al volo. «Sa, Ken, non ne sono certa. Eppure sono sicura che, se fosse un problema, non succederà più. Ma, conoscendo le persone coinvolte, saranno convinte che il loro capo apprezzerà lo scherzo.»

In un piccolo edificio in Paraguay, Bobcat guardava William mentre Marcus faceva una danza con le braccia alzate sullo sfondo. «Dio, lo spero proprio!»

Il meccanico sorrise e aggiunse: «Non scherziamo. In caso contrario, ci toccherà dormire nella cuccia del cane.»

Entrambi si voltarono quando lo scienziato urlò in sottofondo: «NASA, baciate il mio *culo* bianco e peloso!*» Continuarono a *guardarlo* mentre chiudeva gli occhi e una lacrima gli scendeva sul viso.

I suoi colleghi si fronteggiarono. «Ne valeva la pena», esclamò Bobcat, e i due si diedero il cinque tornando a dedicarsi alla TV.

Il conduttore continuò: «Giannini, internet sta impazzendo. Stando alle nostre informazioni, i server di Twitter stanno praticamente fondendo. Il fatto che questa impresa abbia sede in un paese sudamericano sta facendo piangere molte persone, soprattutto gli americani. La compagnia ha qualcosa da dire al riguardo?»

«Ken, come può immaginare, tutto ciò che la Lair Technologies sta facendo in questo momento è stato raggiunto grazie alla creatività, al duro lavoro e alle risorse di società di tutto il mondo. Ci sono americani, sudamericani, rumeni, giapponesi, britannici, europei e molti altri coinvolti nei test, negli strumenti e nella tecnologia che hanno portato alla realizzazione di questa impresa. Nelle prossime settimane rilascerò ulteriori filmati sui continui sforzi per rendere operativa la Base Lunare Uno.»

«Sembra quasi un comunicato stampa», osservò Ken.

In un edificio in Colorado, Cheryl Lynn urlò alla TV: «Perché è *stato* scritto da un addetto stampa, stronzo!» Rise forte e si voltò per vedere Bethany Anne che la fissava con le sopracciglia aggrottate. «Che c'è?» chiese, cercando di calmarsi. «Ho esagerato?»

«Diamine, no!» rispose la vampira, sorridendo. «Mi sto semplicemente chiedendo come hai fatto a farglielo dire.»

«Ho fatto una scommessa con lei che sarei riuscita a fargliela fare nelle mutande. In tal caso avrebbe dovuto inserire in qualche modo il mio paragrafo nell'intervista.»

«E in caso contrario?» chiese il suo capo.

«Avrei dovuto chiedere a Darryl di uscire con lei», ammise Cheryl Lynn.

«Vuole uscire con Darryl?» Bethany Anne si sporse in avanti.

«Sì. Perché? È un problema?» Cheryl Lynn pareva confusa.

«Cazzo, no! Volevo solo assicurarmi di aver capito bene. Li sistemeremo per le feste, fidati.» Abbassò lo sguardo sull'orologio. «Be', cazzo. Assicurati che qualcuno registri tutto, va bene?»

L'altra afferrò il telecomando e si assicurò di premere il tasto Record. «Ti copro io, capo.» Non alzò lo sguardo dalla TV, ma fece un cenno con la mano a Bethany Anne che le passò dietro, afferrò Ashur per la collottola e scivolò nell'eterico fino al suo armadio in Florida.

Rapidamente si cambiò d'abito, si sistemò la fodera della spada e si allacciò le pistole.

«È ora di assicurarsi che nessuno lasci la festa organizzata dai miei Figli.»

Allungando la mano, afferrò ancora una volta Ashur ed entrò in un edificio di Shanghai, in Cina. L'aveva visitato ore prima tramite una navicella, poi era tornata in Colorado attraverso l'eterico per vedere l'inizio del notiziario. Sarebbe stata sul posto ore prima che arrivasse qualcuno. Magari sarebbe stato un momento noioso, ma non avrebbe permesso a una certa persona di scappare, se avesse potuto impedirglielo.

In quello stesso istante, tre capsule spostarono piccoli pezzi di roccia e si avvicinarono rapidamente all'atmosfera terrestre dall'altra parte del mondo, dove i container si approssimavano alla luna.

CAPITOLO 23

Modulo di comando della Base Lunare Uno

Ti sto dicendo che non faremo cazzate sulla televisione internazionale, Coach», disse Penn al suo secondo, Steve Hewgley.

Steve era arrivato dalla Marina come tecnico elettronico dell'avionica in pensione. Era sulla cinquantina o, se gli si credeva, sulla *tarda trentina*. A Penn non importava, perché Steve era bravissimo a far funzionare le cose dal punto di vista elettronico, ed era un maestro con l'attrezzatura video.

«Che c'è?» gli chiese Coach, dal container due. «Non vuoi che faccia semplicemente girare il video con un ritardo di quindici secondi? Così, se qualcosa dovesse andare storto, manderei il video in loop.»

Penn lo guardò. «Fantastico!» esclamò. «Quanto ci metti a fare una cosa del genere?»

«Posso farla subito.»

«Subito?» Penn era confuso.

«Sì, nel senso che è già in esecuzione. È una prassi comune in situazioni come questa.»

«Oh. Sono abituato ad andare live, non ad andare *quasi* live», ribatté lui.

«E io sono abituato ai capitani delle navi che preferiscono non mandare a puttane tutto per apparire nel notiziario delle sei», ribatté Coach.

Penn pensò a come si sentiva in qualità di capitano. «Gente sveglia», riconobbe.

Il suo collega annuì.

La squadra portò i container nel luogo più pianeggiante che riuscì a trovare. Era stato pre-sondato due giorni prima, le posizioni dei sette container erano state programmate e ADAM aveva controllato tutto.

Due volte.

A supporto delle PR, c'era una videocamera in ognuno dei sette moduli, e l'interno dei container sembrava più un vero modulo scientifico di quello che la squadra avrebbe portato con sé se non avesse avuto le videocamere. Non c'era motivo – o almeno quello era il pensiero del team – di svelare troppo mostrando quanto poco di quella roba fosse necessaria. Perlopiù era solo una mera decorazione realizzata da William.

Il mondo guardava attentamente dai bordi delle sedie, osservando la danza aggraziata dei sette container mentre rallentavano e si allineavano. Jeffrey aveva disposto una capsula con una videocamera puntata su di loro.

Il team aveva progettato la Base Lunare Uno a forma di U, in una configurazione due-tre-due. I due container su ogni estremità avevano un connettore speciale incorporato nel lato, oltre ai due alle estremità.

I sette membri della squadra comprendevano Coach, John Jensen, in prestito dai Guardiani, Adarsh Venkatesh, Kris England, che era stato assoldato alla base dopo un periodo nelle forze di polizia, Bree Breeza e ReaLea Hurt.

Avevano passato l'inferno per prepararsi a quella operazione e, per Dio, Penn si sarebbe assicurato che tutti sopravvivessero.

«Bree, assicurati che siamo in rotta per portare il tuo modulo per primo.» Sebbene la squadra lasciasse che i computer gestissero la maggior parte del tracciamento, qualcuno doveva essere pronto per l'annullamento o il rilievo, in caso di problemi.

«Dannazione, John, tira un po' indietro quella nave. So che il computer è felice, ma non voglio spiegare a Bobcat che abbiamo graffiato il suo bel container.»

«Penn, abbiamo una connessione video difettosa sul Container Quattro», riferì ReaLea mentre guardava il collegamento video interrompersi più volte, poi sentì l'esitazione nel movimento quando il computer si bloccava ogni volta che perdeva il blocco visivo.

«Dannazione.» Penn sospirò. «Coach, suggerimenti?» Si voltò verso il monitor a cui stava lavorando il collega.

«Non c'è problema. Abbiamo degli esuberi sugli esuberi. Vado su un altro canale e ce ne occupiamo. Nel peggiore dei casi, faccio un po' di moonwalk.» Spense il suo canale.

Il capo del progetto sperava sicuramente che non dovessero mostrare al mondo le loro tute. Erano molto meno ingombranti di qualsiasi cosa avesse mai visto al di fuori dei film e, francamente, troppo aderenti. A lui andava bene, ma un paio di persone della squadra erano un po' troppo formose perché potessero andare in onda in prima serata con quella roba addosso.

Durante una sessione di allenamento nelle tute, la squadra aveva riso di come il loro show video sarebbe passato da PR a PoRn, se le signore fossero uscite.

Coach aveva ammesso che si sarebbe sacrificato per la squadra e sarebbe uscito in una di quelle tute. Sosteneva che così avrebbe distolto l'attenzione da loro grazie al suo fisico da trentenne, perché nessuno sarebbe stato in grado di ignorare la sua figura maschile.

E così a Bree era andato di traverso il caffè, cosa che aveva solo fatto sì che le risate degli altri si facessero più fragorose.

I container continuavano a riunirsi, e Penn li guardava muoversi, in una coreografia perfetta, proprio come si erano allenati a fare in Paraguay e come si erano esercitati al Polo Sud e nel deserto. Avevano fatto delle prove con il vento e la pioggia, e una volta avevano fatto delle prove anche sotto il sole.

Sentì il container di Bree collegarsi con il suo, e il raschiamento quando il container si fissò. Un minuto dopo, il contenitore di Coach si collegò alla sua sinistra. Poi quello di John accanto a quello di Coach, e quello di ReaLea dietro di quello. Infine, Kris si collegò a Bree e Adarsh dietro ReaLea.

«Fermi!» esclamò Adarsh. «Vedo una fuga tra me e ReaLea.»

«Non c'è alcun allarme, Adarsh», rispose lei.

Penn sentì l'ansia che saliva mentre controllava se potesse fare qualcosa per dare una mano.

«Fammici pensare un secondo.» Si allontanò dal video e uscì dallo schermo. Un minuto dopo, ricomparve. «È un piccolo problema di tenuta. Mi scollego e mi allontano un po'.» Alcuni momenti di tensione dopo, parlò di nuovo: «Okay, sono disconnesso. Non ho subito nessuna perdita d'aria significativa. Fammi girare il container, provo l'altro lato.»

Coach attirò l'attenzione di Penn. «Forse ci è sfuggito qualcosa nel rimettere tutto a nuovo?» Big P fece spallucce e rimase incollato al monitor, guardando Adarsh.

La squadra non aveva idea di quanta gente al mondo li stesse seguendo, trattenendo il respiro.

Gli spettatori videro l'ultimo container tirarsi indietro e realizzare un mezzo cerchio per presentare l'altro connettore, per poi rientrare lentamente. Infine Adarsh tornò a collegarsi. «Ho la connessione. Sono a tenuta d'aria!»

Le grida della squadra si sentirono in tutto il mondo.

Base della RDS, CO, USA

Terry riprese lentamente conoscenza all'interno di una cella. Il letto non era scomodo, ma la paura che aveva provato quando era svenuto era tornata subito. Barcollò fuori dalla branda e si girò, facendo un passo indietro per mettere la parete di roccia solidamente dietro di sé.

Non c'era nessuno.

Aveva la bocca secca e il battito martellante del suo cuore sovrastava la possibilità di sentire qualsiasi altro suono.

Vampiri!

Ecco qual era la risposta. Frustrato, si tastò il collo, ma non c'era niente. Non riusciva a sentire alcun segno.

In qualunque cosa si fosse cacciato, pensò, non ne sarebbe mai uscito.

Era ora di finirla.

Si rese conto di non avere più gli occhiali. Dovevano essere qualcosa di cui poteva dire di aver bisogno, quindi ne avrebbe masticato l'estremità per rompere la minuscola capsula di vetro e ingerire il veleno.

Ma non li aveva con sé.

Si spostò per guardare intorno al letto, e non riuscì a individuare nessuno dei suoi oggetti personali.

Sentì una porta che si apriva e subito tornò al muro, poi fissò la porta con la piccola apertura.

Bussarono, prima che la porta si aprisse e un uomo dall'aspetto affilato apparve sulla soglia. Terry considerò le sue possibilità di fuga e si stava preparando ad attaccare il nuovo arrivato quando questi lo fermò con poche brevi parole.

«Salve. Non ci siamo presentati come si deve, l'ultima volta. Io sono Samuel.»

A bordo della RDS Polarus, Mar Mediterraneo

Barb entrò nella caffetteria e vide Frank a un tavolo in fondo, che parlava con qualcuno che sembrava un monaco.

Respirò profondamente e poi espirò. Passò davanti ai tavoli, sorridendo un paio di volte alle persone che la salutavano mentre si dirigeva verso di lui.

Era immerso in una conversazione con l'uomo che le dava le spalle. Lo straniero allungò una mano e si girò sulla sedia per guardarla. Fu allora che Frank la notò.

«Scusa.» Si alzò e si avvicinò per prendere una sedia. «Le mie scuse, Barb. Lascia che ti presenti a Barnabas. Barb, lui è Barnabas, e Barnabas, questa è la mia ospite, Barb.»

L'uomo si alzò per metà e le offrì un inchino. «È un piacere.» Si sedette di nuovo per continuare la discussione.

Barb non sapeva cosa fare. Sperava di poter rivolgere a Frank una domanda importante, ma era scortese chiedere a qualcuno che non conosceva di lasciare il tavolo.

Dannazione!

Frank continuò la conversazione: «Quindi, stai dicendo che Kamiko Kana ha imparato a camminare nell'eterico da te?»

«Purtroppo sì», ammise Barnabas. «Non che io possa camminare nell'eterico, ma stavo facendo del mio meglio per imparare di più negli ultimi quattro secoli quando...» I due uomini sentirono Barb sussultare.

«Oh, mi dispiace, Barb», si scusò Frank. «Non ho spiegato a Barnabas che non eri completamente immersa nel Mondo Ignoto. Probabilmente dovrei darti qualche altra spiegazione...»

«Non cancellerete i suoi ricordi?» chiese il monaco. «Michael ha apportato una modifica alle restrizioni?»

Frank scosse il capo. «Non Michael. Bethany Anne.»

«Sul serio? Un altro grande cambiamento alle restrizioni. È un miracolo che non sia crollato tutto.»

L'altro replicò: «Ma fai sul serio? È come se ti lasciassi sfuggire questi piccoli commenti per vedere cosa esplode e come. A volte, Barnabas, giuro che sei come un...»

«Attento, Frank Kurns. Da dove vengo io...» cominciò, solo per sentire una mano sulla sua spalla.

La voce di Stephen aveva un accenno di rimprovero. «E da dove vengo io, Barnabas, non si minaccia mai la persona sotto l'egida di un'altra.»

Le spalle dal vampiro parvero rilassarsi. «A volte, fratello, mi faccio ancora prendere dalle vecchie abitudini.»

Il vampiro gli lasciò la mano sulla spalla. «Allora forse dovremmo andare a discutere dei vecchi tempi davanti a un brandy.»

Barnabas sorrise a Frank e Barb. «Domando scusa. A quanto pare ho dimenticato le mie buone maniere. Se volete perdonarmi, mi aggiornerò con Stephen.»

Entrambi lo salutarono. Barb lo seguì con lo sguardo fino a quando non furono a circa metà della caffetteria prima di girarsi a parlare con Frank, che alzò la mano e disse a bassa voce: «Non farlo!»

Lei indietreggiò di qualche centimetro per istinto, ma si rese conto che Frank stava ancora aspettando che i due uscissero dalla porta.

Poi si voltò verso di lei. «Scusa, ma hanno un udito spaventoso, e non sapevo se stavi per parlare del tempo o per fare un commento che sarebbe stato un problema.»

«Che intendeva dire con quattro secoli?»

«Non vuoi sapere niente del loro udito?» ribatté Frank.

«Penso di poter affrontare la questione dell'udito, ma tu hai cento o più anni, e lui dice che studia qualcosa da quattro secoli. Chi incontrerò dopo, un vero e proprio millenario?»

«Be', ora che mi ci fai pensare», scherzò lui, indicando la porta, «un millenario è appena uscito da quella porta.»

«Cosa? Chi?» Barb si voltò a guardare il punto indicato da Frank.

«Stephen è il fratello di Michael. Entrambi hanno più o meno mille anni. A dire il vero, ho classificato Michael come millenario, ma è piuttosto evasivo sulla sua vera età. È come una donna, in quel senso.»

«In quale senso?» Barb socchiuse le palpebre.

«Quanti anni hai?» domandò Frank.

«Cosa? Non è rilevante per la conversazione, giusto?» chiese lei, momentaneamente presa alla sprovvista.

«Certo, ho appena detto che alle donne non piace ammettere la loro età. Sappiamo entrambi che sono molto più vecchio di te, ma istintivamente non hai voluto dirmi quanti anni hai.»

«Be', io... è...» Barb alzò gli occhi al cielo. «Ho trentasette anni, e sì, a volte è difficile ammetterlo. Tu hai praticamente il triplo della mia età e sembri cinque anni più giovane.»

«Avrò dei buoni geni?» Frank rise e lei gli fece la linguaccia. «Okay, mi dispiace.»

«Va bene, me lo sono meritato. Hai fatto una valutazione razionale basata sui fatti, e ti ho appena dimostrato che avevi ragione.» Sospirò. «Ora vorrei sapere come posso aiutarti.»

«Aiutarmi?» sbottò Frank.

«Vorrei sapere come posso aiutarti», ripeté Barb. «Ho visto abbastanza. Sono sprecata nell'altro mio lavoro. Oh, so di essere utile anche lì, ma la tua squadra porta a termine le cose. Voglio far parte di qualcosa che non si tira indietro dal fare ciò che deve essere fatto. Be', in realtà, voi usate la tortura?» Improvvisamente si fece pensierosa. «Perché sono sicura che potrei accettare una cosa del genere, ma in generale sono contraria.»

Lui la guardò, cercando di capire come avesse fatto quella conversazione a uscire dai binari. «Tortura?»

«Sì. Ho seguito molti omicidi di terroristi, e i corpi sono tutti scomparsi – o parti di corpi – e non sono mai stati ritrovati. La spiegazione più razionale è che i terroristi sono stati uccisi e forse torturati.»

«Be', posso dirti che io non ho mai torturato nessuno», le disse e bevve un sorso d'acqua.

«Questo lascia un sacco di gente nell'organizzazione», osservò Barb.

Frank posò il bicchiere. «Certo ma, onestamente, la persona che è più disposta a torturare è Bethany Anne. Be', probabilmente Michael sarebbe più che disposto, ma ne ha meno bisogno.»

«È lei la responsabile dei corpi scomparsi?» Barb stava cercando di equiparare la bella donna che aveva incontrato al fatto che fosse una psicopatica torturatrice.

«Oh, sono sicuro che è responsabile di parecchie uccisioni, ma non li ha torturati, uccisi e seppelliti da qualche parte. Probabilmente li ha gettati nell'eterico», la informò Frank con tono deciso.

«Cos'è questo eterico?»

«Immaginalo come un altro universo che qualcuno può attraversare se ha le capacità giuste», rispose Frank, «E probabilmente devi smettere di pensare a Bethany Anne come una pazza torturatrice.»

«Psicopatica», ribatté Barb.

«Non importa. Non è una che se ne va in giro a torturare, volente o nolente. Farà tutto il necessario per ottenere il risultato che le serve. Ma se una persona è stata abbastanza cattiva? Be', non si tira indietro.»

Barb si guardò intorno e poi si avvicinò a Frank. «Come puoi essere così indifferente alla tortura?»

Lui la guardò. «Barb, cresci! Hai trentasette anni. Io ne ho cento. Sono stato nel lato oscuro della vita più a lungo di due vite intere. Se non pensi che la tortura abbia salvato milioni di vite a quest'ora, il tuo atteggiamento da Pollyanna non funzionerà con questa squadra. Torna a Washington, fai le tue ricerche e lascia che se ne occupino gli altri. Ti capirei, davvero. Non penserò male di te, ma se credi che la ragione per cui gli Stati Uniti sono una delle nazioni più potenti del mondo è perché non abbiamo mai fatto niente di male...» Lasciò la frase in sospeso.

Barb si piegò all'indietro. «Non ho detto questo!» Era arrabbiata, in parte perché sapeva che lui aveva ragione. Ma la tortura era semplicemente sbagliata!

Oppure no?

Frank sospirò. «Diciamo, per esempio, che ti imbatti in una scena in cui qualcuno a te caro giace insanguinato e mezzo morto contro un muro. Due ospiti del tuo amico sono stati uccisi e c'è sangue ovunque. Lo psicopatico responsabile di questa distruzione sta lavorando per un altro grande psicopatico, che vuole rovesciare i governi della maggior parte del mondo. Come parte del piano generale, ha un virus che ucciderà milioni di persone. Tu ammazzi lo scagnozzo di questo psicopatico e ora devi trovare lui. Arresti il primo psicopatico che ha già ucciso per portarlo alla stazione di polizia? Ha ammesso di essere un assassino mentre tu ascoltavi, quindi sai già che è colpevole. È stato personalmente responsabile di più di cento omicidi nel corso della sua vita.»

Barb lo guardò. «Direi che stai esagerando con il tuo esempio per vedere se sono disposta ad ammettere che esistono reati per cui la tortura è accettabile, ma non è così, vero?»

«Ricordi il millenario che ha afferrato Barnabas un paio di minuti fa?» domandò Frank.

«Sì.»

«Era lui quello che sanguinava a morte, seduto con le spalle al muro in casa sua, aspettando che qualcuno gli desse il colpo di grazia. Bethany Anne ha ucciso lo scagnozzo e poi ha sparato al vampiro che stava cercando di eliminare Stephen. Non c'era una prigione che potesse contenere Reginald, e capisco che avrebbe dovuto morire. Ma lei voleva delle informazioni.»

«E ha fatto tutto il necessario.»

Frank annuì. «Proprio così. Non si tira indietro.»

«Non posso avere capra e cavoli.» Abbassò lo sguardo e giocò con il coltello sul tavolo. «Voglio il mio lavoro di ricerca bello e pulito, e poi sentirmi come se non fossi la responsabile dei risultati che il mio lavoro comporta.»

«Se accetti tutto, dormirai meglio. Se lo accetti, puoi decidere di agire o di non agire. Ma se sei un'adulta, accetterai tutto e basta.»

Barb si voltò verso di lui, con un piccolo sorriso sul volto. «Dove posso iscrivermi?»

«Non sei un po' impulsiva, Barb?»

«Ti sembro una persona impulsiva?» ribatté lei con forse un po' più rabbia di quanto avrebbe voluto.

Frank tirò fuori il telefono e mandò un messaggio di testo. La risposta arrivò in pochi secondi e lui alzò lo sguardo. «Ti va di venire in Argentina con me per una riunione?»

«Perché?» chiese lei. «Chi c'è in Argentina?»

«Michael.»

CAPITOLO 24

Base Lunare Uno, Lato Oscuro della Luna

Penn entrò nel container delle riunioni e prese un drink. «Dannazione, sarò felice quando avremo il prossimo set di container, così potremo avere una sala più grande.» Bevve un sorso e si tirò indietro rapidamente. «Chi ha corretto il punch?»

«Sono stato io, signore.» John Jensen era accanto a RealLea. «Avevo un po' di scotch single malt, e lo stavo portando al sicuro, e poi in qualche modo sono inciampato e ho versato metà di quella dannata bottiglia nella ciotola del punch.» Il suo sorriso impenitente fece capire a Penn quanto fosse davvero dispiaciuto.

Penn bevve un altro sorso. «È buono, ma assicurati di essere in grado di essere operativo ventiquattr'ore su ventiquattro, perché il capo può presentarsi in qualsiasi momento. Capito?» L'altro annuì, così lui andò avanti e parlò a tutti i membri del gruppo. Una volta arrivato al lato più lontano, si voltò. «Posso avere la vostra attenzione?» chiamò, e gli altri sei si placarono. «Vorrei congratularmi con voi, ottimo lavoro!» Gli applausi salirono e poi si placarono di nuovo. «E un grazie extra ad Adarsh, che ha fatto in modo di mantenere il sangue freddo proprio alla fine effettuando quella connessione, salvando così il progetto e guadagnandosi una milionata di fan impazzite.» Le acclamazioni fecero sì che il normalmente timido Adarsh sorridesse e arrossisse. Penn alzò la sua tazza. «Quindi, a te, a noi e a Bethany Anne. Siamo sulla luna, e gli alieni potranno averla quando ce la strapperanno dalle nostre dita fredde e morte!»

Se il suono avesse potuto propagarsi nello spazio, avrebbero sentito le acclamazioni di quel piccolo gruppo sulla Terra.

Costa Rica

«Signore, abbiamo un problema.»

Il responsabile del gruppo delle operazioni clandestine si chiamava semplicemente Mr. Simmons. «Sì?»

«Terry DeLeon è stato trovato mentre vagava per Washington DC, signore. Non era in sé.»

«Oh? Terry non era in vacanza?» Simmons stava rapidamente cercando di capire perché il suo agente fosse a Washington, a meno che non avesse una pista a portarlo lì. La loro ultima comunicazione lo aveva condotto in Colorado.

«Sì, signore, era in vacanza. Ma la polizia di Washington lo ha arrestato per disturbo della quiete pubblica. Non aveva alcun documento con sé, e non c'è verso di sapere come sia finito dove è stato trovato. Questo non è l'aspetto più inquietante di questa storia, signore...» ammise la voce, poi si interruppe.

«Sputa il rospo. Sono seduto. Cosa ha fatto Terry in vacanza?»

«Non ricorda. Ho parlato con lui. Non ricorda niente della sua vacanza. Non ricorda neanche me, signore.»

Simmons considerò quella risposta. Terry avrebbe dovuto ricordare uno dei suoi migliori amici.

«Signore, un'altra cosa», proseguì la voce. «Continua a borbottare una frase in continuazione.»

«Okay, quale?»

«Signore, i suoi occhi continuano a sfrecciare a destra e a sinistra, come se avesse visto qualcosa, e sussurra: *I vampiri sono qui, i vampiri sono qui!*»

Shanghai, Cina

Dieci ore dopo che il mondo aveva sentito parlare per la prima volta di una serie di container che andavano sulla luna, Shanghai fu stupita da due stelle cadenti veloci e luminose che illuminarono la notte. Una terza seguì le prime due sessantacinque secondi dopo, e il boom che attraversò l'atmosfera fu sentito per un centinaio di miglia.

Mentre le prime due meteore attraversavano l'atmosfera, tre navicelle scesero a razzo dal cielo per fermarsi un metro sopra il magazzino di quattro piani nel quartiere un po' fatiscente che Kamiko Kana stava usando come base temporanea.

Darryl e Scott saltarono dalla prima capsula e si mossero rapidamente per piazzare gli esplosivi sul tetto sopra il punto in cui volevano calarsi nella stanza sottostante. Speravano che il loro obiettivo usasse l'ultimo piano, ma Gabrielle ne dubitava. Si aspettava che la donna fosse al terzo.

Ai vampiri come lei non piaceva stare in alto, così come non avrebbe apprezzato l'idea di stare al pianoterra.

John ed Eric si occuparono di estrarre altre armi dalla loro navicella. La terza conteneva degli extra che nessuno di loro poteva imbracciare, al momento.

La vampira si fissò la fodera alla cintura, e poi tirò fuori la spada. Ognuno dei quattro uomini aveva i coltelli speciali Bowie realizzati per loro per la prima operazione a New York.

Nessuno disse niente. Avevano già un piano. Ora, se quella puttana fosse stata ferma abbastanza a lungo...

C'era una cosa che non si faceva con un immortale che era un malvagio e bugiardo sociopatico con il complesso di Dio, e cioè permettergli di vivere. Michael lo aveva imparato nel modo più duro.

Darryl e Scott finirono in tempo record e tornarono verso le capsule. Tutti guardarono il cielo e, sette secondi dopo, il terzo meteorite illuminò il cielo.

Era il momento di entrare in azione..

Darryl premette l'interruttore, e l'esplosione fu solo un altro forte rumore coperto dal boato infernale provocato dall'ultimo meteorite.

Per una settimana avrebbero dovuto pulire i vetri nei pressi di Shanghai. Quel meteorite avrebbe dovuto schiantarsi in mare. Al meglio delle capacità di ADAM, era stato diretto verso una parte dell'oceano priva di traffico, in modo che l'effetto non avrebbe investito navi o barche. La maggior parte del pezzo di roccia sarebbe bruciato nell'atmosfera, ma avrebbero dovuto tenere comunque le dita incrociate.

Prima che il fuoco dell'esplosione si fosse dissolto, John stava già correndo verso il nuovo ingresso. Si mise una mano davanti al viso per bloccare eventuali detriti e poi saltò per atterrare in un dojo di allenamento. Rotolò via per permettere agli altri di seguirlo.

Attraverso la polvere e il fumo nell'aria, vide quattro uomini presso la finestra più lontana. Avevano aperto le pesanti tende di metallo per vedere cosa fosse quel trambusto all'esterno, e rimasero di sasso quando l'omone apparve dal foro in alto.

Quando Eric atterrò, avevano già iniziato a reagire. Ognuno impugnava la spada con cui si stava esercitando. Le alzarono e corsero verso gli intrusi.

Eric alzò la pistola e scandagliò la zona. Era rimasta solo una persona da prendere di mira, così puntò all'addome. Tra le chicche che Dan aveva mandato c'erano diverse pistole Desert Eagle con camera .50 AE. La potenza del proiettile a punta cava da 300 grani fermò il vampiro, che si accasciò come un burattino a cui avessero tagliato i fili.

La guardia si girò intorno, mentre Scott, Darryl e Gabrielle scendevano dal tetto.

Darryl si guardò intorno, disgustato. «Te lo avevo detto che il nostro divertimento sarebbe stato interrotto.»

La vampira si avvicinò ai quattro che si contorcevano a terra. *«Watashi wa gaburieru gozen, Kamiko Kana wa doko ni aru no?»* Il primo la guardò male e scosse il capo. Il braccio della vampira si fece offuscato, e una testa fu separata dal suo corpo. Si avvicinò al secondo. *«Watashi wa gaburieru gozen, Kamiko Kana wa doko ni aru no?»* Ricevette la stessa risposta e rispose a tono. Il terzo fece la stessa fine.

Il quarto uomo parlò prima che lei potesse iniziare a formulare la domanda. «Chi rappresenti?»

«Sono qui per la regina Bethany Anne. Kamiko Kana ha firmato la sua condanna a morte. I Figli della Regina sono qui per attuare la giustizia.»

«Ti dirò se lascerai vivere coloro che cambieranno bandiera, ma poi dovrai assolvermi dal mio disonore!» Gabrielle fece un cenno di assenso. «Lei è al piano di sotto. La sua camera personale è su quel lato.» Indicò con gli occhi. L'uomo abbassò le palpebre, e Gabrielle mantenne la sua parte del patto.

Si voltò e pulì la spada. «Ci serve un altro buco.»

Darryl diede un colpetto a Scott sulla schiena. «La signora vuole una porta, vediamo di aprirgliene una.»

Si voltò, con un sopracciglio sollevato, e indicò. «Scale?»

John sorrise. «Subito.» Lui ed Eric corsero verso le scale, con le armi in mano e i sorrisi sulle loro facce.

«Dio, è come ai vecchi tempi», si entusiasmò Eric.

«Solo che questi stronzi non sono così pazzi», rispose l'omone.

«Tu dici? Vedi che non hanno esitato a morire per questa puttana?»

«E se fossi tu a terra con qualcuno che ti chiede dov'è Bethany Anne?» ribatté l'altro mentre davano una rapida occhiata alle scale fino a una porta in fondo.

«Be', possono anche avere quell'informazione visto che...»

La porta si aprì, interrompendo la risposta di Eric.

Kamiko Kana guardò la confusione attraverso le tende. Doveva incontrare il suo contatto cinese di cyber intelligence per la terza volta. Durante il loro primo incontro, lui aveva spiegato che il gruppo era stato attaccato e molta della loro efficacia compromessa. Quattro giorni dopo, aveva ammesso che avevano difficoltà a comunicare con le compagnie. Lei gli aveva spiegato che avrebbe dovuto fornirle una soluzione entro quella sera o non sarebbe arrivato vivo all'ora di cena.

Stava ancora guardando fuori quando sentì dei deboli *crack* sopra di lei attraverso il cemento che divideva i piani. E poi aveva sentito l'edificio che rimbombava quando la terza meteora era volata sulla città, causando la rottura delle finestre nell'onda d'urto.

Fortunatamente, le sue persiane di metallo avrebbero impedito alla luce del sole di entrare al mattino.

Si girò, andò verso la sua porta e la aprì. Quattro delle sue guardie erano all'altra finestra a guardare fuori, e due si erano già voltate come se avessero udito qualcosa.

«Guardate cosa sta succedendo nel dojo», aveva detto ai due che si erano voltati. I vampiri annuirono e si avviarono verso la porta delle scale. Il primo la aprì ed entrò. Il secondo iniziò a entrare nel corridoio quando la sua testa esplose, e i corpi di entrambe le guardie furono scaraventati all'indietro.

★ ★ ★

Darryl urlò: «Fuoco in buca!» Allo stesso tempo, John ed Eric spararono ai nuovi bersagli che entravano nella scala.

«Ottimo tempismo», commentò Eric.

★ ★ ★

Kamiko Kana iniziò a rientrare nella sua stanza quando dal soffitto sopra il suo letto piovvero pezzi di cemento. Polvere e sporcizia vorticavano intorno a lei, rendendo impossibile vedere per più di qualche metro.

Non poteva succedere di nuovo! Ringhiò per la rabbia e si preparò a scivolare nell'eterico fino alla sua stanza di fuga sotterranea, un isolato più in là.

Non ci riuscì. Fu trascinata in un regno nebbioso invece che nella sua stanza di fuga protetta.

Le si ghiacciò il sangue nelle vene quando una voce di donna le parlò. «Benvenuta nel mio regno, puttana!»

★ ★ ★

Bethany Anne si stava annoiando. Avrebbe voluto sbirciare fuori per vedere cosa stava succedendo, ma si controllò.

Mentre aspettava, era nel bel mezzo di un'altra conversazione con TOM sul pessimo cinema americano, quando avvertì una contrazione nell'eterico.

Immediatamente si protese verso quella presenza come se stesse afferrando una persona e tirò.

Una donna giapponese si trovava nell'eterico con lei. Si spostò per posizionarsi più vicino.

Con un sorriso sul volto, si rivolse a Kamiko Kana. «Benvenuta nel mio regno, puttana!»

La donna cercò di cancellare la paura dal suo viso prima di parlare, ma non ebbe la possibilità di parlare.

«Pensavi di sfuggire ai Figli della Regina scappando di nuovo? È così che intendi mantenere la tua corona reale?» Bethany Anne girò intorno a lei. «Hai pensato di sacrificare una persona dopo l'altra perché hai problemi di vendetta? Volevi fare del male a Michael solo perché tua madre era una troia traditrice?»

Si fermò di fronte alla vampira giapponese, che stava disperatamente cercando di superare il suo senso di impotenza. Kamiko avrebbe voluto muoversi, fare qualcosa, qualsiasi cosa, ma non poteva. C'era una forza che la teneva ferma in quel regno tra la sua stanza e la sua via di fuga. Guardò negli occhi rossi della donna di fronte a lei e conobbe la paura.

Fin nel profondo della sua anima.

«Ho una notizia per te. Hai messo fine al tuo regno quando hai ucciso un altro vampiro a sangue freddo. Hai messo fine alla tua libertà e all'opportunità di un processo equo quando hai preso di mira i miei Figli.» Bethany Anne fece una pausa e si chinò in avanti. «Ma hai firmato la tua condanna a *morte quando hai provato a* portarmi via Michael!» Spogliò Kamiko Kana di tutto il potere eterico che riuscì a strappare e la spinse violentemente nel luogo da cui era provenuta.

La Regina parlò alle nebbie. «Prova ad abbandonare la tua gente adesso, fottuta codarda.»

★ ★ ★

Gabrielle aspettò che la polvere si depositasse un po' e individuò un posto per atterrare. Saltò, poi si guardò intorno. Kamiko Kana era appoggiata alla porta che conduceva a un'altra stanza, stordita. Sembrava che avesse battuto la testa contro di essa e fosse scivolata giù.

Magari era successo in seguito all'esplosione?

Non aveva importanza. Si diresse verso di lei. «Kamiko Kana, la Regina ha decretato la tua morte, e i suoi uomini sono obbligati a eseguire il suo decreto.» Fece appena una pausa, mentre la donna la guardava solo a metà. Sibilò: «Direi che questo non mi dà alcun piacere...»

Roteò la spada, tagliando il collo della vampira e conficcando la lama nella porta dietro di lei. La testa cadde a terra, rotolando due volte prima di fermarsi. Il sangue che fuorusciva dal collo spruzzò fino a metà della porta.

«... ma sarebbe una bugia spudorata», concluse Gabrielle.

CAPITOLO 25

Base della RDS, CO, USA

Quello che sto pensando», disse Lance a Kevin e Stephanie durante una revisione della pianificazione della base, «è che abbiamo bisogno di una via di fuga e di una seconda posizione.»

«Una via di fuga?» chiese lei.

«Sì», confermò il responsabile della base mentre studiava la mappa. «Una via di fuga, nel caso in cui la posizione sia insostenibile.»

Il generale guardò il suo secondo in comando, che era ignaro del suo sguardo. Si rivolse a Stephanie. «Insostenibile significa che...»

Lei sorrise. «Chiedo scusa. Non per essere irrispettosa, ma conosco la parola *insostenibile*.»

«Oh», fu tutto quello che ebbe da dire. Kevin tenne per sé la sua ilarità. Stephanie gli aveva già fatto il suo discorsetto sull'inglese. Anche se di tanto in tanto perdeva qualche frase idiomatica, conosceva molto bene la lingua.

Aveva deciso di non commettere più quell'errore.

Lance guardò di nuovo la mappa. La *prossima volta*, pensò, *lascerò che sia lei a chiedere una definizione prima di presumere.* «Sto pensando a qualcosa di ovvio. Diciamo, a qualcosa di grande con un po' di terra sopra, in modo da mimetizzarsi e correre verso ovest e fare da esca. Avremo bisogno di qualcosa che ci permetta di muoverci sottoterra per una breve distanza, poi fuori, verso est.»

«Perché a est?» chiese lei.

«Già, perché a est?» chiese Kevin, alzando lo sguardo dalla mappa.

«Le capsule sono troppo veloci perché siano visibili. Attraversiamo Denver, poi a sud prima di arrivare a Colorado Springs e su nell'atmosfera. Presumo che abbiano una certa copertura sopra di noi, nel caso in cui decollassimo subito.»

«È improbabile che ci colpiscano», ribatté l'altro.

«Vero, ma quegli ordigni alla fine cadrebbero da qualche parte. Non saranno così stupidi da sparare sopra una città, e non avranno la capacità di coprire tutta la strada verso sud-est fino a Colorado Springs.» Sbuffò. «Non c'è bisogno di andare proprio sopra l'Accademia dell'Aeronautica.»

«Okay, quindi dovrò costruire un tunnel e camuffarlo. E poi?»

«Poi», continuò Lance, «dovremo assicurarci di avere spazio per tutto il personale della base e modi per metterlo al riparo. Dovrebbero essere considerati non combattenti, ma non possiamo lasciarli privi di protezione. Nathan porterà un gruppo di Wechselbalg che diventeranno la milizia della base. So che abbiamo anche un gruppo di vampiri che si è recentemente unito alla squadra. E poi assicurati che una delle stanze di atterraggio di Bethany Anne sia collegata a questa zona protetta.»

Kevin intervenne: «Non starà pensando di portarci via tutti, vero?»

Il generale si voltò verso di lui. «Conosco mia figlia. Non c'è bisogno che mi dica di preparare una stanza. O lo facciamo presto, o lei farà qualcosa di più drastico. Non sto dicendo che lo farà di sicuro, né che avremo bisogno di tutti questi preparativi.» Studiò la cartina. «Credo che avremo bisogno di un modo per far uscire il gruppo, quindi assicurati che l'area che li protegge abbia un percorso per l'uscita segreta. Infine, dobbiamo considerare l'idea di avere una seconda base.»

«Dove?» domandò Stephanie.

«Già, dove?» Le fece eco Kevin. «Non credo che troveremo un'altra base qui in America, qualora decidessero di revocare il contratto d'affitto.»

«Stavo pensando all'Australia», rispose Lance.

Lei lo guardò, confusa. «Sul serio?»

Lance annuì. «Sì. Credo che nell'Outback ci siano molti appezzamenti che potremmo usare. Sono stati i ragazzi che stanno lavorando alla Base Lunare Uno in Paraguay a darmi l'idea. Abbiamo parecchie compagnie in Australia. Compriamo un po' di terra e poi spostiamo una tonnellata di componenti della base in container. Li copriamo di terra e siamo a posto.»

Kevin non sapeva cosa rispondere.

«Stai pensando a un'area di test per lo spazio esterno?» domandò Stephanie.

Kevin la guardò, sorpreso, e poi si voltò verso l'uomo più anziano.

Lance annuì. «Proprio così. Credo che dovremmo tutti pensare e lavorare come se fossimo già là fuori. Dobbiamo pianificare tutto come se non potessimo più agire sulla Terra. Quindi ho bisogno che voi due lavoriate con Jeffrey e Michelle per i bisogni di cibo e acqua, e con il Team BMW per l'elettricità.»

«E la sicurezza?» chiese Kevin.

La faccia di Lance si fece cupa. «Sono combattuto, Kevin. Da un lato, potremmo nasconderci e sperare di non essere trovati. Dall'altro, ne mettiamo abbastanza da essere avvertiti, e saltiamo direttamente dalla terra allo spazio in un colpo solo. Dall'altro lato...»

Stephanie lo interruppe: «Aspetta, così non sono tre lati?»

Lance la guardò mentre il più giovane spiegava: «Prerogativa dei generali. Possono usare tutti i lati di cui hanno bisogno.»

Il generale continuò: «In terzo *luogo*, possiamo cercare di costruire un'altra base che non possiamo difendere se una nazione ci viene contro. Perciò il mio pensiero è che nascondersi è meglio che difendersi. Avremo bisogno di un altro gruppo per gestire quella base.»

«Dovrebbe essere più facile reclutare personale ora», ragionò Kevin.

«Forse», concordò Lance, «ma non tutti sanno perché stiamo facendo questo, al momento. Ci saranno parecchie persone che cercheranno di introdursi per i loro motivi: spionaggio, sotterfugi, qualunque cosa.»

Kevin grugnì. «A Michael non piacerà.»

«Già. Avremo bisogno di un'altra soluzione, o almeno di una soluzione migliore. A un certo punto, quei due si metteranno a litigare e non si parleranno per un po'.»

«Sono due persone testarde?» chiese Stephanie.

«No, ma due persone innamorate finiranno sempre per battibeccare. È obbligatorio.»

«Quanta saggezza.»

Kevin ridacchiò. «È più un'esperienza personale recente.»

Lance fece spallucce. «Già, è stato brutto.»

«Quando cominciamo?» chiese il responsabile della base.

L'uomo più anziano guardò l'orologio. «Voglio che voi due vi riuniate a pranzo e pensiate a tutte le parti mobili di cui avete bisogno per costruire una base. Mettete quei pezzi in pacchi delle dimensioni di un container, e poi riesaminiamo la questione. Coinvolgeremo anche Jeffrey. Non dimenticate di aggiornarvi con Tom per le comunicazioni, i computer e tutto il resto. Ci sarà bisogno di un bel raffreddamento nel suo dipartimento, e la creazione e la purificazione dell'aria è un grosso problema.»

Lance guardò i due e sorrise. «Allora, ieri?»

Il dark web

Quando mancavano sette minuti a mezzanotte, mentre la notte rotolava nel mondo, alcuni hacker scoprirono che le loro macchine erano state violate.

Se avevano delle macchine virtuali, erano state cancellate.

Se avevano server farm nascoste, erano state cestinate.

E se usavano le e-mail, queste furono riempite di messaggi.

Il web era pieno di rumore. Alcune delle chiacchiere raggiungevano altri che viaggiavano sul dark web, quelli che non erano interessati alle azioni spregevoli di molti che navigavano in quelle acque pericolose.

I mormorii crebbero d'intensità. Alcuni gruppi avevano scoperto che un vigilante solitario aveva affrontato i terroristi.

Si sussurrava un nome, poi se ne parlava. Infine, fu sostenuto come un faro da coloro che volevano che la società andasse avanti. Persone che combattevano per ciò che era giusto, anche da dietro la maschera dell'anonimato.

I messaggi privati furono trovati e le e-mail condivise. Molti che odiavano i loro cugini più oscuri sul web erano eccitati per l'arrivo di una persona nuova, un nuovo Ranger Solitario.

Il messaggio era lo stesso, indipendentemente dal mezzo.

«Ti sto guardando.

Ovunque andrai, io ti troverò.

Ovunque ti nasconderai, io ti cercherò.

Ovunque proverai a fare del male, io te lo impedirò.

Ovunque vivrai, io troverò il tuo indirizzo e lo rilascerò ai quattro venti.

Ricorda che mi chiamo MyNam3isADAM e ricorda che sei la mia puttanella!»

Nei pressi di Denver, Colorado

Jonathan Silvers stava bevendo un whisky, liscio, nella piccola biblioteca del suo ranch in Colorado. La casa aveva sette stanze ma spesso gli sembrava vuota. Sua moglie era morta e lui aveva concentrato tutta la sua vita su suo figlio Peter.

Quasi fino alla morte.

Cercando di dare tutto a suo figlio, aveva quasi fallito nel dargli l'unica cosa di cui aveva più bisogno: la possibilità di superare la stupidità della gioventù.

Come capobranco del Colorado, Jonathan non si era preoccupato troppo di assicurarsi che Peter seguisse le regole tramandate da Michael tanto tempo prima. Sfortunatamente, suo figlio pensava che le regole potessero essere ignorate impunemente, dato che riceveva l'immunità per la maggior parte dei suoi misfatti grazie al nome e alla statura di suo padre.

Fino a quando non aveva mostrato la sua natura Wechselbalg a due donne nel tentativo di impressionarle in una notte brava. Una settimana d'inferno e di preoccupazioni, che culminava con Jonathan che correva il più grande rischio che avesse mai dovuto correre.

Aveva affidato a un vampiro il suo unico figlio.

Un figlio che era partito come un moccioso viziato, e che stava tornando da uomo e non solo. Era tornato come un leader, un Guardiano, e il più raro di tutti i Wechselbalg: un Pricolici.

Ora quel figlio stava tornando a casa, tornava nella casa che aveva lasciato da moccioso viziato, un bambino nel corpo di un adulto. Qualcuno che aveva una condanna a morte a pendergli sulla testa, e che era troppo sprovveduto sulle vie del mondo per rendersene conto.

Un figlio che era stato abbandonato sull'asfalto di un campo d'aviazione e lasciato a soffrire per la sua mancanza di disciplina, che suo padre non era riuscito a garantirgli. Un figlio incapace di capire cosa si provasse a vederlo colpito con un pugno che Jonathan aveva quasi sentito. Un figlio che, per la prima volta nella sua vita, soffriva le ripercussioni delle sue azioni senza che il padre fosse lì a "sistemare tutto".

Un figlio che aveva bisogno dell'amore di un adulto che non era il suo unico genitore, e la disciplina di un uomo disposto a vedere qualcosa in un ragazzo e fare ciò che era necessario ogni giorno per costringerlo a crescere un po' di più, a cercare un po' di più, a volere un po' di più.

Per trovare l'amore... l'amore sotto forma di rispetto. Abbastanza amore da affrontare la sua belva interiore e sopportare atroci sofferenze solo perché si rifiutava di deludere la sua Regina, la sua gente e se stesso.

Jonathan pensò alla storia che gli era stata raccontata della prima volta in cui Pete si era trasformato, il dono che quella stessa vampira gli aveva fatto. Ed era stato grazie ai suoi successi e alla fiducia che aveva avuto la vampira in lui, e non aveva niente a che fare con Jonathan. Pete aveva tenuto duro e messo fuori combattimento il vampiro che arrivava dal parapetto, sbattendolo sul ponte della nave prima di ucciderlo, diventando il primo Wechselbalg ad abbattere un vampiro in un combattimento uno contro uno nel giro di centinaia di anni.

Ancora una volta, il giovane aveva combattuto in Turchia con la sua squadra accanto a Nathan Lowell ed Ecaterina contro centinaia di Nosferatu e aveva tenuto duro. Non era scappato e non aveva vacillato.

Infine Jonathan era venuto a patti con il fatto che persino il capo di tutti i branchi delle Americhe doveva convenire che suo figlio era in grado di proteggerlo meglio dello stesso Gerry. Sorrise a quel ricordo, e a quanto fosse stato orgoglioso dell'uomo che suo figlio era diventato.

Ora Peter stava venendo a trovarlo con il favore delle tenebre, quindi la possibilità che la sua navicella fosse vista era minima.

Il campanello suonò, la porta d'ingresso si aprì e una voce profonda, una voce da uomo, provenne dall'ingresso. «Papà?»

Jonathan finì velocemente il drink e si alzò, poi si asciugò le lacrime. Era il momento di andare ad accogliere suo figlio che per la prima volta tornava a casa.

E-mail a diverse persone in tutto il mondo

Questa è una e-mail personale e solo tu potrai leggerla. Anche se non posso e non voglio impedirti di condividerla, farlo non aiuterà il futuro della Terra.

Lo facciamo per proteggere il mondo da ciò che sta arrivando.

Lo facciamo per creare un futuro per tutti.

Lo facciamo per difendere la nostra posizione.

Lo facciamo a prescindere dai Paesi, dalle nazionalità, dalle razze, dal credo o dal colore. Non ci fermeranno né il sesso né la religione.

Parliamo come una sola voce, con un solo obiettivo e un solo scopo.

Costruiremo per proteggere.

Costruiremo per prepararci.

Costruiremo per progredire.

Se sei interessato, condividi #LACOSTRUZIONE sul tuo account social.

Se lo fai, continua a seguire questo account.
Perché dovresti?
Perché resteremo in contatto.

FINE

—

Il libro ti è piaciuto? Scrivi una recensione o valuta con delle stelle su Amazon. Per farlo, basta arrivare fino alla fine di questo ebook, e il tuo Kindle dovrebbe chiederti di valutarlo.

Essendo degli editori indipendenti, qui alla LMBPN International investiamo la maggior parte delle entrate nella traduzione di nuove serie e non abbiamo la possibilità di lanciare grandi campagne pubblicitarie. Di conseguenza, le recensioni costruttive e le valutazioni su Amazon sono estremamente preziose, perché possono aumentare tantissimo la visibilità di questo libro a nuovi lettori che ancora non ci conoscono.

Siete voi a rendere possibili le traduzioni di nuove serie in italiano.

Alla fine di questo ebook troverai una lista di tutti i nostri libri. Magari c'è un'altra serie che fa per te. Troverai anche l'indirizzo per iscriverti alla nostra newsletter e la nostra pagina Facebook... così non perderai mai l'uscita di un nuovo libro della LMBPN International.

UNA SCELTA DURA

La storia continua con il libro 9, *Una Scelta Dura*.

Disponibile ora su Amazon e incluso nell'abbonamento a Kindle Unlimited

NOTA DELL'AUTORE – MICHAEL ANDERLE

Grazie, non ho parole per esprimere il mio apprezzamento: non solo avete preso in mano l'ottavo libro, ma lo avete letto fino alla fine, e ora state leggendo anche la postfazione.

Sto scrivendo queste note quando sono passate circa sei settimane e tre giorni dall'ultima pubblicazione (7 marzo).

La vita è strana. Mi aspettavo di testare qualcosa con i miei libri in modo da poter provare a concedermi una piccola pausa tra il settimo e l'ottavo libro, cioè pubblicando un racconto. L'obiettivo era quello di realizzare qualcosa di specifico per John Grimes – il personaggio preferito sia delle lettrici che dei lettori – e capire se fosse possibile usare un racconto breve per fare marketing in una nuova area e attirare altre vendite per la storia principale.

E poi era per testare il problema della caduta dalla *scogliera dei trenta giorni*. Fondamentalmente, Amazon spinge il tuo libro per un po', e poi lo lascia affondare o nuotare. Perché nuoti di solito ci vuole una discreta quantità di marketing.

Tipo, ore e ore di marketing, ogni giorno.

Ore che pensavo di poter utilizzare per altre cose se... se magari... riuscissi a continuare a pubblicare un libro ogni tre o quattro settimane circa. Perciò un romanzo, poi un racconto di intermezzo, e poi un altro romanzo.

Perlopiù ha funzionato, tranne che per due sfide. La prima ero io. Ho la pazienza di un moscerino e così, quando ho finito il racconto, non ho aspettato di pubblicarlo dopo ventuno o ventotto giorni. L'ho pubblicato circa una settimana prima.

Ragazzi, ho pagato per quell'errore.

La settimana scorsa, le vendite complessive dei miei libri sono scese il mercoledì/giovedì, tanto che ho ricominciato a fare pubblicità su FB, cosa che prima non avevo fatto.

La seconda sfida è stata diversa: mi sono offerto di aiutare altri autori, se pensavano che potessi aiutarli. Ho fatto da mentore a quattro autori e ho pensato di raddoppiare e aiutarne otto. Tutto questo sul forum del Kboards Writers Café.

In tre giorni siamo arrivati a cinquanta... poi a settanta. Ora il gruppo FB ha più di centotrenta membri. Alcuni di loro sono altri autori importanti a cui ci si può rivolgere per un consiglio, e alcuni sono rappresentanti di aziende – KOBO, Draft2Digital – che hanno accettato di far parte del gruppo in modo che sia più possibile contattarli.

Grazie a Dio! Questo è successo alla fine di marzo mentre ero ad Austin per un summit di autori. Mi sarei sciolto se Scott Paul (T S Paul), Diane Velasquez, e Dorene Johnson non avessero accettato di aiutarmi a sostenere i compiti di amministrazione e di darmi una mano mentre ci spostiamo su un altro forum per aiutare tutti il più possibile.

Parte del lato negativo di tutta questa situazione è che sono finito per entrare nel radar di alcuni autori meschini... o, per dirla tutta, troll. Ho subito quello che viene chiamato *drive-by one-stars* sui miei libri, e una serie di *questa recensione mi è stata utile* sulle recensioni più basse per danneggiarmi. Fortunatamente a quel punto avevo più di cento recensioni, perciò questo attacco, pur avendo fatto male, non è stato un colpo mortale.

Ha ridotto le mie vendite? Probabilmente un po'. Immagino che potrebbe aver influito dall'otto al dodici percento. Ma alla fine questa gente dovrà guardarsi allo specchio. Salterà fuori la domanda: come faccio a sapere che le recensioni non sono legittime? Be', non è difficile quando sono tutte a una stella e si lamentano su Amazon per qualcosa di cui abbiamo parlato su un forum di *autori*?

Già, un altro *autore*, non un lettore.

Così mi sono ritrovato a lavorare con più di cento autori mentre avevo bisogno di far uscire questo libro. Questo è in un forum, perciò un sacco di autori si aiutano a vicenda, non ci sono solo io. Sono in ritardo di circa una settimana ma, senza l'incredibile supporto dei beta reader di questo libro e dell'editor – *loro* sono la ragione per cui questo libro è capitato tra le vostre mani così velocemente – mancherebbero ancora due settimane alla pubblicazione.

Grazie a Dio ci sono!

E poi ho combinato un casino. A causa della mia cattiva gestione di queste cose, occupandomi delle richieste di supporto personale, e spingendo sulla mia scrittura, non sono riuscito a mantenere un buon rapporto con i beta reader e sono inciampato occupandomi di qualcosa che francamente non era un grosso problema, ma sono riuscito a rovinare tutto comunque. Fortunatamente sono persone meravigliose e... be', sono persone meravigliose e basta.

Ecco perché *questo libro* è dedicato a loro.

Questo è il mio nono libro: otto romanzi completi e un racconto breve. Tra qualche ora inizierò a mangiarmi le unghie, quando premerò il tasto *Pubblica*. Poi mi preoccuperò e mi agiterò perché questo libro *fa schifo*. Che la copertina non era giusta, che... be', avete capito.

Poi, tra qualche giorno o giù di lì, vedrò qualche recensione felice e sbircerò da sopra la scrivania e dirò: «Forse andava bene, a quanto pare sta piacendo...» Solo per mangiarmi le unghie di nuovo tra cinque settimane o giù di lì quando pubblicherò il prossimo libro.

Sono entusiasta di questa storia. È il primo libro del nuovo arco narrativo. È, a tutti gli effetti, l'inizio dei prossimi sette e mi piace come si sta delineando.

Ora si sono aggiunti parecchi elementi. Più personaggi, più attività, più cattivi e più problemi. Perché, senza problemi, non avremmo una storia.

Per quelli che mi chiedono: «Il mio personaggio preferito morirà? Non sai cosa accadrà? Possono morire. Sfortunatamente, questi sette libri si fanno sempre più pericolosi, e poi i sette conclusivi saranno... be'... davvero complicati.

Aggrappatevi ai vostri sedili durante questo arco.

Volete visitare Maxwell's a Sydney? È *una caffetteria reale.* La proprietaria – Pip – esiste davvero, ed è una *fan della serie.* Le ho chiesto il permesso di usare la sua caffetteria come location per la scena, e lei non solo mi ha dato il permesso, ma mi ha aiutato con il libro, ed è un vero *spasso.*

A proposito, J.L. Hawk (Jordan) è una vera scrittrice. Ero

seduto accanto a lei allo Smarter Artists Summit, e Boyd Craven (un altro autore) ci ha raccontato di come lui e un suo amico si uccidessero a vicenda nei loro libri.

Così ho detto a Jordan che l'avrei uccisa subito dopo averla resa una prostituta! Lei l'ha trovata un'idea esilarante. Ecco la sua pagina autrice su Amazon (completa di cappello da pirata): http://www.amazon.com/Jordan-L.-Hawk/e/B00A2336YC/ref=sr_ntt_srch_lnk_1?qid=1461294451&sr=1-1

Passate a salutarla, qualche volta!

P.S. Grazie, Emily Clair, per aver richiesto una risoluzione per Peter e suo padre... mi hai fatto commuovere.

Vuoi commentare la scena migliore, l'evento, le scarpe, o vuoi suggerire una pistola per Bethany Anne o l'arma che Nathan potrebbe preferire... o qualunque altra cosa?

Unisciti a noi su Facebook: https://www.facebook.com/LMBPNit

Vuoi sapere quando sarà pubblicato il prossimo libro ed essere sempre aggiornato? Iscriviti alla mailing list: https://lmbpn.com/it/newsletter/

Grazie,
Michael Anderle, aprile 2016

Tutto il merito per la mia conoscenza delle scarpe va a mia moglie, che ancora si adopera per darmi anche solo un pizzico di gusto nel vestire. Il motivo per cui mi chieda di commentare i suoi abiti al mattino mi confonde ancora oggi. Seconda nota: anche l'idea di includere dei canidi speciali è venuta a mia moglie.

Terza nota: ho avuto il piacere di entrare in un negozio di Christian Louboutin e guardare mia moglie comprare due (2) paia... Oh porc@ troi@... sono dovuto affogare nella birra di radici per superare lo shock ;-)

VUOI ALTRO?

Puoi trovare una lista dei nostri libri su:
https://lmbpninternational.com/it/i-nostri-libri/

Iscriviti alla mailing list qui:
https://lmbpninternational.com/it/newsletter/

Unisciti al gruppo di Facebook qui:
https://www.facebook.com/LMBPNit/

La lista e-mail sarà sporadica con gli aggiornamenti più importanti, il gruppo Facebook sarà per gli aggiornamenti e le informazioni "dietro le quinte" sulla scrittura delle prossime storie. Fondamentalmente per chiacchierare!

Dal momento che non posso confermare che qualcosa che ho messo su Facebook sarà aggiornato, ho bisogno della vostra e-mail per informare tutti i fan per qualsiasi pubblicazione importante o aggiornamenti che potreste voler leggere sul nostro sito web.

Spero che il libro vi sia piaciuto!

www.ingramcontent.com/pod-product-compliance
Lightning Source LLC
Chambersburg PA
CBHW020309200626
46814CB00006BA/2161